悍妞降夫

下

風文創

766

曼繽 著

目錄

第二十八章　爭權奪利

守賢見黃英直直地盯著她看，有些惴惴不安。這位少奶奶可不是什麼和善人，逼急了連四少爺都敢搧上幾耳光。

喬嬤嬤見狀，越發氣盛地說：「守賢，有了這串鑰匙與帳冊，就能當這院子半個家，守靜就是不肯交，才跟少奶奶鬧騰個沒完。如今她給攆走了，妳就該連那帳冊也立刻拿過來，趕緊交給少奶奶才是，結果倒好，妳還敢上門來找少奶奶的不是，想做第二個守靜不成?!」

守賢咬著牙，淚眼汪汪，心中雖然害怕，可是既不回嘴，也不動作。

此時黃英慢慢回過神來，伸手道：「嬤嬤，鑰匙在哪裡？」

喬嬤嬤有些得意又不捨地從懷裡拿出鑰匙來，遞了過去。

黃英一接，差點沒扭著手腕！好大一串鑰匙，大大小小十幾把，形狀各異，上面繫著一條拇指粗的暗紅色如意條子。

她沒有想到守靜那丫鬟掌管了這麼多東西，除了這院子所有人每個月的月錢，還有周文星補貼的銀子，這是多大一筆錢，連她拿到鑰匙都不想交出去了。

周文星讓她理一理院子，包不包括把這些東西都抓到手裡呢？如果是，他怎麼不跟這丫鬟說一聲？如果不是，那守賢會不會也跟守靜一樣，拿了這東西就不撒手，處處跟自己作對？

黃英掂了掂這串鑰匙，把它拋起來又接住。突然她一甩手，把那一大串鑰匙朝守賢扔過去，嚇了守賢一大跳。

好在她們兩人離得不遠，守賢一把將鑰匙給抱在懷裡，驚喜地說道：「謝謝少奶奶！」

黃英一笑，微微抬了下巴道：「守賢，妳先別急著謝我，這鑰匙跟帳冊，我是必定要拿回來的，不過妳們少奶奶我明人不做暗事，要拿就會光明正大地拿回來，妳先回去吧！」

守賢聽了這話不但不擔心，反而歡天喜地。這位少奶奶性子火爆是火爆，可是講道理，不來陰的、暗的，這就夠讓人感激了！她忙行禮退了出去。

喬嬤嬤滿臉通紅，不服地跺著腳嚷道：「少奶奶，您怎麼就不懂呢?!誰要拿著鑰匙，不傷筋動骨哪願意交出來？少奶奶好不容易攆走守靜，怎麼倒讓守賢白撿了這個大便宜！」

喬嬤嬤這兩日都稱病躲在家裡，一是怕夾在守靜與黃英之間當夾心餅乾；二是怕黃英來找她商量事情，因為她不知道該怎麼做才好，這份差事真是既沒油水又難辦！

誰知道這砍柴丫頭這麼快就把四少爺給收服了，剛挨打、被禁足，結果轉個身的工夫，就讓四少爺出面把守靜給攆走了，自己要是不趕緊回來，就不趕趟兒了，說什麼都不能讓守賢占了守靜的地位！

黃英聽她這話就來氣，不禁道：「嬤嬤，我不懂的事可多了！我砍門的時候怎麼不見妳來指點我，這會兒倒跑來說三道四的？妳要不想做那針線，就回去歇著吧！」

這下喬嬤嬤被黃英戳中了痛處，一臉灰青地軟了下來，道：「不是老奴不肯，當初那帳子，主要是初春那丫頭做的，這會兒她還傷著沒回來，不如……」

喬嬤嬤這算盤打得好，誰知道人倒楣，喝涼水都塞牙，她還沒說完，初春就進了屋。

黃英跳下地，幾步奔過去，拉著初春的手，驚喜道：「初春！快坐下，妳的傷養得怎麼樣了？我要能出得了門，就上妳家看妳去了！」

初春穿了一身半新不舊的鵝黃雲綾錦衫子，外面加了一件淺灰綠的褙子，臉上不見血色，走起路來還有些不穩，被一個身材高大、穿著一身紫紅的婦人半扶半架著。

那婦人面孔上兩團紅，見黃英對初春這麼親熱，忙甩開初春的手臂，兩腿一彎，行了個福禮道：「四少奶奶，奴婢是灶頭上的王青媳婦，是初春的嫂子。聽說守靜被攆走了，少奶奶身邊沒個大丫鬟怎麼行？初春的傷好得差不多了，她放心不下少奶奶，鬧著要回來，奴婢攔都攔不住！」

這話讓黃英愣了一下，看了初春一眼，只見初春滿臉通紅地低下頭。

黃英只得吩咐初春道：「看妳也沒好全，我讓申嬤嬤照應著香蘿呢，回頭讓她也照應妳，妳安心養傷吧！」

初春的嫂子見她這是留下了，笑得臉頰那兩團紅鼓得高高地說：「謝謝四少奶奶，四少奶奶灶上有什麼吩咐，儘管來找奴婢！」說完行了禮，歡喜地離開了。

初春見自家嫂子走了，低垂著頭說：「謝謝少奶奶恩典。」說著也行禮退了下去。

黃英嘆了口氣。她一直以為初春樣樣如意呢，真是家家有本難唸的經。

喬嬤嬤見初春走了，撇撇嘴道：「傷還沒好全，就惦記著守靜留下來的位置。少奶奶，老奴到底比少奶奶多吃了幾斤鹽，又是夫人派來的，讓老奴來替少奶奶打理這個院子，可不比別人都強！」

黃英眉頭皺了皺，差點罵出聲來。這喬嬤嬤就是隻狐狸，有事時，她躲得不見人影；這會兒，守靜前腳被攆，她後腳就跑進來想掌權，還一口一句自己這個少奶奶不懂事，真當誰是傻子呢！

誰知黃英還沒開口，又有人進了門，這一回是拾柳。

拾柳穿著一件淺灰藍的浮光錦，腰上繫著一條銀紅色的腰帶，婀娜多姿地一進來就給黃英見禮。

黃英忍住氣，朝喬嬤嬤道：「嬤嬤先回去吧，有什麼事明兒再說。」

喬嬤嬤心不甘、情不願地跺著腳走了。

如果不看被拾柳特地用手絹擋著的那半張臉，她又恢復了之前水靈的俏模樣，只是喬嬤嬤剛走，拾柳就開始流眼淚。

「奴婢家裡原是織戶，日子還過得下去，誰知道我八歲那年，爹得了癆病，家裡能賣的都賣了，最後只能把我也賣掉，不然全家都得餓死。」

黃英聽了忍不住嘆息。家裡好好的，誰會把女兒賣了做奴婢呢？

拾柳接著道：「四少爺過一陣子就要去蘇州，奴婢想跟著去，看看能不能找到家人，也不知道他們如今是死是活？奴婢離開的時候，弟弟才跟小貓一樣大，還抱在娘懷裡。」說著又哭哭啼啼起來。

黃英聽得心酸，可想到若帶拾柳一起去蘇州，又有種說不出的不得勁，她猶豫地拍了拍拾柳的肩頭道：「四少爺才告訴我要去蘇州，怎麼妳就知道了？」

拾柳臉上還掛著來不及擦的淚珠，驚訝地看著黃英說：「四少爺要去蘇州的事，家裡人人都知道，只是不知道四少爺什麼時候會動身？今兒聽說四少爺已經吩咐要準備了，奴婢才急著來找少奶奶。」

見黃英的表情很是難看，拾柳有些不安地安慰道：「怎麼也要新婚滿一個月才走的，如今不過是預備起來而已，少奶奶……」

黃英一顆心亂糟糟的，不耐煩地打斷了她的話。「拾柳，妳先回屋好好養傷吧，這事讓我再想想。」

周文星晚上過了亥時才回屋，進屋時面無表情，一直避開黃英的眼神，一句話也不說，漱洗過後就上床背對著黃英躺下了。

黃英一直盼著周文星回來，因為他說過自己有事可以先跟他商量。她想要跟他商量院子裡由誰管事、商量那銀票到底是怎麼回事、商量是不是可以帶著拾柳？可是那背影一動不動，冷硬得好像一塊石頭，壓在黃英的胸口，讓她所有的話都卡在嗓子眼裡。

她的眼角不知不覺地濕潤了。真想家、真想娘啊！出嫁前娘跟她說的話不知不覺地浮現在耳邊。「女人出嫁過得行不行，三分靠娘家、三分靠運氣，還有四分靠自己。」

靠自己？可如今的自己不能寫、不會算，那些帳冊就是拿在手裡，也是個睜眼的瞎子。

黃英覺得心口堵了一口氣。她不信守靜能做到的，她做不到，總有一天，她會睜開眼睛，只要她努力，只要她忍耐！

過了很多年，當黃英回頭去看這一夜，仍是感嘆不已。那些改變自己一生的轉捩點，常常不是什麼驚天動地的大事，很可能只是一個沈默的背影，以及夜深人靜時一個突發奇想的念頭。

第二天一早吃過飯，黃英就滿面笑容地跟著周文星進了書房。見周文星往書桌前一坐，她站在離他一尺遠的地方，說道：「四爺，我在哪裡練字？」

這麼客套的舉動讓一直冷著臉的周文星吃了一驚，心中說不出什麼滋味；不過，就這樣拉開距離，對兩人都有好處吧！他想了想，站起身道：「妳在這裡練吧，擺得開。」

黃英也不跟他客氣，朝椅子坐了下去。

周文星站在一旁，仍寫了「黃英」兩字在紙上，他寫一筆，黃英就跟著寫一筆，他不說話，黃英也不開口。

了。

黃英學得極快，不過片刻工夫就能不看著範本，自己歪歪斜斜地寫出「黃英」兩個字

周文星看了她一眼。這個不鬧騰、不搞事的黃英怎麼讓人有點不習慣？

他清了清嗓子道：「這兩個字學會了？那咱們來學《三字經》吧！」他伸手拿了一邊的藍皮三字經來。

翻開第一頁，周文星指著上面的頭六個大字道：「人之初，性本善，學了這六個字，就補上昨日的分了。這本書，日後就歸妳。」

黃英見這書的字都是三個、三個字連在一起，抬起頭，臉上露出一個大大的笑容道：「謝謝四爺，我一定好好學！嗯，我想問，有沒有什麼法子，不需要人教，也能自己認字呢？」

周文星才覺得黃英不胡鬧了，見她又想鬧事，不知道怎麼地，反倒有些開心地說：「又胡扯什麼，自古先生教字，都是一個個地教，學生一個個地學。」

黃英卻噘了嘴道：「那多慢啊！」

周文星忍不住拿書本拍了她頭頂一下道：「還沒學會爬，就想跑了！先跟著我唸，人之初，性本善。」

黃英翻了個白眼。這人真是死腦筋！她說道：「那你先講講這本書什麼意思，然後教我背這本書，好不好？」

周文星想了想，能背下這本書，再明白書裡的道理，倒比認幾個字強上許多，便道：「這頭一句，是說『人生下來本來是善良的』，『初』就是一開始。」

黃英道：「『初』一、十五，『初』春，就是開始嘛。」

周文星笑道：「不錯，舉一反三，孺子可教也！」

「那『之』是什麼意思？芝麻？」黃英問道。

周文星忍住笑，也不解釋，反倒一本正經地問道：「妳倒說說看，怎麼是芝麻了？」

黃英搖著腦袋說：「人像芝麻那麼點大、剛開始的時候，性子是和善的。」

周文星終於「噗哧」一聲笑了出來，黃英也不惱，只是靜靜地看著周文星。

這讓周文星莫名地有些難堪，他拉了一把椅子坐下，認真地說明道：「這個『之』，在這裡是『的』的意思。這本書裡，還有父之過、人之倫，都是代表『的』的意思，所以『人之初，性本善』是說人的開始，本性是善良的。」

黃英恍然大悟地指著周文星的頭道：「你之頭！」

周文星想也沒想，伸手又把書往黃英頭上打道：「我之手、拿妳之書、打妳之頭！」

黃英忙護著頭頂道：「別動手動腳的！」

周文星有些不自在地「哼」了一聲，放下書本道：「在學堂裡，先生都是拿戒尺打的。妳乖乖地，趕緊學。」

黃英這才不說話。

周文星一口氣教到「子不學，斷機杼」，才道：「妳第一次學，貪多嚼不爛，這幾日先把這幾句話的意思弄明白，會背、會寫了，咱們再學下面的。」

黃英聞言一笑，二話不說，俐落地站起身，對周文星鞠了一躬道：「謝謝四爺，那我回去了。」說完就跟香草拿起書本、筆墨紙硯，頭也不回地轉身走了。

周文星一個人在書房乾站著，有點摸不著頭腦，一顆心飄飄的，著不了地，這樣的黃英，實在很陌生。

黃英跟香草一前一後剛踏進次間，就吃了一驚，屋子裡竟然站滿了人，喬嬤嬤、見雪、拾柳、守賢、得珠跟初春都在。

看著她們，黃英被自己忽然冒出來的想法給驚呆了。此時她腦子裡的念頭居然是：要不要把守靜叫回來?!

有那麼一個詭詐的丫鬟攔在前面，自己反而可以專心做自己的事，不用管這些人，也許周文星是真的在替自己打算？想了想，她暗暗搖搖頭。守靜那人品，還是她自己硬著頭皮來吧！

黃英慢慢地走到炕前坐了上去，放下手中的書跟紙，香草連忙跟著把手裡的筆墨與硯臺擱在桌子上。

沒等黃英吩咐，得珠就戰戰兢兢地上了一杯熱騰騰的茶水。

只見黃英緩緩地端起茶水，裝模作樣地抿了一口道：「碰巧妳們都在，四少爺昨兒說讓我把這院子理一理，我想過了，從今兒起，咱們這院子也要立起規矩來。」

這番話真是說者發抖，聽者驚心。

黃英第一次這樣說話，心裡沒底，不過看眾人的反應，效果好像還不錯。

喬嬤嬤有些不死心地看著黃英；見雪低下頭，呼吸不亂；拾柳滿懷期待地看著她；守賢的手緊緊地捏著衣襬，得珠縮在她身後微微發抖；初春則皺著眉頭有點走神，不知道在想什麼？

「這頭一件，從今兒起，我早起要好好學識字，妳們有什麼事要找我，都等吃過午飯再來。」

第二次說這樣的話，順暢多了，見沒人跳出來反對，黃英很滿意地說：「另外，妳們當中有誰識字的？舉舉手。」

喬嬤嬤、見雪、守賢和初春都舉了手，黃英點了點頭道：「見雪，日後妳就陪著我識字吧，其他的事不用妳管。」

見雪有些興奮又有點不好意思地道：「少奶奶，奴婢識的字不多。」

黃英見她那紅著臉的俏模樣，笑著說：「有一筐沒有？不單我要學識字，就是香草、香蘿，也要跟著學，妳可要上心了，明日差不多這個時辰過來就是。」

喬嬤嬤臉上露出不滿，黃英只當沒看見，說道：「嬤嬤，昨日說了請妳做針線的事，妳要是不願意，我便交給初春了。」

見有機會甩掉這燙手山芋，喬嬤嬤忙不迭地道：「交給初春可是找對人了，當初那帳子十之八九都是她繡的。」

初春的臉色更加蒼白，黃英不以為意地笑了笑道：「初春，妳叫得珠跟妳一起做吧，若是人手不夠，再跟我說。」

聞言，初春有掩飾不住的失望，卻沒有出言推託，只是乖順地答應下來。

第二十九章 蘇州之約

見連續安排兩人都沒有鬧事，黃英一顆心安定不少。她又轉頭過去看著拾柳，拾柳一身淡淡的粉綠色衣裳，若是忽略那半張黑臉，真跟剛抽芽的柳絲一般嬌嫩。

黃英問道：「聽說妳手巧得很？以後每日晌午我理完了事後，就學做半個時辰的針線，妳來教我；出門的事，現在什麼都還沒定呢，回頭再說。」

拾柳本來只是抱著萬分之一的希望向黃英開口要求，見黃英沒有一口回絕，已是鬆了一大口氣，此刻笑盈盈地說道：「奴婢這一手可是正經的蘇繡，四歲就會穿針引線了，包管不會讓少奶奶失望。」

黃英開心地一笑。看來這些事處理起來沒有想像中那麼難，又道：「我不擔心妳讓我失望，我呀，只擔心我讓妳失望！香草與香蘿要是想學，也跟著。」

「至於這院子的管事，喬嬤嬤？」

聽到這裡，喬嬤嬤忍不住有些激動。在夫人那邊，她被杜嬤嬤壓了半輩子，如今又被分派到這裡來，早憋屈壞了；論資歷，自己在這院子裡可是第一個，要她管事再自然不過。

守賢心頭一沈。也不怪少奶奶，自己在少奶奶眼裡，跟守靜就是一夥的吧！要是由喬嬤嬤管事，自己卻拿著鑰匙與帳冊，只怕又是三天兩頭地鬧騰。

「嬤嬤，妳是夫人派來的，年歲也大，我想來想去……」黃英頓了頓，覺得這句話有點彆扭，可還是說了出來。「還是不敢讓妳辛苦，替我管事。」

喬嬤嬤聞言大失所望，咕噥地說道：「夫人派老奴過來，就是幫襯少奶奶的，老奴年歲大，什麼事沒經歷過？您把事情交給一個沒經過事的黃毛小丫頭，不怕把事情辦砸了鍋？」

黃英不想跟她吵，只當沒聽見，對著守賢說道：「四少爺既然讓妳接收守靜的東西，日後這院子就交給妳管，有些事我不清楚，妳看著辦就是；不過每日午後，妳都要過來跟我說說話、教我看看那些帳冊什麼的。」

守賢喜出望外，內心激動不已，一張麻將臉都高興得有些脹紅了，說道：「少奶奶放心，奴婢一定盡力！」

她完全沒想到，少奶奶與守靜爭得大打出手，最後倒是自己撿著了這個香餑餑；至於拾柳跟見雪她們，不過是撈著一個親近罷了。

接下來十餘日，黃英每日除了背書、習字，就是躲在屋裡跟著幾個丫鬟學繡花、學算數。她被周侍郎禁足，也沒有人來打擾她。

周文星則忙著吩咐任俠、仗義等人準備出門的用品，又找時間辭別親朋好友，每天都很晚才回來。

黃英也不特地等他，早早就歇息了，第二日卯時即起，先在園子裡走上二十來圈透透氣，之後便開始苦讀。

待周文星起來，兩人一起吃過早飯，就進書房學習。

這一日，周文星翻開《三字經》時，不由得吃了一驚，他們居然不知不覺學到最後十二句了。

提到「犬守夜，雞司晨」，黃英忍不住笑著說：「我總以為書裡寫的都是我不懂的東西，倒不知道還會寫這些雞啊、狗的。」

她學得格外認真，寫到「雞」字時說道：「這裡早起都沒有雞叫。」

剛想隨口說「在廚房裡養隻大公雞，不知道行不行」時，黃英就已經知道不行了，只能暗暗嘆口氣，埋頭寫字。

周文星對黃英的字本來沒什麼期待，反正只要筆順對了就行，不去管她如何提筆、下筆，可是見她寫出的字居然橫平豎直，有些模樣，不禁好奇地問道：「妳成日都在練字？」

黃英笑一笑，回道：「每日無事就照著那書上的字抄。」

周文星聽了，站起身從書架上拿了一本字帖給她道：「以後要練字就用這個字帖吧。」

黃英看著那薄薄幾頁的字帖，甚是好奇。

周文星笑道：「這是衛夫人的《稽首和南帖》，相傳她是『書聖』王羲之的啟蒙老師，傳世的法帖不過這幾頁，不過這字有個好聽的名字，叫作『簪花小楷』。」

這話嚇得黃英趕緊把那字帖放下道：「這是不是很貴重啊？弄壞了我可賠不起，我還是用《三字經》練就好。」

周文星見狀，心頭有些說不出的不快，他把那字帖塞到她手裡道：「這是坊間不知道誰臨摹的，要真是衛夫人手書，我能這麼胡亂地擱在書架上？真是不動腦子！」

黃英也不辯駁，點點頭，接過字帖來笑笑道：「謝謝四爺。」

她點頭時，耳垂上那對粉水晶桃花耳墜子一晃一晃的，周文星頓覺意興闌珊，書房裡又開始瀰漫著那種無言的尷尬。

到了下一句「茍不學，何為人」，黃英聽周文星解釋完，整個人都呆住了，到底忍不住，脹紅了臉道：「真是胡說八道！天下那麼多不識字的人，在你們這些讀書人眼裡都不能算作人?!」

周文星尷尬地微紅著臉道：「這句話的意思是，鼓勵人好好讀書學習，做個有用的人。」

想了想，他又叮囑道：「妳這些胡話跟我說說也就罷了，可不能往外亂講。」

黃英卻跟筆有仇一般，用力地寫著那幾個字，心中憤恨，暗道：周家人只怕都是這樣看的，才沒把我當個人！

好在之後黃英沒再說什麼亂批經書的胡話，周文星順順利利地教完了最後兩句，「勤有功，戲無益。戒之哉，宜勉力」。

見黃英學完又要收拾東西走了，周文星連忙吞吞吐吐地說道：「黃英，我，妳知道吧？

我準備十五日離開京城，行李跟船都安排好了。」

黃英一想，今日已經初五了，可拾柳的事自己都還沒開口呢！當初覺得自己跟過去不過是樁小事，可如今才知道，沒有人幫忙，自己連內院的月亮門都出不去。

她轉身坐了下來，一本正經地說道：「拾柳是蘇州人，不知道四爺能不能讓她一路跟著去找家人？我打聽過了，你總要帶幾個人去，到時候再讓她跟著回來？」

過去這些天來周文星一直不敢再跟黃英提自己要走的事，拖到不得不說了才講，就怕她會吵著要跟，沒想到她隻字不提，反而說了拾柳的事情。

周文星心頭一鬆，突然覺得黃英懂事明理了，可見人真得讀書識字才能講道理。

不過，他還是搖了搖頭道：「這事不妥，找個人哪有那麼容易？失散這麼久了，半年、一年找不到也很正常；不如妳讓拾柳細細說明家中情況，我到了那裡後差人打聽，若是打聽到了，我會寫信回來。日後家裡若是送節禮，我再替他們送個信，仔細安排。」

黃英認真想了想，覺得這樣安排確實更好，便看了周文星一眼，眼神一閃，低頭道：「謝謝四爺。我，四爺走之前，我還想求四爺一件事，能不能讓我見見爹、祖母跟娘，我想當面跟他們認個錯，不知道行不行？」

她的聲音微微顫抖，周文星聽到耳裡，一顆心不覺就軟了。這麼倔強的丫頭終於肯低頭了，他內心說不出是慶幸還是惋惜，這樣的黃英總讓他覺得不真實。

待黃英回了屋裡，香草湊到她耳邊輕聲問道：「少奶奶，這個法子真的行？」

黃英看了看自己滿是細汗的手心，低聲道：「死馬當活馬醫，總要先出了這個院門才有機會！」

過了兩日，黃英果然見到了周侍郎，只是跟她計劃得有點出入，周侍郎沒讓她出去，而是自己在晚飯後到了蘭桂院。

太陽尚未下山，漸漸有了初夏的熱氣，周侍郎穿著一件家常的深藍綢薄衫，上面繡著薑黃色的合歡花。他端坐在堂屋的太師椅上，看著規規矩矩低頭站在下面的黃英，滿意地看了看周文星。

不到一月的工夫，這野丫頭倒轉了性子，模樣看上去有幾分文靜了。

黃英行過禮就跪下了，可開口就讓周侍郎吃了一驚。「爹，《三字經》上說『人不學，不知義』，又說『孝於親，所當執』。兒媳以前不懂事，處事不當，鬧得家宅不寧，不懂得孝敬祖母、公婆，如今知道自己錯了，請爹原諒，也請爹允許兒媳去向祖母與娘賠罪。」說著恭恭敬敬地磕了三個響頭。

這幾句話，天知道她跟見雪偷偷練習了多少次！

周侍郎笑著看向周文星，說道：「士別三日，當刮目相待，不過一月不見，四郎媳婦說起話來倒會引經據典了！四郎，不錯、不錯！」

其實周文星自己也嚇到了，他紅著臉辯解道：「爹，這些話可不是兒子教她說的。」

黃英有些意外地看著周文星跟他爹，搞不懂周文星為什麼要這麼急著撇清？

周侍郎淡淡地笑著說道：「就是你教的，也算教得不錯。好了，妳錯也認了，是不是想著老爺我該放妳出去搗亂了？」

黃英聞言一愣，周侍郎卻站起身道：「妳祖母跟娘那裡就不用去了，我會轉告她們。妳在這院子裡乖乖地呆著，看妳能乖多久，再決定什麼時候放妳出去。」說著就要離開。

此時黃英卻突然高聲道：「兒媳並不是求爹放我出去，兒媳求的是去蘇州！」

霎時，周文星全身的血液都往腦袋上衝。這些日子她乖巧得很，還以為她忘記這件事了，誰知道竟在這裡等著他！他怒喝道：「黃英，妳胡扯什麼?!」

周侍郎卻站住了，一邊哈哈大笑、一邊搖頭道：「去蘇州？還以為妳學乖了，誰知道還是那麼異想天開！看來妳想出這扇月亮門，還要等很久！」

這兒媳之前是個單純的傻蛋，現在是自以為聰明的傻蛋，有意思！

黃英卻毫不退縮地看著他說：「爹可肯跟我賭一把？」

周侍郎收不住臉上的笑意，就像逗弄有趣的小狗、小貓道：「妳想賭什麼？」

「賭兒媳明天就能出了這月亮門！如果兒媳出去了，爹就准我去蘇州；如果兒媳出不去，就是一輩子被關在這院子裡，我也毫無怨言。」

這麼大膽天真的女子，周侍郎還真沒見過。他看黃英一副很篤定的樣子，索性坐回原位說道：「先說說，妳覺得妳有什麼資格跟我賭？」

黃英睜圓了眼睛，她一時沒聽懂，有些不確定自己理解得對不對，慢慢地道：「在蘇州乖乖地，跟在京城不停闖禍，爹想要什麼樣的兒媳？」

周文星聽出了黃英話中的威脅之意，不由得倒抽一口氣。這個家裡，還沒有人敢跟周侍郎這樣講話。

果然，周侍郎慢慢地收起了笑容，不動聲色地道：「妳要知道，妳家在老柳村！」

黃英沒想到周侍郎會這樣說，這就像村裡人打架時那樣，「你割了我家麥子，我就砍了你家高粱」是嗎？

她面上一白，半步不退地說：「光腳的不怕穿鞋的！兒媳去蘇州，對周家不是更好嗎？不用把我藏起來見不得人，也不用怕我出去不小心惹出一些禍事，更不用擔心我把祖母跟娘氣得病了。我去了蘇州，甚至可以不提周家四兒媳的身分！」

看著毫不畏懼周侍郎的黃英，周文星內心竟莫名其妙地生出與有榮焉的自豪。

周侍郎用一種奇怪的眼神看著黃英，半晌點了點頭道：「好，明日妳如果能從那月亮門走出去，我就允妳去蘇州！」

送走周侍郎再回房，周文星見黃英已經上床，睡在裡側，背對著床外。他故意大聲地咳了幾聲，黃英卻沒有動靜；他又故意踢倒一把交椅，她還是一動也不動。

周文星憋著氣，招呼丫鬟進來，去淨室漱洗了一番，回來爬上床一看，黃英還是側身躺著，背對著自己。

他舉起一根指頭，想學黃英過去戳他那樣戳戳她的背，看她還裝不裝睡，可手指伸到一半，還是無力地垂了下來。他覺得他誤會黃英了，黃英鬧著要去蘇州，不是為了追著他跑，而是不想留在周家。

這一夜，周文星翻來覆地沒有睡好。

第二日，周文星早早就進書房等著，可眼看沙漏裡的沙流個不停，黃英卻只派了香草過來說：「少奶奶說《三字經》已經學完了，又要準備去蘇州的事，想請幾天假。」

周文星火大地說：「去把妳們少奶奶叫過來！沒有先生的許可，不能請假！」

黃英到底還是過來了，她笑盈盈的，像個沒事人一樣，看得周文星兩眼冒火，關上房門質問道：「黃英，妳可真是好學生，這麼快就學會騙人了？」

黃英坐下，笑意不變地說：「四爺，我也不算騙了你，我確實跟爹認錯了。」

周文星恨得一拍桌子道：「強詞奪理！告訴妳，就是爹同意讓妳去，我也不會同意的！」

黃英笑意一冷，輕輕說道：「四爺，我知道你不想讓我跟著去蘇州，但我不知道這是為什麼？如果你是怕我變成你的累贅，我問過拾柳了，我到了蘇州會住在城裡，你則待在虎丘山上，我們井水不犯河水，我也不會跟人說我是你周文星的假媳婦，你，到底在怕什麼?!」

周文星只覺得胸口壓著大石一般喘不過氣，回道：「我就是不想讓妳跟著我！」他確實是害怕，可是連他也說不出自己到底在怕什麼？

黃英聞言火氣上來了。大路朝天，各走半邊，這都不行？周文星也太不講理了！她站起身道：「我知道你在怕什麼，你怕別人知道你有個砍柴女當媳婦，覺得我讓你丟臉！可是周文星，你放心，我出了門絕對不會說我是你媳婦！」

黃英說完轉身就走，周文星一把拉住她的袖子道：「我的確是怕妳，妳太讓我操心了！」他終於說出了心裡話。

只見黃英頭一仰，從周文星手中慢慢扯出袖子，說道：「四爺，小心扯壞了衣裳要你賠。」

她腳步不停地往外走，頭也不回地說道：「你放心，從今以後，我都不會讓你替我操半分心！」

恨恨地看著黃英翩然離去的身影，周文星滿心鬱卒，他拿起書本狠狠地往桌上一拍，低聲罵道：「妳不讓我操心，我就能不操心嗎?!誰教妳是我媳婦！」

轉過頭，看到桌上一字未寫的白紙，周文星一把抓起來撕個粉碎，恨道：「父子親，夫婦順。《三字經》學完了？妳學會了什麼東西！」

第三十章　妙計奏效

眼看過了晌午，黃英把見雪幾人都叫了過來，但香草、香蘿此時並不在屋裡。

「我過幾日就要跟著四少爺去蘇州了，妳們幾個的事也要安排一下。」如今黃英說起這樣弄腔調的話已經很順暢了。

眾人都知道昨日少奶奶見到了老爺，可萬萬沒想到老爺居然會同意她跟著去蘇州，聽了這話都是既好奇又興奮。

拾柳更是激動地站都站不穩，說話也結結巴巴地。「少奶奶能跟著去嗎？要帶幾個人？那個、奴婢……」

黃英一笑，毫不沓拖地說：「不錯，我會帶妳去。」雖然周文星那樣的安排確實妥當，但既然她要去蘇州，帶幾個丫鬟也算正常。

拾柳激動地衝上前說：「少奶奶，您的大恩大德，奴婢、奴婢一輩子都報答不了！少奶奶，奴婢給您捶腿！喔，對了，奴婢今兒就動手，給少奶奶做幾頂漂亮的紗帽！」

黃英拉住她的手道：「妳先別急。守賢要管這院子裡的事，肯定去不了；初春、得珠與喬嬤嬤留下看家；見雪、香草跟香蘿都跟著我去。」

喬嬤嬤心裡不悅。也不知道這個砍柴的丫頭怎麼能說動老爺！見沒自己什麼事，便道：

「少奶奶如果沒什麼事吩咐老奴，老奴就先告退了。」

黃英端著茶碗喝了一口，沒說話。喬嬤嬤心中暗氣，恨不得趕緊離開這裡，可沒黃英的應允她又走不了。

初春站出來說道：「少奶奶，那些針線，我跟得珠做得差不多了，少奶奶要不要抽空補上幾針？」

黃英很是意外地說：「這麼快？倒是辛苦妳們了。嗯，明兒吧，妳把東西都帶過來，我走之前都送出去。」

初春猶豫地看著黃英，好像還有話要說，可還沒等她開口，眾人就聞見一股濃煙味，喬嬤嬤驚得跳腳道：「這是哪裡走水了？趕緊看看去！」說完就衝了出去。

黃英面上一喜，立刻跳下炕來拉住拾柳，低聲在她耳邊道：「能不能去蘇州，就看妳能不能把月亮門哄開了。」

拾柳聞言驚訝不已地看著黃英，可黃英並未向她解釋什麼，而是率先快步走出了大門。只見院子裡四處冒著濃煙，濃煙中還見火光閃爍。

喬嬤嬤驚慌失措地一馬當先朝月亮門跑，喊道：「走水了！走水了！趕緊開門啊！」

拾柳緊跟在她後面，守賢跟見雪幾人也嚇傻了，眾人一塊兒撲在門上使勁拍門哭喊道：「開門啊，趕緊開門！難道要我們都燒死在裡面不成？」

月亮門外的婆子們早得了吩咐，無論今日裡面發生什麼事，都不能開門。

此時卻見黃英與香蘿不知道從哪裡冒了出來，她們手裡抬著一架細細的竹梯，架在了門邊的牆上。

這牆不過三尺高，黃英扶著梯子，香蘿搖搖晃晃地往上爬，她看了看外面，伸出三根手指頭來，黃英見狀點了點頭。

外面的婆子們看見香蘿，齊聲喊道：「今兒老爺吩咐了，不管什麼情況都不能為四少奶奶開門！」

香蘿卻道：「少奶奶早就從後面出去了，特地讓我跟妳們說一聲，讓妳們趕緊去回了老爺，好快些開門，別耽誤了救人！」

那些婆子全傻了眼。她們早派人去通知老爺了，可人還沒回來啊，現在該怎麼辦？

突然間，香蘿喊道：「三少爺來了！」

三少爺來得可真及時，正一籌莫展的拾柳機靈地哭喊道：「少奶奶，您自己逃了，我們可怎麼辦啊？咳、咳，要活活燒死在這裡嗎？老夫人，老夫人！咳、咳，開門，開門啊！救命、救命啊！咳咳咳。」

拾柳的聲音和她的人一樣，柔柔弱弱的，這一哭，真是淒慘無比，令聞者動容。可拾柳內心冷靜，雪亮得很。如果不能哄開門，她就回不了蘇州，就是哭出血來，也要哄開這道門！

婆子們面面相覷，六神無主。老爺的命令不敢不聽，這門絕對不能開，可是按照四少奶奶那脾氣，說不定真敢放火，要是燒出幾條人命，可怎麼辦？派去請老爺的人怎麼還沒有回來？幾個婆子急得直跺腳！

蘭桂院那邊冒出濃煙的時候，周文星正在周侍郎的書房下棋。父子倆面對面而坐，周文星執白棋，已經顯出敗局。

只見周侍郎笑道：「四郎，你覺得黃氏今日真能出了那月亮門？」

周文星的手不禁一抖。他雖然不願意黃英跟著去，可是卻莫名希望她真的能出月亮門。見他不回答，周侍郎淡淡一笑道：「她要是翻牆，只能算出了院子，不能算是出了月亮門，所以你放心吧，她去不了蘇州。」

話音未落，就有婆子上氣不接下氣地來報。「蘭桂院失火了！」

這一邊，還沒等這些婆子決定開不開門，周三郎就一腳踹在最前面的一個婆子身上道：「還不趕緊開門！真要燒死幾個人不成？」

此時門外也湧來幾個大漢，他們都擔著水桶，一邊嚷著救火，一邊直直地就要往院裡去。

周三郎焦急地喊道：「開門，快滅火！」

那婆子猶豫了一下，慢吞吞地掏出鑰匙，卻不敢去開門。周三郎會意，一把搶過鑰匙開了門。

門一開，院子裡就蜂湧而出一堆人，此時濃煙滾滾，哪裡分得清誰是誰，守門的婆子也早就被擔著水桶的漢子給擠到了一邊。

周文星一路飛奔而來，到了門口，看到的正是這一幕。

濃煙滾滾中，那扇關了黃英快一個月的月亮門打開了。在一堆慌慌張張、驚恐萬分的丫鬟與婆子中間，身材高䠷的黃英一身紅衣，滿面笑容，不慌不忙地走了出來，煙霧之中，她的眉眼奪目耀眼。

這場景，周文星一輩子都記得清清楚楚。

黃英剛走出月亮門，拾柳就不管不顧地撲了上去，又哭又笑地道：「少奶奶、少奶奶，門開了！門開了！」

看著拾柳披頭散髮、涕淚縱橫的模樣，黃英的眼圈也紅了。跟那個美若天仙的拾柳比起來，她更喜歡眼前這個髒兮兮、傻乎乎的拾柳。

黃英抬頭看見了周三郎，朝他一笑，牽著拾柳，猶豫著要不要過去？她沒在周三郎身邊看到香草，眼光自然地掃向大門口，卻看見兩眼發直、站在那裡的周文星。黃英對周文星抬了抬下巴，微微一笑，又轉過頭，繼續在人群中尋找香草。

也不知道香草是從哪裡躥出來的，就看她跟隻小螞蚱似地幾個蹦跳鑽到了黃英面前，抱住黃英的胳膊道：「少奶奶，真的成功了！」

黃英鬆了一口氣，拍了拍她的頭道：「多虧了妳，回頭賞妳個金戒指！」

周侍郎趕到的時候，就見周文星像個傻子一般，遠遠地望著黃英；周三郎則張羅著眾人收拾院中未燒盡的樹枝、紙屑。

這院子既然叫蘭桂院，就是廣植了蘭草與桂樹。周侍郎一言不發，直奔後院而去，果然，那幾棵桂樹已經慘不忍睹，長得低一點的樹枝被砍了個精光，上面的也被砍了好一些去。

黃英默默地跟著周侍郎，周文星和周三郎也都跟在後面。

看著那被砍得亂七八糟的桂樹，周三郎用手掩嘴，忍不住偷笑；周文星則張大了嘴。他就住在這院子裡，竟不知道她們何時砍掉了這麼多樹枝，難怪剛才從遠處一看濃煙滾滾，讓人以為真的失火了。

堂屋的太師椅上，周侍郎坐在上面，看著下面站著的兩個兒子、一個媳婦，內心的滋味實在是有些難以形容。他堂堂三品高官，居然敗在這麼一個砍柴媳婦手裡！

周侍郎面沈如水。自己實在是小瞧了這個砍柴丫頭，聽說之前她找人要了梯子，還以為她是要翻牆，便吩咐讓人給她，故意留個陷阱給她跳，誰知道她是用這梯子來砍樹枝的。

他把周文星叫走，就是因為知道這孩子心軟，怕臨到頭又跟上次回門一樣出手幫了黃英；誰知道老四媳婦這麼狡猾，竟跟老三合夥！

楚。

老三一向不管家裡事，怎麼會摻和到這裡面？黃英又是怎麼跟他商量的？他倒要問個清楚。

「老三，你說說看，老四媳婦許了你什麼好處，讓你這樣幫她？」周侍郎問道。

周文星也心情複雜地看著周三郎。他不知道黃英明明被關在院子裡，卻能跟周三郎走得這麼近，還能跟他合謀這種事?!

卻見周三郎一臉無奈地說：「回父親，弟妹不但沒有許我什麼好處，反而讓我當了替死鬼。弟妹，妳不解釋一下嗎？」

他的委屈找誰傾訴？今後誰要告訴他鄉下人老實，他就跟誰急！

眾人聞言都是一愣。

黃英有些羞愧地說道：「三哥，對不住。爹，三哥會養鳥，我就讓香草去請他來，說我想在後院樹上做幾個鳥屋，請他過來看看怎麼弄才好？」

周三郎接著道：「誰知道，才出門就看見這院子起火，於是我三步併作兩步地趕了過來，聽見裡面的人叫得淒厲，一時之間也沒猜想是真是假，就搶了婆子的鑰匙開了門。」

說完，周三郎往地上一跪道：「父親，兒子錯了，請父親念在兒子救人心切的分上，從寬處置！」

周侍郎看周三郎跪下了，黃英跟周文星這闖了禍的夫妻還直挺挺地站著，只覺得腦袋瓜子一抽、一抽地疼，心道：天高皇帝遠，四郎母子惹來的母夜叉，休也休不得，不如讓四郎帶得遠遠地，省得在家裡胡鬧，哪天放火把我的書齋燒了！那可是周家世代積累下來的房間，善本、珍本、孤本不在少數。

他只得道：「三郎既然是被誆來的，也就罷了，你先回去吧！」

周三郎謝過，站起身來，卻不肯走，說道：「父親，兒子實在冤枉得很，想問問弟妹，家裡這麼多人，大哥跟大嫂住得又近，她怎麼就沒想到別人，挑了我來當這個冤大頭呢？」

黃英見周侍郎並不責罰周三郎，鬆了一口氣，聽周三郎這樣說，她臉紅得跟被火燒過似地道：「我、我看三哥心地善良，必然不會見死不救。」

其實她是因為周三郎已經暗地裡幫過她兩次才敢找他的，可是她還沒傻到跟周侍郎坦白的地步。

也不知道怎麼地，周文星聽見這話，一顆心就酸溜溜的，暗想：妳才見過他幾面，就知道他心地善良？這家裡就數他最狡猾！看看，他明明罔顧父親的嚴命放妳出來，非但沒被責罰，還得了個救人心切、心地善良的好名聲呢！

聽聞此言，周侍郎與周三郎的面色都有些尷尬。

周三郎雖然不覺得自己是個壞人，可跟「心地善良」四個字還是很有距離的，被黃英這樣蓋個良民章，很不適應地紅了面皮。

至於周侍郎，他不知道多少年沒聽人說過這樣天真的話了。在官場上摸爬滾打多年，做什麼事不是衡量利弊、權衡輕重，什麼時候敢把要緊的事寄託在別人的善心上了？

父子三人各懷心思，默默無語，倒讓黃英惴惴不安起來。她又說了句很蠢的話嗎？

半晌，周侍郎無奈地點點頭道：「這事就到此為止吧，妳既然憑本事出了月亮門，我就不再拘著妳了。離出發沒幾日了，好好準備，去蘇州吧！」

黃英聞言，驚喜無比地高聲道：「謝謝爹！兒媳就知道，這家裡面最聰明的人就是爹！」

雖然這個馬屁直接得近乎粗俗，可是千穿萬穿，馬屁不穿，周侍郎賭輸了的心情為此稍微愉快了幾分，他揮揮袖子，很有風度地走了。

周三郎將周侍郎送到了大門口，又轉身回來。

見狀，周文星皺著眉頭道：「三哥，這院子亂著，改日再好好地請三哥來小酌幾杯。」

周三郎笑嘻嘻地說道：「恭喜小弟啊，去巨鹿書院唸書還能帶著家眷。」他完全不介意周文星越來越黑的面孔，繼續道：「其實我想跟弟妹單獨談一談，不知道小弟介不介意？」

看著周三郎嬉皮笑臉的模樣，周文星真恨不能一拳打在他的臉上。他絕對是故意的，他要是能被黃英隨便誆來，在周家早不知道死了幾回了！

周文星不客氣地說：「三哥，只要當著我的面談，我就不介意！」

這話令周三郎笑道：「小氣！」

他往剛才周侍郎坐過的地方一坐，整整衣襟道：「也不是什麼要緊事，就是我很想知道弟妹是怎麼想出這個計策來的？」

之前這傻丫頭跟隻無頭蒼蠅似地到處碰壁，怎麼一下子就變厲害了，還知道利用他？

聞言，黃英眼睛笑得彎成兩道彎月，回道：「《三字經》上不是說『周輸東，王綱墜』嗎？說到周幽王烽火戲諸侯，我就想我要是點了烽火，讓家裡的人都以為失火了，難道還不來開門？」

周文星與周三郎面面相覷，想不到這位砍柴妞可真有慧根。周三郎雙手一拱，笑道：「佩服、佩服，這一齣就叫作『黃英烽火戲三郎』吧！」

聽見周三郎叫黃英的名字，周文星一顆心堵得慌，只道：「三哥，話問完了，三嫂怕是等得急了。」

周三郎瞪了他一眼。這沒良心的小兄弟，自己這不是裝瘋賣傻成全他們小夫妻朝朝暮暮嘛，居然不識好人心！算了，等有機會再跟弟妹好好聊一聊吧！

結果周三郎前腳剛走，後腳拾花就奉了老夫人的命前來察看情況。見院子裡的青磚地被熏得一塊塊發黑，但人與東西倒是都沒燒到，不多說什麼就回去覆命了，其餘人等也都一個個來問候了幾句。

到了晚間，「黃英烽火戲三郎」這齣大戲就傳出了周家。

周文星吃過晚飯，搶先一步進了臥房，可是左等右等都不見黃英的人影，氣得在屋子裡直打轉；但他不敢出門，怕自己一走，她就溜回來，又拿背對著自己。

黃英倒不是有意避開周文星，而是被初春給絆住了。

平常吃過晚飯後，黃英都會在院子裡散散步，今日好不容易解禁，她便出了月亮門，可她不敢離開蘭桂院，怕臨走前再惹出什麼是非來。

初春在屋裡見了，就趕了過來，跪在黃英面前道：「少奶奶，求少奶奶救救奴婢！」

黃英趕緊去拉她道：「有什麼話好好說。唉，我自己也是個泥菩薩。」

初春卻不肯起來，反而重重地把頭往地上一磕道：「奴婢的哥哥與大嫂見奴婢到了少奶奶這裡也不得重用，就說要把我許了人！」

黃英有些摸不著頭腦地說：「初春妳也十七了吧？許了人不好嗎？」

初春哭道：「他們要去求夫人把我放出去給人做填房，那人、那人今年已經快三十了！」

黃英想到周文星說過的「有主、沒主」的話。初春是夫人的丫鬟，她做不了主吧？這事實在難辦。

她琢磨了一下道：「這事等我想想再說。」還是跟見雪她們商量一下再決定。

黃英說完就要走，初春卻撲上來抱住她的雙腿道：「少奶奶，奴婢一向都是向著少奶奶的啊！為了少奶奶回門的事，奴婢還挨了夫人的打！少奶奶讓奴婢幹什麼，奴婢就幹什麼，求少奶奶救救奴婢，讓奴婢跟著去蘇州吧！」

黃英看她哭得實在可憐，說得也確實句句屬實，便無奈道：「好了，如果夫人同意，妳就跟著去吧！」

初春聞言狂喜，淚如雨下地道：「謝謝少奶奶，謝謝！夫人那裡，奴婢自會去求恩典。」

黃英拉著她起身，嘆了口氣。當初自己第一次見到初春，還以為是神仙姊姊呢，如今不過幾個月的工夫，就什麼都不一樣了。

第三十一章 太后懿旨

黃英回到屋裡的時候，周文星已經漱洗完畢，正裝模作樣地坐在交椅上，拿了一本《論語》在看。

見黃英進來，周文星咳了兩聲道：「既然妳要去蘇州，咱們有些事還是要商量一下。」

黃英皺起眉頭看著他，周文星便有些心虛地說道：「都要去了，就別提那個是不是我媳婦的話了。」

卻見黃英臉色一冷，有些不耐煩地回道：「你放心，出了周家大門，你就當作不認得我！」

周文星惱羞成怒道：「妳幹麼老說這種渾話？我當不認得妳，就真不認得妳了？我早就說過，周家四少奶奶的體面我不會少了妳的！」

他不提這個還好，一提黃英就一肚子氣。他真當自己追過去是要跟他做真夫妻嗎?!有必要怕成這樣？

黃英眉眼一橫，轉頭就朝淨室走去，只道：「你放一百個心，就是你想跟我做真夫妻，我也會一腳把你踹下床去！」

周文星覺得自己受到了深深的傷害。他那句話說得不清楚嗎？她是他媳婦，走遍天下她都是，說不是，豈非掩耳盜鈴?!真是、真是……唯女子與小人難養也！

第二日，黃英與周文星看見對方就錯開眼神、互不理睬。吃過早飯，周文星就跑得不見蹤影，黃英則把見雪、拾柳、香草與香蘿叫過來商議。

認真說起來，黃英自己也感到奇怪，明明跟初春認識得最久，怎麼反倒與見雪她們比較親近呢？不過這件事現在也不重要了。

黃英劈頭就問：「就要去蘇州了，想讓香草往我娘家送個信，明日一早就去，怎麼個章程？」

上次黃英直接去找梅鶴院的守門婆子，碰了個軟釘子，今日她決定先問問見雪跟拾柳再說。

見雪道：「這事倒是容易。這會兒大少奶奶應該還在理事，奴婢帶著香草去回她，拿到對牌以後，明日香草再去車馬房上車就是了。」

黃英點點頭道：「還有一件事要商議，就是初春也想跟著去蘇州。我初時沒想清楚，咱們去蘇州得坐船，這麼多人能不能都上船？這事找誰打聽去？」

見雪看了黃英一眼，沒說話；拾柳也瞄了她一下，沒開口。

倒是香草見她們一副有話不敢說的模樣，大剌剌地笑著道：「少奶奶跟四少爺賭氣，兩人誰也不跟誰說話，這事問不了四少爺。」

黃英順手拿起桌上的筆桿敲了香草的頭一下道：「就妳多嘴！」

香蘿傻傻地笑了，見雪與拾柳也掩著嘴偷笑。

見雪想了想，說道：「這事是外院安排的，不如去問問任俠或者仗義，他們必定知道。只是少奶奶，如今夫人不在家，咱們到底能帶多少人，誰說了算呢？因為要支取銀兩，奴婢想，不如就一道問大少奶奶？」

拾柳卻皺了柳眉道：「初春好好地，幹麼要跟著去？奴婢聽說他們家在給她說親呢！這一去得兩、三年，可別耽誤了。」

黃英發現這話跟初春說的對上了，想了想，還是跟她們說實話。「初春說他們家要把她許給人家做填房，讓我帶她去避一避。」

見雪本來要帶著香草出門，聞言停下了腳步，皺著眉頭想了一會兒才說：「少奶奶，這事奴婢看還是打聽打聽得好。」

黃英有些遲疑，想了想，嘆了口氣道：「妳們先去辦事，回來咱們還有要緊事商議呢！」

見雪領著香草出去，黃英正要吩咐拾柳去找任俠打聽上船的事，就見香草上氣不接下氣地跑了回來，滿臉通紅，話都說不索利了。「少奶奶、少奶奶，出大事了，說是讓少奶奶到前面去接聖旨！」

接聖旨？黃英只覺得一道閃電劈中了自己，接著是一個轟雷把自己炸得粉碎。她不過是個砍柴丫頭，皇上哪裡知道她是哪畝地裡冒出來的白菜苗?!

黃英搖搖晃晃地扶住了炕桌道：「妳沒聽錯吧？」

見雪接著進門，滿臉惶恐地說道：「少奶奶，是真的！剛才碰到來傳訊的嬤嬤，我們才跑了回來。」

看到一向天不怕、地不怕的黃英一臉蒼白，見雪忙道：「少奶奶，說不定是什麼好事呢，少奶奶莫急！」

幾人說話間，周文星也進了門，他還算鎮定地說：「不是聖旨，是太后娘娘懿旨，前面在擺香案呢，咱們趕緊換好衣服過去。」

見黃英還在發呆，周文星索性拉著她的手進屋。黃英感覺到周文星手心的皮膚微微有些粗糙，還有點汗濕。

周文星緊緊地握了握黃英的手，說道：「沒事，別怕。」

黃英看了看自己被緊握著的手，又看向一臉冷靜的周文星，突然間覺得沒那麼驚恐了。

一眾丫鬟都跟了進來，一通忙活。

拾柳動作極快地為黃英重新梳洗、挽髮、插戴，她一邊翻找黃英的衣裳，一邊道：「少奶奶這些衣裳可真是不能看，糟蹋了好料子，趕明兒我為少奶奶改改。」

好不容易找出一件猩紅提花緞、繡著花開富貴的褂子來，又搭配了黑色羅裙，拾柳說道：「來不及熨平熏香了。」

見雪見了，立刻回道：「妳只管忙別的，這褂子我來熨。」說著便拎著褂子飛快地往廚房去了。

香草忙著翻鞋子，一雙雙遞給拾柳看；香蘿則在一旁打下手，三個丫鬟圍著黃英，倒把周文星給晾在一邊。

黃英見了，吩咐香蘿道：「去跟守賢說一聲，讓她帶人進來為四少爺打點。」

香蘿連忙飛也似地去了。

過了一會兒工夫，拾花也來了，她見黃英差不多已經裝扮妥當，倒是有些意外，見了禮後便離去。

兩人整理完，到了前面大堂時，就見香案已經擺好，周家眾人熙熙攘攘，也不知道到齊了沒有？此刻宮中的人應該還在另一側的廳房中暫時歇息，不見人影。

如今內院都由焦氏打理，外院又有得力的管家，加上周家逢年過節常得宮中恩賜，因此諸事安排得井井有條。

周老夫人按品大妝，坐在一邊的椅子上，她掃了黃英一眼，便轉過頭去。

時辰到了之後，下人便打開中門，周府眾人跪倒在地，迎接懿旨。

只聽見一個略尖細的嗓音道：「壽德皇太后懿旨有諭：周門黃氏生於蓬門，疏於教習，桀驁不馴，屢出禍端，京師咸聞，實有毀我婦人之譽也。然念其初嫁，今遣內女官一名，教其熟讀《女誡》，並教以婦德、婦言、婦容、婦功。教成祭之，以成婦順也。」

黃英聽得似懂非懂，可周家以老夫人為首，都羞愧欲死、憤恨難當，還得跪地謝恩。

一旁的周文星偷偷看了黃英一眼，疑惑不已。雖說自己算是奉旨成婚，可皇上日理萬機，自己閨房之中這點小事，怎麼會驚動了後宮太后？她甚至特地派人來申斥，又遣女官來監督黃英學習，這是明晃晃地打周家的臉啊！

周文星有所不知，雖然他自己近日也常出門會友，但眾人想著他馬上就要離京，都好心地讓他避開坊間流言，所以他對家務事已成茶餘飯後的閒話完全不知情。

懿旨上說得相當地委婉，然而在京城人士眼中，他們夫妻是姦夫淫婦、臭名昭著，對社會風氣影響極壞，因此連太后都忍無可忍地下旨訓斥，並且派女官來替周家管教媳婦。

這話也不知道是從哪裡傳出來的，書樓茶館之中竟有說書的改了名姓唱講出來，基本回目如下：

第一回：俏郎君見異思遷，苦命女投繯自盡

田氏路遇吉四郎，貪慕富貴，強索香囊，勾搭成奸。四郎見異思遷，悔棄婚約，青梅竹馬苦命言小姐不堪受辱，投繯自盡。

第二回：愧四郎背妻偷祭，妒田氏追打山門

皇上英明旌表言小姐節烈。四郎心中內疚，懷念言小姐，於旌表落成之日偷偷前往拜祭；不想田氏得知，連夜追趕，大鬧山門。四郎迫於田氏淫威，過山門而不入，被押回家中。

第三回：悔四郎避妻自鎖，毒田氏斧劈院門

四郎回到家中，心中痛悔，不欲與田氏相親，鎖了院門，避之不見。卻被田氏以斧劈門，攆走四郎忠心婢女。

第四回：四郎母教媳被欺，田氏女火戲四郎

四郎母欲管教田氏，反被氣得病倒。四郎終於忍無可忍，奮起反抗田氏淫威，將田氏鎖在家中。田氏奸猾，竟放火燒屋，騙得四郎開門，逃了出來，反將四郎鎖住。

欲聽下回分解？對不起，周家這齣大戲剛演到這一回，無法保證日更。

本來這事在坊間不過是戲說，傳到了太后耳中，也只當是京中趣聞一件，見到皇上時便在無意中提起。

誰知皇上聞言一驚，當即命人去傳禮部官員來詢問眾妙庵一事，得知確有此事，皇上頓時震怒不已。周侍郎信誓旦旦地表示兒子與許家女並無私情，豈料卻是念念不忘，新婚燕爾就毫不忌諱地前往拜祭？周侍郎治家無方事小，欺君罔上事大！

太后見皇上為這內宅小事動怒，暗悔失言，只得道：「皇上，所謂家醜不外揚，周侍郎家中傳出這些醜事，必有緣故。不如哀家派個老成的女官前去，就說是教導黃氏，藉此探聽清楚真相，皇上再做定奪不遲？」

周侍郎一邊接旨，一邊在心中把那在後面搧陰風、點鬼火的人罵了個祖宗十八代。

他不是完全沒聽到外界的傳言，卻只是想著關好黃英、送走四郎，過不了幾日謠言就會被新的話題給蓋過，誰知道太后的消息居然這麼靈通，家中要是住進了太后身邊的心腹女官，可真是脖子上繫了套、頭頂上架了刀！

這位女官姓宋，領正五品祿，在太后身邊極有臉面。她八歲入宮，在宮裡待了三十年，本來早可歸家榮養，沒奈何家中親眷全無，太后索性留她在身邊，不僅令她教習新進女官，閒時也陪太后談天說地，宮中人人稱她一聲「宋先生」。

待周侍郎重禮送走了傳旨的公公，周老夫人便去跟宋女官交接；至於周侍郎，回來之後他立刻派人去接周夫人，又叫周文星跟黃英到書房訓話。

黃英腳步飄飄、暈頭暈腦，她只聽懂太后覺得她不聽話，派了個女先生來管教她而已。其實她倒不擔心被管教，只想著：蘇州，她還能不能去了？

進了書房，周文星見黃英兩腿發軟的樣子，便道：「爹，英姊兒沒經歷過這些，這會兒只怕已經站不住了，不如……」

周侍郎滿腔怒火，一拍桌子道：「小畜生，還敢多嘴？趕緊跪下！」

卻說周侍郎厚禮送傳旨公公出門，得了那公公的話頭，知道是周文星私下去為許月英修墳惹出來的禍。本來幾個兒子中，周文星讀書最有天分，又是嫡子，周侍郎對他寄予厚望，誰知這田氏母子兩人多情如病苦難醫，不知輕重，一樣蠢。

見周文星跟黃英一跪一站，皆是一臉懵懂，他內心升起深深的厭惡，巴不得這一對蠢貨早日離家，早日妥當！

他無力地坐下，眼神冰冷地說：「黃氏，妳也跪下！你們可知道那宋女官是來幹什麼的嗎？」

周文星挨了那句罵，內心激憤，咬著牙當聽不見；黃英則是乖乖跪下，囁嚅道：「聖旨……聖旨……媳婦聽不太懂。」

此時周侍郎也懶得去糾正她是「懿旨」不是「聖旨」，只道：「那宋女官是來看你們夫妻究竟是真是假！」

這下不說黃英，周文星也驚得抬起頭說：「怎麼會?!」

周侍郎冷笑道：「那就要問問你這位多情多義的俏郎君了，新婚燕爾還不忘那山上孤墳！也要問問你這位膽大包天的小媳婦，進了周家門，鬧出多少驚世駭俗的事情！」

只見周文星面色慘白，不肯認錯。「爹也曾去拜祭過，兒子以為拜祭故友是人之常情。」

要不是那位宋女官現在就在周家，還要依太后的懿旨待上一陣子，周文星這頓板子是絕對逃不掉的。聽見兒子的辯解，周侍郎頭痛不已。

回想起當時的情形，黃英記得跟他們接觸過的只有一個小道姑，沒有別人，這樣事情還能傳到宮裡去？

她想著、想著，不由得汗毛直豎，看看周侍郎又看看周文星，突然明白當初周家為什麼寧可娶自己這個門不當、戶不對的媳婦，也要把這件事糊弄過去。周家看似風光，可是論穩當還不如黃家，她可真算是上了賊船了！

黃英抬起頭來說道：「那爹說，如今我們該怎麼做？」她那句馬屁可不是亂拍的，她是真心覺得周侍郎是周家最聰明的人。

周侍郎沒想到這個媳婦平時傻歸傻，關鍵時刻倒還真有點靈氣，便道：「你們兩個先對好說詞，四郎到底是怎麼……是怎麼看上妳的？你們又是怎麼想起來去看許姑娘的？」

三個人反覆對了說詞，周侍郎見他們說得都順溜了，這才稍微放了點心，又吩咐道：「如今周家安危都在你們兩個肩上，在宋女官跟前，一定要小心翼翼、恩恩愛愛，明日你們娘就回來了，一切都不能出差錯。黃氏，妳要知道，妳跟周家是一體的，要是再胡鬧，整個周家都會跟著倒楣，凡事三思而後行，去吧！」

回到屋裡，黃英見周文星一臉挫敗，知道現在不是賭氣的時候，便勸解道：「四爺，你說咱們要怎麼樣才算是恩恩愛愛？」

話未說完，就聽見香草在屋外喊道：「少奶奶、少奶奶，宋女官朝這邊來了，老夫人與拾花姊姊陪著呢！」

黃英跟周文星驚得從椅子上跳起來，互相幫忙整理了一下儀容，就奔到門邊去站著迎接，眾丫鬟都跟在他們身後，倒是相當有秩序。

低著頭，黃英只看到一雙腳——雪白的棉襪、褐色的絲鞋上花色全無，就這樣停在自己面前。她頭也不敢抬，忙屈膝行禮。「周門黃氏見過宋女官。」

一個平靜得聽不出起伏的聲音緩緩地說道：「黃氏，起身吧！我既得了太后娘娘差遣，少不得要在這裡住上些日子。聽說家裡都喚妳一聲『英姊兒』，我也如此叫妳，可好？」

黃英吃了一驚。這個宋女官怎麼這樣好說話，連叫自己什麼都要問一問，想當初老夫人可是自行決定叫自己『英姊兒』呢！她心中敬服，忙躬身作答。「好！」

這聲回答讓周老夫人面露不悅，倒是宋女官驚訝地露出了一點笑意道：「那妳也不要叫我『宋女官』了，叫『宋先生』可好？」

黃英又點了點頭道：「好，宋先生好！」

宋女官忍俊不住地道：「英姊兒好！妳抬起頭來，讓我認認，也認認我。」

黃英這才抬頭，有些好奇地看著宋先生，宋先生也不動聲色地打量起黃英。如今的黃英已經跟剛進門時大不相同，今日又經過拾柳一番仔細收拾，倒讓宋先生吃了一驚。

只見一個二八妙齡女子，一頭烏髮如雲，梳著牡丹頭，正中掛一串紅寶金鳳釵，左右各四枚金花壓鬢，耳掛同色紅寶水滴金耳墜子。膚色雖不夠白皙，但勻淨光潔、氣血充盈、生氣勃勃；眉如翠羽，修得微微平直，臉上畫著飛霞妝；一雙明眸如秋水晴波、純淨無瑕；鼻直微寬、唇如元寶，竟是一位嬌憨俏麗、天真無邪的小娘子，哪裡有坊間傳說半分奸猾毒

第三十二章　觸動心弦

此時黃英也暗暗打量著宋先生。只見一位四旬上下的婦人，面色溫和，頭插碧玉簪，綰著紫色巾幗巾，鬢髮一絲不苟，耳上一對珍珠，無半點累贅；身上穿著一件水青提銀色寶象窄袖花褙子，下著素白六幅湘裙；眉毛淡淡的、眼睛細長、鼻子挺直、嘴唇略薄。

黃英一看就覺得驚奇，心道：還以為太后身邊的人也跟周家人一樣鼻孔朝天看人，沒想到這位女官待人竟然這般親切。她心中歡喜，就露出笑容來。

宋先生見到黃英的反應，也微微地笑了起來，唇邊露出一對深深的小梨渦，一下子年輕了許多歲。

周老夫人初時見黃英應對笨拙，還怕宋先生見怪，見兩人相視而笑，鬆了一口氣道：「黃英剛剛進門，做事難免不知道輕重，左右不過是小孩子玩鬧罷了，我跟她婆婆都喜歡她這直性子。」

黃英聽了低下頭，不敢露出不屑的神情來。

宋先生又看了看周文星，也不多說什麼，回了周老夫人。「老淑人不必陪著，難道他們兩個還敢輕慢我不成？」

周老夫人這才帶著拾花有些不放心地走了。黃英暗暗鬆了口氣。要是再多聽幾句老夫人那些肉麻的假話，真不知道她還忍不忍得住？

黃英與周文星迎接宋先生進正屋大堂，讓了上座、上了茶，她才道：「先生，我這裡房屋寬敞，您想要住在哪裡？還有我這裡婢女也不少，挑一個伺候您吧？」

宋先生也不挑剔黃英說話不當，她看了看左右，說道：「你們夫妻住在哪裡？」

黃英指著東側道：「我們在東側，西側如今就是一間小書房。」

宋先生笑道：「那就住在西側吧！」一見黃英屋外站著一排的丫鬟，宋先生隨手一指道：「就她來吧！」竟是指了香蘿。

香蘿頓時激動得滿臉通紅。

第二日一早，黃英跟周文星請宋先生一起用早飯。周文星與黃英昨日仔細商量過如何表現夫妻恩愛，如今正是時候。

周文星挾起一個芝麻花生包子放在宋先生碟子裡道：「先生請用。」接著又挾了一個放在黃英碗裡，道：「英姊兒，妳的。」

黃英見狀，笑咪咪地挾了一筷子醃紅辣椒放在周文星碟中，說道：「四郎，你多吃點！」

周文星抖了一抖。他不吃辣！可當著宋先生的面，他只得滿面堆笑地道：「不用管我，妳伺候先生用飯。」

黃英這才道：「先生，昨日忘了問，不知道您喜歡吃什麼、不喜歡吃什麼？」

宋先生慢條斯理地笑了笑，說道：「這倒不必問，我今日就打算回去了。」

周文星跟黃英嚇得筷子都掉在桌上，只見周文星話都說不索利了。「先、先生，可是我們招待不周？」

宋先生看了黃英一眼，又瞄了周文星一下，只道：「還是吃完飯再說吧！」

說完，宋先生也不管這夫妻兩個怎麼擠眉弄眼、味同嚼蠟地嚥下這頓早餐，自己不疾不徐地吃了兩個包子、一碗燕窩粥跟若干各色小菜，這才放下筷子道：「到書房來說話。」

周文星跟黃英戰戰兢兢地站在書房裡，宋先生站在書桌前拿了紙筆，周文星連忙上前為她磨墨。

宋先生也不坐下，提筆在紙上寫了幾個字，周文星一看，雙腿一軟，一下就跪在地上了。黃英認了不少字，可一急之下全忘光了，慌得不知道該不該跪下？周文星忙一扯她，她只好跟著跪下。

周文星湊到黃英耳邊，輕聲道：「未曾圓房？」

黃英內心慌張，驚駭地看著宋先生，就跟看到妖怪一樣。她怎麼看出來的？

周文星聽說過宮中自有各種秘法，宋先生既在宮中待了三十年，一眼就看出他們未曾圓房並不奇怪，他沒想過抵賴，只想著該找什麼理由搪塞？黃英卻覺得除非宋先生有妖法，不然決計看不出他們未圓房，要不要打死不認？

兩人各懷心思，哀嘆昨日做的各種準備在宋先生面前簡直是不堪一擊，現在如何是好？周侍郎說過，宋先生就是來看他們是真夫妻還是假夫妻的，這會兒被看穿了，他們兩人還有周家會不會大禍臨頭？

想到這裡，黃英看了看十分親切的宋先生，思考著要不要跟她說實話？若是知道他們的不得已，也許宋先生能幫忙掩飾？

她看向周文星，周文星見到她的神情，不禁打了個冷顫。這傻丫頭是要坦白嗎？他一急，大聲道：「宋先生，此事與英姊兒無關，是、是小生有疾。」

周文星嚷出這一句後滿臉通紅，也不知是羞的還是急的？

宋先生緩緩地坐了下來，慢條斯理地整理了一下衣襟，神色不變地說道：「英姊兒，妳說呢？」

黃英看著周文星，內心有一種暖暖的情緒在湧動。就像周侍郎說的，嫁給他以後，他的事、周家的事就都跟自己有關了。

猶豫了一下，黃英看著宋先生的眼睛道：「是我，不是他。」

周文星狠狠地瞪了黃英一眼，把她往後一扯道：「妳別搗亂了！」

黃英眉頭一皺，惱怒起來，噘起元寶嘴，狠狠推了他一把。

周文星被她推得一歪，身子差點撞到旁邊的書架上，忍不住怒道：「妳又推我！」說著慌張地看向宋先生。

這下可好，就是沒圓房，只要說自己有病，還是可以勉強說他們很恩愛的，結果被她這一推，連恩愛也沒法子裝了。

黃英卻怒目一瞪地道：「你不扯我，我會推你？當著宋先生的面，就拉拉扯扯地不給我臉，嫌我不會說話是不是?!說你是看中我才娶我的，誰信！」

周文星忽然明白過來，頭一縮，裝作很害怕被打的樣子，順勢道：「就是，妳一個母夜叉，我眼睛長在腦後勺才會看上妳！」

宋先生輕輕咳了一聲，見兩人都住了嘴、規規矩矩地跪好了，才道：「英姊兒，妳說，為什麼跟妳有關？」

黃英氣呼呼地說道：「我不識字，又不懂他們家的規矩，進門他就囉囉嗦嗦地給我立規矩，還看不起我。我就說，他要敢碰我，我就一腳把他踹到床下去！」

這話也算是真話，假作真時真亦假，你越要證明什麼，別人未必肯信，可你越是表現得不像那麼回事，別人反倒信了。

宋先生低下頭，眼神在他們之間轉了幾圈，笑了笑，突然道：「我不吃蝦，喜歡吃辣，其他尚好。」這一對小夫妻是真是假，倒是可以多看幾日。

黃英與周文星都大大鬆了一口氣，兩人對視一眼，看到彼此眼裡充滿驚喜，隨即臉上一紅，皆低下頭去。

宋先生看得莞爾，溫和地說道：「都起來吧！」

周文星先站了起來，黃英衣裙累贅，才要站起來，就見周文星伸來一隻手，手指雪白修長。黃英又紅了臉，微微咬唇，伸手抓住他的手，站起身來。

宋先生指了指一邊的兩把圈椅道：「宮中規矩嚴，出了宮，我倒想放鬆放鬆，你們坐著說話。」

黃英就近坐了，周文星見狀這才坐下，兩人都腰板挺直、正襟危坐，一動也不敢動。

宋先生慢悠悠地說道：「英姊兒，太后娘娘派我來教導妳，妳會些什麼、不會些什麼，說來聽聽。」

黃英眨了眨眼，這話該怎麼回答才好？想了想，她回道：「我樣樣都會，沒什麼不會的！」

雖然宋先生人很好，可是她厲害得跟妖怪似的，還是說自己樣樣都會，讓她趕緊走吧，不然她跟周文星怎麼裝下去啊？

這回不但周文星沒憋住笑，連宋先生臉上也繃不住了。她咳了兩聲清了清嗓子道：「妳這樣樣都會，都會些什麼？」

黃英當然知道自己這話誇大得頂天，不過她還是一本正經地裝憨、胡說八道：「過日子不就是那幾樣？我在家時最會砍柴、燒火，到了這裡又學做針線女紅跟管家理事，《三字經》上的字也都認全了。」

宋先生一本正經地點點頭道：「在這裡，妳沒事的話是不是也會在院子裡燒火？」

跡。

除了原先聽到的傳說，宋先生剛才進門時，可沒錯過門口青石地磚上那一團團熏黑的痕跡。

黃英臉瞬間就紅了，囁嚅道：「先生聽說了？我跟爹打賭，成功的話能出院門，所以燒了幾把火。那樹枝才剛砍下來，還濕著呢，光冒煙，不生火，出不了大事的。」

宋先生點頭道：「看來燒火妳是不用學了，不過妳沒提到做飯。民以食為天，《女誡》上說女有四行，德言容功，這是從最難到最易。『專心紡績，不好戲笑，潔齊酒食，以奉賓客，是謂婦功』，妳就從這裡學起吧！」

周文星一聽不禁低下頭，握拳偷偷摀到嘴邊悶笑。

黃英滿臉為難地說：「宋先生，周家吃飯有的是廚娘，我就是學得再好，能有她們做得好？先生不如還是教我認字吧！我才剛學完《三字經》，不是要學《女誡》嗎？」

周文星連忙伸手拉了拉黃英。她跟自己這個「先生」胡鬧慣了，對著太后派來的先生也敢想啥說啥，真是不佩服這傻大膽都不行。

宋先生見了暗暗搖頭，面色卻絲毫不變地說：「四郎先出去吧，太后娘娘命我來教導英姊兒，可不是教習你的。」

周文星有些不放心，可是又不敢違拗宋先生，一揖到地說：「宋先生，英姊兒野慣了，先前跟我學《三字經》時，也是慣常喜歡胡說八道，還請宋先生原宥。」

宋先生無奈地揮揮手道：「放心吧，我吃不了你的小媳婦。」心中暗想，看周文星對黃英的黏糊勁，這恩愛倒不像假的。

周文星走到門邊，又不放心地回頭囑咐黃英道：「妳別當宋先生是我，一個勁地胡鬧，乖乖聽宋先生的話，不然小心先生拿戒尺抽妳！」

黃英不耐煩地瞪了他一眼，站起身道：「你到底走不走？要不要我再推你一把，幫幫你？」

周文星就是認定自己會闖禍，剛才要不是她腦子好，推了他一把，這會兒宋先生還不知道去哪裡告狀了呢！

宋先生也有些忍無可忍地說：「周文星，你再不走，我那戒尺可就要招呼到你身上了！」

周文星嚇了一跳，一縮脖子，飛快地跑了。黃英見周文星走了，才面帶笑容地回過頭來。

宋先生看著黃英，臉上似笑非笑，突然面色一寒喝道：「跪下！」

黃英嚇了一跳，身子比腦子快，一下子就跪在地上，以為宋先生又看出什麼秘密來了，低著頭，嚇得一動也不敢動。

卻聽宋先生嘆了口氣道：「說起來，這也不能怪妳。妳聽著，《莊子》上有個故事。」她準備為黃英講一個「坐井觀天」的故事。

黃英聽宋先生要講故事，渾身的緊繃情緒頓時一鬆，忘了自己還跪著，喜笑顏開，歪著頭，一雙眼睛睜得大大地說道：「先生真好，我最喜歡聽故事了，是哪個莊子上啊？」

宋先生先見黃英插嘴，便住嘴不言，想等她說完了再教訓她，誰知道竟聽到她問「是哪個莊子上」。宋先生呆了片刻才回過味來，卻再也忍俊不禁。

她幾乎一輩子都待在宮裡，言不高聲、笑不露齒，行不搖裙、臥不亂形，早已不記得上一次笑得盡興是什麼時候了。

這一笑可不得了，宋先生伏在桌上，雙手按腹，渾身抖個不停，震得桌上的筆也跟著發出聲響，她越是想忍住笑，越是忍不住。

黃英嚇得不輕，心想：這先生可不是跟俠義話本上說的那樣被人點了笑穴，笑得停不下來了？不會、不會笑死過去吧？

這下黃英也顧不上自己還跪著，站起身就去倒茶，一邊把茶送到宋先生手邊，一邊拍著她的背說：「先生，喝口茶，緩緩氣。」

宋先生好不容易才止住了笑，她坐直了身體，慢條斯理地掏出手絹，用袖子擋著，擦了擦嘴邊的唾沫星子，鎮定了半晌，端起那茶飲了一口，看向黃英。

就見黃英睜大了一雙黑眼睛，拍了拍胸口，又說了一句話。「先生可真是個愛笑的人，剛才我真怕先生笑死了呢！」

宋先生這一口茶就這樣直直地噴到了黃英臉上，黃英頂著滿頭滿臉的茶水，無言地看著宋先生。

此時宋先生滿面通紅，鬢髮因為剛才的狂笑而有些散亂，她大張著嘴，眼神發直，完全被自己的失儀嚇傻了。

深吸了幾口氣，宋先生終於回過神來，內心卻充滿了難以置信的震驚跟萬般難以描述的滋味。她慢慢地放下手中的茶盞，茶托碰到桌面，發出了聲響，接下來，屋內安靜得能聽見黃英與宋先生的呼吸聲。

宋先生伸出手來，輕輕捋了一下兩鬢，神情複雜地說：「我失儀了，對不起！」

黃英顧不得自己頭上、臉上、前襟上的茶水，擔心地看著宋先生說：「沒關係，先生是不是很難過？」

聞言，宋先生一顆心居然狠狠地抽了一下。開心、難過、尷尬、憤怒、憂鬱、受傷、無助、失望、孤獨、卑微、羞辱，過去三十年來，她把這些身為一個人該有、但宮裡卻不該有的感覺全都一一抹掉了。

她永遠高貴而平靜、親切卻又疏遠，專心伺候太后、教導後輩宮女；就是有宮女在她面前被剝皮抽筋，她也可以面不改色，待屍體挪走了，她就能在同一間屋子裡彈琴下棋、喝茶吃飯，夜裡連多餘的夢也不會作一個。

今天，竟然有人讓她笑得像個傻瓜，居然有人問她是不是很難過！

宋先生看著滿懷關切、一臉天真、臉上還掛著水珠的黃英，垂下了眼，聲音平靜地說：「擦乾淨頭臉，去廚房切一天菜。」

黃英見宋先生就要哭出來的模樣，胡亂地擦了兩把臉就跑了出去。

周家下人們傳播消息的速度，堪比如今的網路。黃英還沒走到廚房呢，最新版本的八卦已經出爐——四少奶奶惹惱了宋先生，被宋先生潑了一頭茶水，罰她到廚房做粗活！

所以，當黃英一臉平靜地走進周家廚房的時候，廚房裡外已經擠滿不少本來不該「正好」在廚房辦事的丫鬟與婆子。

黃英哪裡知道這些，還以為周家廚房本來就這麼多人呢，她也不廢話，看見初春的嫂子就說：「王青媳婦，宋先生要我來切菜，妳看看有什麼菜能讓我切的？」

一個時辰之後，黃英還在廚房忙活，周文星卻在屋裡坐立不安。他一直張著耳朵聽書房的動靜，可宋先生自始至終都把自己關在裡面，聲息全無。

這宋先生真是太奇怪了。周文星突然打了個顫，她不是在書房裡找什麼東西或藏什麼東西吧？多少抄家滅族的禍事，都是從書房裡翻出證據來定的罪！

周文星忙幾步走了出來，左右一看，就看見香蘿正坐在門外簷下陰涼處，沾著水往青石地上寫字呢！

他咳了一聲，香蘿聞聲忙站起來問：「四少爺有什麼吩咐？」

「宋先生指了妳伺候她，妳也不知道機靈點，這麼久的工夫了，不去問問宋先生可要用茶跟用點心？」周文星裝模作樣地皺著眉頭道。

香蘿嚇了一跳，點點頭就要跑進去，周文星忙一把抓住她，低聲道：「妳這樣莽撞，衝撞了先生可怎麼好？這樣吧，不如妳悄悄去窗口那邊看看先生在幹什麼，回來告訴我，我再告訴妳要不要去打擾先生。」

香蘿認真地點了點頭，朝書桌那一側的窗口走去。

周文星嘆了一口氣。真是什麼丫鬟跟什麼人，這個也是傻的。

第三十三章　東窗事發

不一會兒，香蘿就躡手躡腳地回來了，說道：「宋先生在書桌前看書呢，要不要去打擾啊？」

周文星鬆了一口氣，笑道：「不用、不用，妳去玩吧！」

誰知周文星剛轉過身，就見宋先生面色如常地站在門口。

他嚇了一大跳，忙施一禮，還沒開口，宋先生就道：「你到書房來一下，莫叫人來打攪。」說完就轉身進屋。

周文星作賊心虛，忐忑不安地跟著宋先生進了書房。

這一頭，黃英看著大木盆裡堆積如山的蘿蔔，非常自豪地說：「看吧，切個蘿蔔對我來說太容易了。」

王青娘婦臉上的兩團紅都快變白了，她看著廚房領頭鐵青的臉，欲哭無淚，嘴裡道：「正是、正是，少奶奶不歇氣地切了一個時辰，家裡能切的菜都切完了，不如回去問問先生，看看少奶奶還要做點什麼？」

黃英這才站起身，擦了擦頭上的汗道：「真的沒有要切的菜了？」她甩了甩那把烏黑發亮的大菜刀說：「還不如我的柴刀順手。」

圍觀群眾紛紛在心裡表示壓力很大，可面上還得帶著誠摯的笑容。誰知道這位少奶奶會不會突然飛刀脫手，讓自己莫名其妙地倒了楣呢？

書房裡，宋先生面色安詳，靜靜地看著周文星。

周文星雙膝跪倒，整個身體都伏在地上，不停地抖動著，發出小獸絕望般的哀鳴哭泣。

宋先生淡淡地說道：「我既得了鐵證，總不能不交給太后娘娘。」

周文星的額頭重重地磕在地上，發出「砰砰」的悶響，哀求道：「宋先生、宋先生，是我的錯，我承擔，儘管要我的命！只求先生、求先生想想辦法，設法幫英姊兒開脫，她好好的一個砍柴丫頭，實在太無辜了！」

此時門被推開了，只見黃英面色慘白、神情恍惚地站在門口。宋先生太可怕了，這麼會兒工夫，就什麼都知道了嗎？他們會怎麼樣？真的會被殺頭嗎？

周文星覺得嗓子裡有鹹鹹的東西在湧動，無論他有多懊悔，不管他說多少次對不起，現在都沒有用了。

宋先生看著黃英，眉眼不動、眼神淡淡地說：「世間事皆有因果，沒有人是無辜的，妳也一樣。」

這個丫頭看著單純，可是差點連自己都上了當，越美麗的花越毒，越天真的人越陰，宮裡三十年還沒看夠嗎？

「四郎?!」

忽然傳來一聲尖利的叫喊，黃英還來不及回頭，就被人重重地推了一把，撲倒在屋裡。她的手掌在地上一磨，火辣辣地疼，膝蓋也狠狠地撞到地上，發出一聲重響。

黃英抬起頭來，就看見瘦得脫了形的周夫人撲到周文星身邊，哭喊道：「四郎，出什麼事了？」

宋先生抬了抬眉毛，好整以暇地端起茶盞喝了一口，打量起周夫人。

天氣已經轉熱，周夫人卻還穿著厚厚的夾襖，也許是人瘦得太快，夾襖在她身上顯得空盪盪的。她的面色蒼白中泛出一種暮氣沈沈的黃色，額上皺紋清晰可見，嘴唇乾燥泛白。

只見周文星抱住周夫人哭道：「娘，宮裡來的宋先生，她什麼都知道了！」

周夫人眼前一黑，身體晃了幾下。她才進家門就直奔蘭桂院而來，沒想到踏進門就聽到這樣的噩耗。

她緊緊地捏住杜嬤嬤的手，喘著氣道：「妳、妳去守門，別讓人進來，我、我有話跟宋女官說。四郎、黃氏，你們都出去。」

宋先生輕輕搖了搖頭道：「讓下人們都出去吧！」

不到黃河心不死，不見棺材不掉淚，人心如此，不怪他們。

屋裡只剩下宋先生、黃英與周文星母子。宋先生坐著，黃英站著，周文星母子都在地上跪著。

宋先生看了還傻站著的黃英一眼，有些發怔。難道她的傻氣是真的，不是裝出來的？哪有夫君與婆母跪著，兒媳還站著的道理？

周夫人內心殘存著最後一絲希望，她眼窩深陷，直直地看著宋先生，緊著嗓子說：「宋女官，無論我家四郎說了什麼，宋女官可有證據？」

困獸之鬥！宋先生見慣這種情形，淡淡地說道：「霜風漸緊，斷雁無憑，月下不堪憔悴影。」

周夫人聞言如遭雷擊，雙目赤紅，也拿宋先生當妖怪一般看；周文星則雙手緊緊地抱住腦袋，半點不敢抬頭。

呆了半天，周夫人才緩過神來，勉強道：「不過是一副上聯。」

宋先生的嘴角露出一道淺淺的嘲諷，問道：「想不想聽下聯？」

周夫人猛地轉頭看向周文星，目光如刀。周文星整個人縮成一團，恨不能找個地洞鑽進去。

之前他為了英姊兒想跟著自己去巨鹿的事，覺得十分憋悶，怏怏不樂。有日在書房裡，想起自己答應過許月英，要把她留下的句子對出來，便提筆寫出上聯，又琢磨許久，按著自己當時的心情寫了下聯。

寫好了，周文星也不擔心誰會看到，就隨便夾在《詩經》裡了。或許是有心，也許是無意，那一頁正好是〈綠衣〉，是《詩經》裡懷念亡妻的著名詩歌，誰知道今日居然會被宋先生發現。

周夫人顫抖了一下，還要申辯，就聽門口杜嬤嬤聲音緊繃地喊道：「老爺來了！」

只見周侍郎幾步跨了進來。他在饑穀院等待妻子，卻聽見底下人說她回府後直接到了蘭桂院。周侍郎提心弔膽地跑了過來，看到杜嬤嬤守著門口，他心頭猛然抽搐了一下，咬了咬牙——這對母子又出什麼事了嗎？

按品階，周侍郎的官位高過宋先生，但他還是恭恭敬敬地拱了拱手道：「宋女官，賤內與犬子可是有冒犯之處？還請告知本官，必定嚴加管教。」

他這麼一個機靈人，剛踏進門，一眼就看出場面怪異——宋女官坐著，夫人與兒子跪著，兒媳卻站著。

宋先生站起身來，行了禮道：「周侍郎，還請您命人備好車馬，送下官回宮。令郎的婚事，其中真相我已盡知，這就回宮稟報太后娘娘。」

周侍郎聞言內心如遭雷劈，面上卻「呵呵」一笑，幾步走到旁邊的羅圈椅上坐下，定了定神道：「到底怎麼回事？本官願聞其詳。」

宋先生笑了笑，慢悠悠地說道：「不過是令郎思念故人，新婚期間寫了悼亡的對子，正巧被下官看見了。這件事在京師鬧得沸沸揚揚，連聖上與太后娘娘都頗為留意，下官既然已知真相，又怎可欺瞞不報？」

周侍郎不知道在心裡罵了周文星幾次「小畜生」，舉止卻依然溫文爾雅，捋了捋鬍子道：「四郎這個年紀，為了吟詩作對，最喜歡為賦新詞強說愁，宋女官熟讀詩書，想來不會做出『作則垂憲』之事。」

「作則垂憲」乃是前朝開國皇帝舊事。那位皇帝因賊寇起家，「則」、「賊」近音，最忌諱用「則」字，浙江學府教授林元亮就因其作《萬壽增俸表》中有「作則垂憲」一句而被殺。

宋先生卻臉色一沈道：「周侍郎慎言！當今聖上寬和仁慈，您怎可將他與前朝暴君相比?!」

周侍郎一驚。這位宋女官反應相當犀利，難怪能在後宮幾十年屹立不搖。

他背心微微出汗，當即起身一躬道：「本官失言，多謝宋女官指點。此事實乃兒女小事，今日上朝，本官已經向聖上上摺告罪，自責治家不嚴，以致家事驚動聖躬，煩擾太后娘娘。聖上已經罰了本官半年俸銀，宋女官既得了太后娘娘懿旨教習黃氏，如今何必橫生枝節？一念之善，景星慶雲；一念之惡，烈風急雨，還望宋女官三思。」

宋先生沈吟不語，見周侍郎額頭瘀血一片，想來說的上摺自罪之事應是真的。

周侍郎又道：「宋女官孤身一人，入宮三十年，如今與黃氏有了師生之分，周家雖非勛貴之家，也有百年基業，願以舉家之力，奉宋女官終老。」

宋先生的眼神在黃英與周侍郎之間轉了幾個來回，才緩緩站起身道：「周侍郎果然好口才，下官佩服。如果周侍郎不肯替下官安排馬車，下官只有自己走回去了。」說完她便邁開步伐往外走。

畢竟男女有別，周侍郎不敢伸手攔她；周夫人半癱在地上，不能動彈；周文星猶豫了一下，到底不敢撲過去抱住宋先生的腿。

一旁的黃英大概弄清楚了狀況，就是周文星寫了什麼懷念許姑娘的對聯讓宋先生發現了，宋先生一拷問，周文星就招了。而周夫人想賴帳，周侍郎勸宋先生發善心，又想收買宋先生，可宋先生不肯答應，仍然要回宮告狀。

黃英實在不是很明白，她跟周文星是真是假，關皇帝什麼事？她在家裡燒幾根樹枝，又怎麼惹到太后娘娘了？

她見宋先生執意要走，急道：「先生要走，我來送吧！」又高聲叫道：「香草，妳去車馬房安排馬車，先生要回宮。」

所有人都是一愣，包括宋先生在內。

周侍郎差點被氣暈了。她不是最會撒潑嗎？這時候她就是拖也要把宋女官拖住啊！他不禁怒聲罵道：「黃氏，這裡輪不到妳來說話！」

黃英看了周侍郎一眼，心道：你們說了不都不管用嗎，還不讓我說？

她大聲道：「我相信先生，先生說聖上是大好人，怎麼會為了這點小事就要砍我們的腦袋呢？如果是這樣，天下人不都砍光了?!」

周侍郎聞言一怔，眼神一閃，沒有阻止她繼續說下去。

當今皇上確實寬仁，這件事可大可小，就看皇上怎麼想。大了，是欺君之罪，輕則自己的仕途到頭，重則翻出些陳年往事，掉腦袋也不是不可能；小了，不過是兒女家事，大可一笑置之。自己當時自以為做得聰明，可現在看來，讓四郎娶黃氏實在是飲鴆止渴。

周夫人張了張嘴，見周侍郎沒阻止黃英，便把罵人的話嚥了回去。

看著黃英，周文星內心不知為何竟隱隱生出希望來。雖然不過半日，但他知道她是真的把宋女官當先生看的，她能說動宋女官嗎？

黃英轉頭看向宋先生道：「我們攔著先生不讓您跟太后娘娘說真話，不是讓先生背叛太后娘娘嗎？先生怎麼會做這種事？」

她眼中含淚道：「先生，對不起，之前騙了您，我送您出門吧！」

儘管時間非常短暫，她卻是真心喜歡、佩服這個先生，先生失儀尚且向她道歉，自己欺騙了先生就更應該低頭認錯。

周文星不禁感到失望。原來她並沒有打算說服宋女官。周侍郎則是第一次束手無策。他呈上的摺子中，仍舊一口咬定周文星喜歡的人是黃英，若是宋女官不肯代為遮掩，周家就到頭了！

見無人阻攔，黃英便掏出手絹擦了擦眼淚，跟著宋先生往外走去，出了書房的門，就見桌上放著一個大碗公大小的黑陶罐子。

黃英走過去拿起罐子，雙手遞給宋先生道：「先生說喜歡吃辣，我剛才去廚房切菜，看他們醃好了辣椒，便為先生拿了一罐。先生不能在這裡吃了，不如帶進宮去吧？」

宋先生的神情難掩震驚——這野丫頭竟讓她帶吃的進宮！她不是裝傻，是真傻！看著那雙澄淨的眼，她沒有拒絕，任由黃英把那罐辣椒放在車上。

待載著宋先生的青綢齊頭馬車看不見影子了，黃英伸手摸了摸香草的頭道：「妳帶著香蘿，就說是上街為我買東西，今天就走，把能帶的錢都帶上。西城門口有一家客棧，掛著一個三葉小黃旗，妳跟香蘿先在那客棧住幾天，要是周家沒事，妳們再回來；如果周家出事，妳們就逃回老柳村去吧！」

香草驚恐地地瞪大了眼道：「那少奶奶呢？」

黃英無奈一笑道：「要是周家出了事，我還能逃出來，就去找妳們。」

「世間事皆有因果，沒有人是無辜的。」宋先生說的話，黃英覺得很有道理。自己當初如果不賭一口氣嫁給周文星，又怎麼會掉到周家這個大泥淖裡來？

馬車上，宋先生懷中抱著辣椒罐子，一手緊緊捏著袖中的那副對子，眼看宮門越來越近，她難得地皺著雙眉，內心遲疑不決。

周家此時早已亂成一團。宋先生前腳剛走，周侍郎後腳就要開祠堂，動用家法收拾周文星，卻被周夫人與周老夫人死活攔下了。

折騰了一番之後，周夫人當場暈倒，焦氏等人立刻將她送到饑穀院，又請太醫過來看病。

黃英回來的時候，屋子裡周侍郎與三個兒子坐著，周文星則跪伏在地上，頭都沒抬。

周侍郎見到黃英便問：「宋女官收下了那罐辣椒？」

黃英茫然地點了點頭，周侍郎微微鬆了口氣道：「我們一家子的命，都在宋女官的嘴上了，妳先回去歇著吧！」

周三郎用一種奇怪的眼神看著黃英，黃英心想，周侍郎大概是把事情真相都告訴幾個兒子了吧！

快三更天的時候，周文星才被任俠扶著回屋，黃英依舊背對著他，一言不發。

過了半晌，就聽周文星道：「英姊兒，對不起，整個周家都被我拖累了，妳也是，我……太蠢了！」

黃英沒轉過身，聲音平靜又低沈。「你只是忘不了許姑娘。如果是我，別說是自己喜歡的人，就是一個從小一起長大的朋友沒了，我也不會才幾個月就把他拋在腦後。」

憋屈歸憋屈，但這樣的周文星，才是她認識的那個重情重義的周文星。

周文星寧可黃英抓他、打他、踢他、罵他，也不要這樣溫柔。他的心口好像被捅了一刀，難過到不能呼吸，淚水簌簌而下，這種痛楚，他從來沒經歷過；這樣的眼淚，他也未曾流過，不知道該怎麼形容才好。

直到很久很久以後，周文星才知道這叫作「愛」。

這一夜，實在漫長。黃英也不知道什麼時候恍恍惚惚地睡著了，她夢見自己在家裡，禿尾巴公雞突然不打鳴了，她追著那隻雞跑，結果那隻雞突然轉過頭來，撲進她懷裡不見了。

黃英一驚，睜開了眼，見天光已經大亮，她翻過身正要起床，卻嚇了一跳。只見周文星面色慘白、雙目紅腫、眼下青黑地坐在床邊，兩眼直直地看著她。

周文星的聲音輕柔得像春天屋簷落下的雨滴。「看妳睡得很熟，就讓丫鬟們不要吵妳，妳是要起身，還是要再睡一會兒？」

黃英聽了，只覺得身上好像有小蟲子在爬，平時周文星那副愛理不理的樣子，她還習慣一些。「你一夜沒睡嗎？」

周文星溫和地笑了笑，說道：「睡不著。我吩咐她們準備早飯吧？」

兩人默默無言地吃著早飯，周文星不停地為黃英挾菜、遞匙，黃英看他如此殷勤，只覺得食不下咽。周文星這是怎麼了？是因為做錯事所以感到愧疚？可她並不怪他啊！

黃英正要放下筷子，卻看見見雪抱著昨日她送給宋先生的黑陶辣椒罐子進來了。「車馬房那邊送過來的，說今早收拾車子時才發現。」

這話令黃英與周文星心頭一緊。黃英眼中不覺有了淚，嘆了口氣道：「妳送到廚房去吧！」

誰知見雪還沒轉身，守賢就滿臉惶急地進門稟報。「宮、宮裡來人了，讓四少爺跟四少奶奶都趕緊到中堂去！」

黃英與周文星對視一眼，起身從容地換好衣裳，才並肩去了中堂。

第三十四章　真情流露

此刻中堂塞了滿滿一屋子的人。當中上座坐著一個年邁太監，鬚髮皆白，長眉、雙鬢都垂下成一線，八仙桌上放著一個紅綢覆蓋的托盤，盤中高低不齊，放著兩樣東西。

見人到齊了，那老太監便站起身來，示意身邊的小太監動作。小太監揭開紅綢布，眾人便看到了盤中的東西——一個金杯，一只玉碟，金杯裡盛著鮮紅色的酒，玉碟裡放一顆白瑩瑩的香梨。

除了黃英睜著一雙黑眼睛不知道這是什麼意思，所有人都倒抽了一口氣。

周文星也是臉色煞白。這是一條生路，一條死路嗎？誰生，誰死？又讓誰選？

卻見老太監面無表情，咳了兩聲清了清嗓子道：「咱家奉太后娘娘之命來傳口諭，你們都聽清楚了。」

屋內所有人全靜靜地跪著，沒有一絲聲響。

「周文星婚事種種真相，哀家已經悉知，該按大不敬欺君之罪處置，周家上下三百餘口盡無倖免。」

周家人頓覺天塌下來了，呼天搶地、搖搖欲墜。黃英也傻住了，這是要被砍頭？

誰知老太監大喘一口氣，又補充道：「但上天有好生之德，哀家如今給周家一個機會。」

以周老太爺為首，周家眾人皆有種死而復生的慶幸，內心早把周文星恨了個透，巴不得趕緊知道太后給的機會是什麼。

周侍郎只覺得自己半輩子心血盡數毀在周文星母子手中，心頭滴血，恨不能立刻將他們亂棍打死。

至於周文星，他的身子伏得低低的，不住顫抖著，只想一頭撞在門柱上，以死贖罪。

黃英一張臉血色全無，實在不明白這麼一件小事怎麼會演變成這樣？她哪裡知道，歷朝歷代「欺君之罪」都是十惡之一，罪無可赦。

老太監將眾人態度一一收入眼中，最後目光落在黃英身上，喊道：「黃氏！」

黃英嚇了一跳，自然而然地答道：「欸！」

這一聲讓老太監也嚇到了，他這輩子沒碰過有人這麼回答太后口諭的。

周家眾人皆猛然轉頭看向黃英，又愧又怒！

老太監咳了兩聲壓壓驚，說道：「太后娘娘念妳出身農家，不懂規矩，又初嫁周家，允妳一條生路。」

黃英大喜，睜著清澈如水的大眼睛直看著老太監。宋先生果然沒有騙自己，皇上跟太后是好人啊！

周文星心頭一鬆。只要英姊兒沒事就好。可周家其他人卻恨不能取代黃英，心想她憑什麼逃過一劫，就憑傻人有傻福？

老太監暗暗翻了個白眼，又道：「這顆香梨，乃西域進貢而來，妳若是選了它，便是『想離』，太后娘娘允妳攜嫁妝和離歸家，不受周家牽連。」

如果不是受驚太過喊不出來，周夫人早就將「不許和離」給嚷出來了。

可黃英卻只是怔怔地看著老太監，臉上並無喜色。周家的機會是什麼？周文星會不會死？

周文星卻不再顫抖，他靜靜伏趴，面色平靜。

老太監再道：「不過，黃氏畢竟是周家三書六禮迎娶入門的，與周文星有夫妻之情，與周侍郎夫婦有舅姑之義，又聞黃氏熟習《三字經》，若能『孝於親，所當執』，以己之命代周家之罪，飲了這杯鴆酒，則太后娘娘當以其孝義，在皇上面前替周家說情，免於追究周家。」

這一個轉折實在是讓周家人喜出望外，繼而像看救星般地看向黃英。

黃英覺得腦袋發暈。太后這是什麼意思？讓自己代替周家人去死？憑什麼？就憑一直看不起她的周文星？就憑連她回門都要刁難的周夫人？就憑她剛進門就禁了她足的周侍郎？就憑那是非不分、打了她兩枴杖的周老夫人？自己是瘋了、傻了，才會去替周家擋這個刀！

周侍郎聞言，只覺絕處逢生，他腦子一動，看向黃英，又看了看老太監，開口道：「壽公公，能否容我周家上下商議此事？」

壽公公通情達理地點了點頭道：「畢竟是生死大事，給你們一炷香的工夫商議吧！」說完就要轉身出去。

周文星卻突然嚷道：「這件事是我惹出來的，與黃氏沒有半點關係。英姊兒，去，拿了那香梨，回去好好過日子。」

不說黃英，屋裡所有人都驚呆了，周夫人轉身就給了周文星一個巴掌，說道：「冤孽！你還想護著誰?!還不好好求求黃氏，現在只有她能救周家滿門！」

黃英咬著嘴唇，不解地看著周文星。他這是什麼意思？他不管他的父母跟家人了？

壽公公看了他們一眼，還是轉身走了出去。

門剛關上，周侍郎就站起身來，走到黃英面前跪下了。周家眾人見狀，也都紛紛對她下跪。

周侍郎道：「黃氏，君要臣死，臣不得不死；父要子亡，子不得不亡。若以孝道論，今日我可逼妳選鴆酒救我周家滿門。」

見黃英滿臉不以為然，周侍郎忙道：「但是我不能逼妳，只能求妳。若妳肯以身代死，日後周家必待妳的家人若親人，周家半數家財歸他們；周家會為妳立長生牌位，日後四郎的子女認妳為母，承繼香火。黃氏，不說四郎，就說三郎，當初他開門放妳，妳今日忍心見死不救？」

這個人情實在有點勉強，可這是周家對黃英唯一一個說得出來的人情了。

黃英看著周侍郎，覺得腦子越來越清醒。周家怎麼樣跟她有什麼關係？三郎是被他們連累的，又不是自己！可是她卻控制不住地看向周文星。

周文星一臉平靜地抬起頭，見黃英看他，竟然微微露出一絲笑容。他站起身來，拿了香梨，遞到黃英手中道：「妳走吧，別管周家的事。」

黃英茫然地接過香梨，看著周文星的雙眼中有了淚光。如果不是這樣的周文星，周家又怎麼會因為許家的事走到這個地步。

周夫人瘋狂地撲過來想搶走香梨，周文星卻擋在黃英身前道：「英姊兒是我的媳婦，她得聽我的。」

黃英心頭一震，突然高聲喊道：「壽公公，請進來吧！」

離開周家，壽公公暈乎乎地回到了宮中。辦了這麼多年差事，還是第一次碰到剛才那種情況。

壽寧宮中，雕梁畫棟，明黃色的簾幔低垂，一旁的鶴頂香爐裡一縷香霧若隱若現。太后坐在軟椅上，正在跟宋女官下棋，見壽公公進來，兩人都放下了手中的棋子看著他。

只見壽公公行了禮，面色尷尬地回覆道：「啟稟太后娘娘，周家的差事奴才辦完了，特來覆命。」

太后點頭笑道：「你一把年紀、差事不知辦過多少的人，結果如何直接說就是了。」

壽公公卻是一招手，讓身邊小太監端了托盤上來，只見盤中放著一個金杯和一只玉碟。

太后不禁皺眉，宋女官站起身來走上前去，卻見玉碟與金杯都是空的！

壽公公說道：「這結果奴才實在是沒有想到，還容奴才將當時的情況一一道來。」

見太后點了點頭，壽公公便從聽到黃英叫他開始講起。

「奴才聽得黃氏叫喚，便進了屋。見周家一家子都跪在地上，只有黃氏與周文星兩人站著。咱家一看，那黃氏手裡拿著香梨呢，咱家就想，這也是人之常情，太后娘娘贏了。」

太后卻皺了眉頭——聽壽公公這口氣，不是自己贏了？

「奴才就道：『黃氏，妳可要拿這香梨？』周侍郎隨即喊道：『黃氏，周家滿門性命都在妳手上啊！妳真的忍心看著我們三百餘口……』，誰知道周侍郎話未說完，奴才就看見黃氏張了嘴，幾口就把那香梨吃了！」

太后不由自主地坐直了身體道：「吃了？她把那香梨吃了？」

堂堂太后賞賜的東西，她一個農家女不先上三炷香給供起來，居然就這麼給吃了?!

宋女官也不由得睜大了眼睛道：「她這是什麼意思？」

壽公公見太后與宋女官都全神貫注地聽自己說話，清了清嗓子，更加嚴肅地說道：「可不是！咱家哪裡想得到？只好問道：『妳吃了，就是要拿這香梨，是也不是？』」

說著，他搖頭嘆了口氣道：「誰知道黃氏說：『我信鬼神，我要是不救周家滿門，只怕他們三百多個厲鬼成天都會纏著我，我活著也要給煩死！不過就要死了，我還沒嚐過宮裡的貢品是啥滋味，就想先吃了梨，再喝這酒。』」

宋女官驚喜道：「她到底還是喝了那酒？」

太后卻仍在震驚中。「她就為了這個吃了香梨?!」

壽公公道：「咱家當時也是這樣想，覺得宋女官贏定了，只見黃氏走上前來，伸手就去拿那酒杯。」

太后瞄了宋女官一眼。看來她果然沒看錯那個黃氏！

黃英此時坐在蘭桂院的臥房床邊，整個人恍恍惚惚的，當時的情形好似作夢，半點都不真實。

她手裡握著那顆香梨，一顆心搖擺不定；可是見周夫人瘋狂地撲打周文星，他還死護著自己，一時衝動就下了決心。

她好歹只是一個人，然而周家上下卻有三百多口啊！

不過，幾口吃完香梨，黃英伸手要去拿酒杯時，又猶豫起來。就這麼一頓，旁邊突然伸出一隻雪白修長的手，先她一步拿了那酒杯。

她大吃一驚，回過頭看去，就見周文星已經一仰脖子，將那杯酒一滴不剩地全倒進了嘴裡，她根本來不及阻止！

原本周家人都處在狂喜之中，等著黃英來替死，誰知道事情會變成這樣?!

周文星喝得急了，滿嘴鮮紅，狂咳不止。黃英將這一切看在眼裡，只覺得一顆心被撕成了碎片，眼淚撲簌簌便落了下來。

她想都沒想，撲過去就想打開周文星的嘴催吐，哪知周文星死命低下頭滿地翻滾，不讓她碰！

周家眾人都以為周文星必死無疑，抱頭痛哭，周夫人更是當場吐出一口黑血，暈了過去。

「所以，那杯酒最後是被周文星喝了?!」太后與宋女官異口同聲地道，驚訝不已。

壽公公無奈地點了點頭，跪下來說道：「奴才辦事不力，請太后娘娘責罰！」

太后神情複雜地看著宋女官，只見她面帶微笑，眼中不知何時浮上若有若無的淚光。

「妳贏了。」太后低聲道。

原來昨日宋女官回到宮裡便去見了太后，將那副對子交了上去。

太后閱罷一笑，說道：「這周侍郎真是自作聰明，原先還一口咬死周文星看上的就是黃氏，必是沒想到妳真能發現什麼鐵證。哀家回頭把這對子交給皇上，這事就了了。妳辛苦了，下去歇著吧！」

宋女官行了禮，腳步卻有些挪不動。

太后會意，點點頭道：「妳說！」

「有一件事，奴婢百思不得其解，若是說出來，或者太后娘娘可解。」

太后指了指一邊的小杌子道：「坐下吧，慢慢說。」

「周侍郎一直說是周文星自己看上黃氏，可是黃氏卻說周文星看不上她，這才不肯與周文星圓房。」

太后好奇道：「這不正好對上了？周文星當初私寫婚書的對象只怕就是許月英，跟黃氏沒有關係，這有何奇怪？」

宋女官點點頭道：「太后娘娘明鑑。可是依奴婢所見，周文星本來早就定了四月十五日離京去巨鹿書院，卻在這短短一個月內，教會了黃氏一整本的《三字經》；摺子上又說黃氏與周侍郎打賭用烽火計，為的是黃氏想要去蘇州。黃氏一個砍柴女子，如何想得出這樣的計策？」

太后皺眉道：「妳是想說周文星並不是喜歡許月英，而是喜歡黃氏，所以才教她唸書、想辦法幫她出計謀？」

宋女官嘆了口氣道：「所以奴婢才想不透！若他喜歡的是黃氏，為何要寫這相思聯？若他喜歡的是許氏，又為何待黃氏如此？」

太后看著宋女官，突然問道：「妳可問了周文星？到底真相如何？」

宋女官在心中一嘆。太后到底還是問了，既是問了，自己便不能不說，可是不知怎麼地，話到嘴邊卻成了。「奴婢問了周文星，周文星說他眼睛長到腦後勺才會看上黃氏這個母夜叉！」

「哈哈哈哈！母夜叉！」一陣大笑聲從外面傳來。

宋女官忙跪下行禮。「皇上萬歲萬歲萬萬歲！」

皇上穿著一身便服從外面進來，太后笑道：「皇上來得可正是時候，清官難斷家務事，周家的家務事倒要勞一國之君過問，真是好大的臉面！」

待皇上落坐，太后便遞上了對聯，講述了事情經過。

皇上聽完以後說道：「母后與宋女官不解，朕倒覺得簡單。周文星年紀尚幼，豈有不風流的？必是兩個都喜歡，兩個都愛！當初只怕是為了黃氏、捨了許氏，結果許氏一死，又心生悔意。」

太后與宋女官頓時無語，對視一眼，只得點了點頭。

皇上接著道：「朕看黃氏與周侍郎打賭一事，倒覺頗有意趣，不如母后也與宋女官打個賭，朕來做個見證！」

如此交代一番，就有了這一場鴆酒、香梨的賭約。太后賭黃氏會選香梨自救；宋女官則選黃氏會救周家。

皇上道：「若黃氏真有此德，周家又是百年世家，此事便就此揭過不提。」

太后見皇上面色，心中會意。宋女官依然恭恭敬敬地低著頭，掌心的微汗慢慢消去。

卻說這一頭，周侍郎見周文星喝酒之後，壽公公便要回去覆命，心想一家子的性命算是保住了，便塞給壽公公一疊銀票，親自送他出門，然後才心情沈重地轉身，準備去見么兒最後一面。不料卻看見周夫人的陪房大管事龍叔一路狂奔，朝車馬房的方向前去。

周侍郎如今看見與周夫人有關的人就心生厭惡，不禁喝道：「你這是要幹什麼去？」

龍叔停下腳步，眼眶發紅道：「回老爺，四少爺生死不知，夫人暈倒，老奴、老奴這就去請梅太醫！」

周侍郎心情複雜，厭煩地揮揮手就往裡面走，卻聽見一個少年聲音焦急地說道：「七堂叔，出什麼事了？小姪略通醫術，如果……」

聞言，周侍郎回過頭，就見倒座裡跑出一個十六、七歲的少年。他頭髮凌亂、身材高瘦、劍眉星眼，肩上揹了一個鼓鼓的包袱，正是阿奇。

周侍郎並未見過他，聽他叫自己「七堂叔」，只想到必是族裡來打秋風的。他焦躁地回道：「有事過幾日再來，家中如今實在不便。」說完轉身就走。

阿奇卻跟了過來，焦急地喊道：「我、我醫術其實不錯的！四郎怎麼會生死不知？我說不定能幫忙！」

幫忙？鴆酒之毒難道還有得解？周侍郎懶得理他，說了句「他喝了鴆酒」就加快腳步朝中堂而去。

靠近中堂，周侍郎見一家子都堵在一旁的耳房門口，便疾步而入，阿奇也跟著擠了進去。

只見周夫人被抬到炕上，周文星撲在周夫人身上哭得死去活來地道：「娘，兒子不孝、兒子不孝！兒子萬死不能辭其咎！」

一時之間，周侍郎與阿奇都有些摸不著頭腦。周文星這活力充沛、精氣十足的樣子，完全不像是剛喝了鴆酒的人啊？

黃英站在一邊，也是一臉茫然，猛然看見阿奇進來，更是瞪大了一雙黑眼睛，覺得一切必定是一場夢。

第三十五章　意外重逢

阿奇見到了黃英，心頭一喜，卻顧不上打招呼，而是上前一把將周文星從周夫人身邊拉起來，將周文星身子扳過來一看——只見周文星面紅膚潤，除了雙眼紅腫、嗓音嘶啞、一臉悲痛以外，實在看不出半點中毒的樣子。

反倒是在床上躺著的周夫人，臉色蒼白中泛著一種暗沈的灰色，嘴邊鮮血未乾，更像是喝了鴆酒、馬上就要斷氣的模樣。

周文星猛然看見阿奇，腦子暈暈地想：我死了嗎？怎麼在家裡見著阿奇了?!

阿奇左手拉著周文星的胳膊放平，用右手三指按住他的寸口，切按寸、關、尺三部，只覺得雄壯有力，如小珠連彈，阿奇疑惑地看了看黃英，說道：「是滑脈。」

黃英哪裡懂什麼滑脈不滑脈的，只以為是不好的脈象，顫著聲問道：「還、還有救嗎？」宮裡賜的毒酒可真奇怪，怎麼過去這麼半天了，還沒有什麼症狀。

卻見周侍郎雙目望天——難道真是天要亡我周家？今日事沒有最荒唐，只有更荒唐，自己養了十幾年的兒子竟被一杯鴆酒給弄懷孕了?!

阿奇並不知道他們內心的各種小劇場，突然間用雙手捧住周文星的臉，把嘴湊了過去。

這可把一屋子的人給驚呆了，焦氏顫抖著喊道：「登、登徒子！」

黃英也是目瞪口呆，周文星更是嚇得張開了嘴。

好在阿奇並未真的做出什麼驚世駭俗的事情，只是湊近周文星嘴邊用鼻子聞了聞，然後放下雙手，滿臉不解地撓了撓頭道：「你喝的真的是鴆酒？」

周文星怔怔道：「不是鴆酒？那是什麼？」

他呆呆地摸了摸自己的肚子，微軟而富有彈性，仔細感覺了一下，除了剛喝下酒時喉嚨有一陣灼辣，如今竟然通體舒暢，毫無不適之感。

剛才他一心記掛母親，傷心得昏了頭，又哭得起勁，倒忘了自己飲下鴆酒的事情了。

「四郎，家中一時沒有什麼解毒的東西，先喝碗綠豆湯，解百毒！」周三郎滿頭大汗，手中捧著一個還冒著騰騰熱氣的大白瓷碗，幾步進屋，湊近了就要往周文星嘴裡灌湯。

周文星立刻伸手接過綠豆湯，卻是靜靜地看著阿奇，阿奇便撓撓頭道：「喝吧，喝了解辣也好！」

見阿奇直接判定周文星方才喝的不是鴆酒，還說要解辣，一屋子的人都瞪著他。

看到周文星還拿著綠豆湯不喝，周三郎急得罵道：「這是什麼話?!四郎，別管他說啥，趕緊喝！」

從沒聽說喝了毒酒要解辣的，雖然他也沒聽過綠豆湯能解鴆酒毒，可是死馬當活馬醫，總比乾等死強。

黃英卻在聽到一個「辣」字時心頭一跳，隨即狂喜道：「辣椒、辣椒水！阿奇，四爺喝的是不是辣椒水?!」
宋先生，一定是宋先生！
周文星轉憂為喜，一把拉住阿奇，聲音發顫。「你、你懂醫術？我沒事，我沒事！」
他轉向黃英，眼眶含淚道：「我沒事，我們都沒事！」
黃英看著周文星，臉上露出大大的笑容，眼淚卻流個不停，止都止不住。阿奇醫術好，一定不會弄錯！
焦氏見他們居然都認識這個「騙子」，還相信他說的話，忍不住怒道：「不能信他！他還說四郎懷孕了呢！」
此時周文星正好喝下一口綠豆湯，聽到這句話，嘴裡的湯噴了阿奇一臉。
阿奇掏出雪白的細棉紗手絹，胡亂抹了抹臉上的湯水與綠豆渣，好脾氣地解釋道：「四郎身體健康、氣血通暢，只是心緒激動，故而脈洪如波。世人多知滑脈為孕脈，卻不知無論男女都可能有此脈象。」
他看了神情激動的焦氏一眼，搖了搖頭，無知也不能怪她。
「四郎喝的東西，我剛才聞了聞，應該是辣椒水無疑。」阿奇十分肯定地點了點頭。
一直在旁邊不曾說話的周侍郎見阿奇態度從容、說得頭頭是道，便信了幾分；再看周文星面色紅潤的模樣，眼中不由得浮現淚水。這一日大起大落，自己也是身心俱疲，他再也支撐不住，緩緩坐下。

焦氏滿臉通紅，這才信了阿奇的話，尷尬地說道：「對、對不起，那能不能請你看看夫人？」

阿奇為周夫人看了一回病，說是心力交瘁，一時悲慟過度傷了心脈，只要好好調養，總能養回來。

周文星這才徹底鬆了一口氣。

這一夜，黃英坐在床邊，沒有睡好。她見周文星睡著了，時不時地探探他的鼻息，恍恍惚惚的，只覺得這一日一夜，倒比她過去十幾年的日子裡經歷的所有事情還要離奇百倍。她禁不住暗想，說不定一覺醒來後，會發現自己還躺在黃家的小院裡，叫晨的不是街邊的更鼓，而是那隻禿尾公雞，周文星、周家還有阿奇，都是一場夢。

「少奶奶、少奶奶！」有人在叫她。

誰是妳奶奶！黃英真想一腳把這煩人的聲音給踢沒了。

叫聲止住了之後，接下來就是嚶嚶的哭泣聲，黃英猛地驚醒，伸手就去摸睡在一旁的周文星——旁邊空空的！

黃英臉色蒼白，立刻爬起身來喊道：「四爺呢？四爺哪兒去了？四爺！」

「妳叫我？我、我沒事！我沒事！」周文星頭髮濕答答地站在門口，像是剛從淨房出來，看著黃英說道。

黃英也望著他，不知怎麼地，兩人都有一些不自在，各自又別開了眼神。

低下頭，黃英看見跪在床榻邊的拾柳，罵道：「妳、妳哭什麼哭！」害她以為周文星在她睡著時又出了什麼意外！

拾柳哭著說道：「看到少奶奶跟四少爺都好端端地沒事，奴婢忍不住就想哭，昨日、昨日可嚇死奴婢了！」說完又摀住臉哭個不停。

黃英背過身去，哽咽著笑罵道：「別哭了，把我眼淚都招出來了！妳去外間看看，昨日見雪拿回來的那個黑陶罐子還在不在？」

雖然不會再有機會見到宋先生了，但是她要把那罐子供起來。宋先生，一定是宋先生救了自己、救了周文星、救了周家，黃英心中無比肯定。

饑穀院裡，周夫人臉色陰沈地看著跪在地上的焦氏，罵道：「這個家交給妳，眼看著就要散了！妳難道不知道外言不入、內言不出，家裡有個風吹草動，整個京城就都知道了？給我查，這些話是誰傳出去的，一個不留，嚼舌根的全給一頓板子攆走！再做老好人，這家妳就別管了！」說完又劇烈地咳起來。

杜嬷嬷在一旁急得拍著她的背，勸道：「夫人，梅太醫說了，再不可大喜大怒，有什麼事，吩咐大少奶奶就是。」說著一邊向焦氏使眼色。

焦氏拚命咬著牙，不敢回嘴，只覺得委屈萬分，眼淚汪汪地哭了起來。

周夫人額角發緊、眼花頭昏地罵。「妳還哭?!幾年下來，這個家不說要妳捏得像鐵桶一般，只說『韻雅軒』那邊的事情，妳可知道半分！」

焦氏低下頭，哭得更厲害了。那邊住的是最得公公寵愛的沙姨娘，有子又有女，婆婆跟她鬥了幾十年都節節敗退，自己不過是一個小輩，有什麼本事拿捏得住人家！

此刻初夏的聲音平穩地傳了進來。「夫人，四少爺與四少奶奶來請安了。」

周夫人這才微微收斂怒色，喘了喘氣，不耐煩地對焦氏揮揮手道：「妳先回去吧！」

焦氏擦了擦眼淚，片刻不願停留地走了，連周文星與黃英向她問好都沒搭理。

見周文星跟黃英進了屋，周夫人就招招手，讓周文星坐在床邊，拍了拍他的手，垂淚道：「我這病不過是靜養著，不礙事，你還是按照原來定好的日子去吧！到了那邊好好唸書，記得常寫信回來就行。」

黃英聽到她這樣說，不由得輕鬆起來。再過幾天，就要離開周家這個讓她喘不過氣來的地方了！

周文星難過地點點頭道：「娘，您別跟爹生氣，有什麼事多依靠大哥與大嫂。」

卻見周夫人皺了眉頭，臉上隱隱露出怒色，她不接周文星的話頭，反倒把黃英叫到跟前道：「昨日的事，不管怎樣都多謝妳了。」

這還是黃英進門之後，聽到周夫人說的第一句好話，她雖依然覺得委屈，到底好受多了，只道：「娘，好好養病吧！」

面對周夫人，黃英覺得嘴裡乾巴巴的，實在說不出什麼甜言蜜語。

周夫人看著黃英，內心說不出是什麼滋味。

一旁杜嬤嬤拿出一個一尺見方紅木雕花首飾匣子說道：「四少奶奶，這是夫人賞您的，都是積年的好東西。」

黃英雙眼圓睜。居然還有東西拿，她都忘了周夫人一向很大方了！她當即不客氣地伸手接過道：「謝謝娘。」

周夫人嘆了口氣，有些猶豫又有點憤怒地說道：「老爺說，要想個法子平息那些不知道從哪裡傳出來的謠言，我覺得最好的法子，只怕是多帶妳出去走動走動，教別人知道妳是什麼樣的人，過段時間，謠言自然就散了。」

黃英聞言就像當頭被澆了一桶冰水，拿著那匣子發抖。這是讓自己留在京城的意思？難怪周夫人突然又說好話、又送東西，想當初第一次見面時她也是這樣，騙得自己以為她多和善！

她的怒氣一點點地升上來，咬著牙問道：「娘這是要我留下？」

見狀，周文星頓覺大事不妙。黃英這話語氣不善，而且臉色烏雲密布，若是她當場發作，母親只怕會病上加病，於是他立刻站起身道：「娘，您好好靜養，我先帶黃英回去，再想想這事有沒有別的法子？」

周夫人沒有做聲，她是被黃英這態度給噎到了。自己剛剛才跟這丫頭低頭說了好話，還送了她一堆好東西，壓下謠言這事終歸也是為了她好，她不領情也就罷了，竟用這樣的語氣回自己的話?!

她不禁氣得手抖，再看見兒子一副護著黃英的模樣，只覺得心灰意冷。自己這半輩子為誰辛苦、為誰忙？這麼個跟鳳凰蛋一樣捧著長大的兒子，不過一個月左右就滾到別人懷裡去了！

其實周文星也是逼不得已，總不能看著英姊兒再跟母親吵起來吧！他顧不了太多，上前一把拉住黃英的手，扯著她急急出了門。

兩人剛出饑穀院的大門，迎面就遇見阿奇，他正被一個小廝領著朝這邊來。

阿奇一眼就看見他們兩人手牽手，心頭不禁一窒。周文星不是說要跟黃英當三年假夫妻嗎？怎麼大白天就大剌剌地牽著手？

見黃英滿臉怒氣，阿奇幾步走上前，有些擔心地問道：「阿英，怎麼回事？」直呼其名雖然不合適，可他實在是開不了口叫她四少奶奶。

黃英尷尬萬分，慌亂地掙脫周文星的手，勉強笑了笑道：「阿奇，昨日沒有工夫問你，你怎麼會來這裡？」

周文星手上一空，抬頭見到黃英與阿奇相視而笑，忽然覺得自己是個旁觀者，擠不到他們身邊去。他心中泛起了一種無比陌生的滋味，酸酸澀澀，相當不好受。

阿奇露出悲戚的神色道：「說來話長，是叔公臨走前讓我來送信，我處理完他的後事才來的。」

黃英見阿奇提起叔公就那麼難過，不敢再問，只是靜靜地看著他，有些不知所措。

這樣的靜默顯得分外曖昧，周文星只覺得一顆心都要被那股酸澀給淹沒了，他連忙上前幾步，誇張地大聲道：「阿奇，昨日還沒有多謝你，你先忙，回頭我們夫妻備好酒水請你小酌一杯。」

阿奇無言地看了周文星一眼，隨即跟著小廝離去。

看著阿奇的身影消失在饑穀院門後，黃英想起叔公的死，就是來周家找周侍郎引起的，不免有些傷心。

周文星怔怔地看著失魂落魄的黃英，內心秋風四起，越吹越涼。阿奇什麼時候混到家裡來，還登堂入室了？他如果遠去巨鹿，黃英一個人留在這裡，他如何放心得下？

兩人心事重重地回到蘭桂院裡，關上房門，黃英越想越氣，開口罵道：「誰這麼缺德，亂傳我們的閒話，讓我抓到的話，就砍了扔灶裡燒了！還有，娘那是什麼意思？不讓我去蘇州了?!」

聽到黃英依舊想跟他去蘇州，周文星一顆心才稍微定了定，忙小心道：「娘也沒說不讓妳去，只說設法平息謠言，妳放心，一定能想出法子來的！」

嘴上這樣說，周文星卻有些不安，在屋裡轉來轉去。他恨自己平日只知道讀書，對這些事務半點不通，就是皇上此刻頒下一道聖旨來，這謠言幾日之內也平息不了。

黃英見周文星這副著急的模樣，心情莫名好了些，想了想，她說道：「一個好漢三個幫，一個籬笆三個樁，不如請大哥、大嫂還有三哥、三嫂他們一起來想想法子吧！」

黃英是個急性子，中午就辦了一桌酒席，請周大郎與周三郎兩對夫妻過來。眼看吃得差不多了，周文星把事情一說。果然是「三個臭皮匠，勝過一個諸葛亮」，不一會兒工夫，大夥就擬定出兩條計策。

焦氏道：「要說出去走動，我倒有個地方。過兩日就是小滿，每年京裡的貴女們都要辦『祭蠶神』，家家年齡適當的小娘子差不多都會去，還會舉辦才藝比賽。文萃今年滿十三，小弟與弟妹就帶她去走一趟，多少謠言消不得？」

此時焦氏是抱著將功贖罪的心情。若能順利消除謠言，想必自家婆婆也會不再計較自己之前的過失。

黃英聞言，心頭猛地閃過一個想法，當即拍掌笑道：「太好了！大嫂，怎麼安排？我去！」

周文星見黃英興高采烈，不敢潑她冷水，心中卻想：現場那麼多人，只怕去了也沒人認得她是誰，這謠言怎麼平息？

另一個法子，則是周大郎與周文星一起想出來的。只要到酒樓書肆去，抓住一個還在亂說書的，一把扯住他往官府去，說他散布流言，再找幾個人跟著起鬨，把這件事傳出去就行。這世上誰不怕惹官司呢，有了這一齣，他們自然不敢再亂傳。

方法一議定，周文星拉著周三郎就要走，周大郎也要跟著去；焦氏則趕忙回去打聽「祭蠶神」的事。

剩下徐氏，她沒想出什麼計謀，跟黃英也無話可說，告辭退出去後，一轉身就去找一向無話不談的二郎媳婦莫氏。

莫氏正在屋裡跟丫鬟們翻箱倒櫃，見徐氏來了，便停了手，兩人坐下喝茶。

徐氏道：「我跟妳說，三郎被四郎拽去抓什麼說書的，說是要送官，我不好攔著，可心裡卻不踏實，深怕再惹出什麼事來。這一家子就四郎那一房事最多，只求他們趕緊去蘇州，這樣家裡就清靜了！」

聞言，莫氏愣道：「抓說書的？為什麼？還鬧得不夠嗎?!這一家子的臉都被他們兩個丟光了，四郎還是嫡子呢，我呸！」

莫氏自己是庶女又嫁了庶子，對嫡子是又妒又恨。

突然間，外面簾子一動，周二郎走了進來，喝道：「又胡扯什麼嫡庶？大弟妹，妳可知道他們去了何處？俗話說『打虎親兄弟，上陣父子兵』，他們三個都去了，就扔下我一個，這是不把我當兄弟！」

徐氏嚇了一跳，只得道：「說是去了慶豐樓。」
周二郎點了點頭，轉身匆匆離去了。

第三十六章　節外生枝

黃英在外間跟香草與香蘿說著這兩日的事情，她們兩個聽得氣都喘不過來，就見周文星垂頭喪氣地回來了。

遣散丫鬟們，兩人進了屋，周文星一臉沮喪地說：「我們幾條大街上主要的酒樓都跑了一遍，那些說書的今日不是病了沒來，就是換了話本，連個鬧事的由頭都沒有。」好不容易想出個辦法來，誰知道放了空炮。

黃英有些奇怪地說：「這不是好事嗎？說明這流言壓下去了呀，你幹麼這麼不開心？」

周文星猶豫地看著黃英，內心的話轉了好幾轉，到底沒有說出口。這事只怕不是一般的流言那麼簡單，天底下哪有這麼巧的事，他這頭說要抓，那頭人就沒影兒了，那些說書人莫不是受人指使？只可惜這猜測沒有半點憑據，說出來不過是讓英姊兒白操心罷了。

黃英見周文星兩道漂亮的眉毛皺得老緊，忍不住笑道：「還是讓我去參加那個什麼『祭蠶神』吧，我的法子一定管用！」

周文星之前沒聽說黃英想到什麼方法，不免有些擔心地問道：「什麼法子？」

黃英一笑，說道：「到時候你就知道了。」

過了兩日，就是小滿。前一天整日都下著毛毛細雨，今天卻天公作美，風和日麗。

焦氏領著周文萃，周文星陪著黃英，帶著三個丫鬟與一個焦氏的心腹婆子分乘三輛車，在巳時左右出了家門，往京東門外十里的先蠶祠而去。

一路前行，只見一座巍峨的大山橫亙眼前，山色蔥蘢、花草繁茂、春意盎然，馬車絡繹不絕，都是去參加「祭蠶神」的官家或勛貴女眷。

到了先蠶祠外，周文星率先下了車。他今日特地打扮過，身穿一件灰藍色盤領長衫，腰繫薑黃色嵌玉腰帶，頭戴同色方巾，腳蹬烏筒白底長靴。

周文星本就生得俊秀，有這身打扮加成，又在這種只有女眷參加的場合出現，一下車就成為眾人矚目的焦點。

他站在車前，先從車中拿下一個踏腳凳，這才伸手撩起車簾說道：「娘子，下車吧！」

周圍的女眷們都瞪大眼睛看著，想看看下車的人究竟是何方神聖，竟能擄獲此名男子的心。

只見一個紅衣女子，頭上插了一枝點翠孔雀釵，鬢邊簪著一朵大大的紅牡丹，黑眉大眼、面色如蜜，笑容明豔地鑽出了車門。

周文星忙道：「怎麼沒戴紗帽？」一副惟恐自己娘子被別人看去的小氣模樣。

那女子紅紅的元寶嘴一嘟道：「怪氣悶的，不喜歡。」

她搭著他的手下了車，神采飛揚地掃了四處一眼，盈盈笑道：「相公趕緊回去吧，過了申時再來接我們。」

周文星裝出萬分不捨的模樣，說道：「妳第一次出門，可要跟緊了大嫂與妹妹，有什麼不知道的，多問她們。」說著又轉過身去向焦氏與周文萃行禮道：「有勞大嫂與妹妹照顧黃氏了。」

焦氏看得暗自好笑，看不出來這四郎還真會演戲！她點了點頭道：「你放心吧，有我呢！」

他們早就在家裡討論好了，黃英今兒只須一問搖頭三不知，對誰都笑臉相迎就成。周文萃看了也是笑，輕聲答道：「四哥別擔心，我會幫著嫂子的。」

眾人見了，忍不住羨慕這小媳婦。被相公、大嫂與小姑子一起寵著，難怪有些驕縱任性，連紗帽都不肯戴。

他們轉過去看那馬車，只見上面有周字徽記，不免吃了一驚——難道這就是那紅眉毛、綠眼睛，連太后娘娘都為之驚動的周家新媳婦？

黃英跟著焦氏與周文萃進了先蠶祠，只見中間有一個大戲樓，樓側四周設了廂房，臺下是石板廣場，上面放滿了桌椅。雖只坐了一半，也有兩、三百人的樣子，黃英不免暗喜在心。

焦氏見時辰還早，便道：「咱們到後面正殿向蠶神娘娘上炷香吧。」

上完香，幾人便回來找地方落坐無話。

一番燒香祭祀、鼓樂唱和、祭完蠶神之後，廟方便上了各種吃食，其中最要緊的一道便是「蠶繭糖」，這是用米麵和甜甜的小果子一起蒸，形似蠶繭，有祈求來年蠶繭豐收、生活甜蜜之意。

大夥一邊吃「蠶繭糖」，一邊欣賞臺上各家閨秀的才藝表演。一個個小娘子花枝招展地在上面或是彈琴、唱歌，或者吟詩、畫畫，黃英只覺得眼皮越來越沈。

香草見狀，怕她真睡著了，暗暗舉了舉手中的包袱，黃英便向香草遞了個眼色。不管怎麼樣，總要等表演完了才能去砸場子，不然不是缺德嗎？

不錯，黃英今日的計劃就是來砸場子的！她才不在乎流言怎麼傳，只關心是不是能順利去蘇州。她要讓周侍郎與周夫人知道，留她在京裡只會讓他們更丟臉、流言傳得更厲害！

好不容易輪到周文萃，就見她拿著一根笛子吹了起來，黃英正奇怪她這笛子怎麼豎著拿呢，就聽見一陣驚呼。「蛇！有蛇！」

只見一條拇指粗細、三尺長的翠綠青蛇，不知從哪裡爬來，正繞在戲臺腳柱子上，緩緩往上爬！

在場幾百人都是貴家女眷，尖叫聲與哭喊聲瞬間此起彼伏，膽小的女子甚至直接昏倒。

焦氏嚇得面孔發白，顫抖道：「怎麼辦？」文萃還在臺上呢，若是她拔腿就跑，回去婆婆肯定會剝了她的皮！

黃英猛然站了起來。她雖沒見過這種蛇，但春天蛇醒了以後到處亂爬是常事。

「香草！」黃英喊道。

香草早機靈地幾步衝了過來，也不管同桌的夫人與小姐們怎麼想，她解開桌上的包袱，裡面除了幾件衣裳，便是一個由土花布裹著的細長物品。

黃英伸手抓過土花布一抖，竟露出一把刀鋒雪亮、烏黑扁長的柴刀來！

焦氏一下昏了頭，暗道：這闖禍精，怎麼帶了把刀來?!完了、完了，這回要出大事了！就見一個紅衣女子衝出來，手裡提著一把柴刀，飛快地朝臺上跑去。

不過片刻工夫，那蛇就上了臺。此時雖然是周文萃在表演，臺上卻站滿了已經表演完和還沒表演的閨秀，她們都驚慌失措地朝臺階跑去，可腳步又不索利，一個絆一個地摔倒七、八個，把路堵了個嚴實。

周文萃滿臉眼淚，想跑又跑不了，眼看著那條蛇就要爬過來，她嚇得一動也不敢動，只是一味地放聲尖叫，哪裡還有半分大家閨秀的模樣。

黃英跑到臺邊，雙手一撐就跳了上去，可那蛇就要鑽到周文萃的裙子底下去了！見實在趕不及，黃英隨即將柴刀脫手，啪的一聲，刀口正正切在蛇身上，那蛇頓時斷成兩半，在地上蠕動片刻才死去。

黃英不由得為自己叫了一聲。「好！」

周文萃激動不已，跌跌撞撞地撲了過來，哭喊道：「四嫂！」

黃英一把抱住她道：「妳沒事吧？」

「不要！不要殺我的阿寶！」一聲尖叫響起。

只見一個十二、三歲的小姑娘一身大紅大綠，從一旁的廂房衝了過來，手裡還提著一根鞭子。她一甩鞭子纏住了戲臺邊的欄杆，手腳索利地爬了上來。

看見那條青蛇已經斷成兩截，她哭喊著揚起鞭子，朝黃英抽過來道：「敢殺我的阿寶，拿命來還！」

黃英連忙護著周文萃閃開，她要周文萃去一旁躲著，然後撿起地上的柴刀，轉身指著那小姑娘罵道：「妳再敢抽我，我就砍妳！」

那小姑娘怒目圓睜，臉上都是淚水，二話不說，揚鞭又要抽過來，卻見一個二十多歲、面色黝黑的女子不知從哪裡冒出來，一把抓住了鞭尾，厲聲道：「阿清，還不趕緊向人家道歉！師父教妳的本事，不是讓妳來欺負人的！」

好好的「祭蠶神」在黃英與阿清合作之下，就這麼演成了一齣「斬青蛇」。

傍晚時分，周侍郎接到南安王府的帖子與道歉禮品，問清事情的前因後果後，氣得頭腦陣陣發暈。這麼一件小事，田氏與焦氏都有本事辦成這樣，南安王府那邊還不知道怎麼交代呢！他立刻召集全家到中堂，說是有事要宣佈。

黃英有些忐忑。誰知道那條蛇是南安王府小郡主的寵物呢？

其實那小郡主是見臺上一幫小娘子咿咿地唱個沒完，才放蛇來嚇人。那蛇早拔了毒牙，不會傷人，誰能想到有人參加「祭蠶神」時會帶著柴刀，就這樣把她的阿寶給砍成了兩段？

大家聚在中堂，周侍郎居中而坐，周夫人並未出現。

見人全都到齊了，周侍郎不說半句廢話。「夫人病重，焦氏身為長子之媳，今後專心侍疾，家中諸事都交給莫氏，給妳兩日清點交接！」

周家眾人無不臉色大變——周家變天了？經過這麼多年的爭鬥，庶系終於徹底翻身，把嫡系踩到了腳下?!

焦氏面孔慘白、搖搖欲墜，黃英見狀不禁難過不已。可是她連累焦氏了？

周大郎忍不住低下頭，周文星咬著牙，卻是半句反駁的話也說不出口。

見無人敢反對，周侍郎轉移了話題。「黃氏，妳去祭蠶神，帶著柴刀做什麼？」

黃英坦然道：「我是想上臺讓她們看看柴刀，再說說我的故事，大家沒準兒就不會亂傳謠言了。」事到如今，她也只能這麼說了。

周侍郎看她一副死豬不怕開水燙的模樣，無奈地搖搖頭道：「走，妳跟四郎趕緊去蘇州，三年之內不許回京！」

黃英聞言滿臉喜色。周侍郎果然是周家最聰明的人！她立刻說道：「謝謝爹！」

周文星正因母親與大嫂的事情暗自憤怒，聽了這個消息完全高興不起來。

誰知道周侍郎又劈了一道天雷，震得周文星不知所措。「本家那個周文奇算是你的堂兄，他跟你們一起出發去巨鹿書院。」

黃英驚得張大了嘴。莫非這就是緣分？

周文星的聲音大得出乎自己的預料，他吼道：「阿奇不為他叔公守孝嗎？」

卻見周侍郎滿臉怒氣地說道：「閉嘴！這是他叔公的遺願，巨鹿書院那邊也來了信。他叔公早年治好過山長夫人的舊疾，他去蘇州的一切費用都由我們家出，你要好好待他！」

對周侍郎而言，周家下一代能有兩人進巨鹿書院，實在是家族中的大事，若是順利的話，將來在朝中能互通聲氣，只有好處，沒有壞處。

在周文星憤憤不平的眼神中，這事就這麼定了。

散會後，周文星與周大郎便急急去安慰周夫人。

黃英腳不著地奔回院裡召集見雪等人，滿臉喜色地宣佈。「後日一早咱們就上船！」

拾柳第一個歡呼起來，初春也暗暗鬆了一口氣。儘管見雪對初春說親的事覺得有些奇怪，但既然周夫人允了，她也沒權利多說什麼。

黃英一邊要見雪安排香草明日回老柳村報信，一邊脹紅了臉道：「之前跟妳們提過，我只有五兩銀子的本錢，不知道有沒有什麼東西京裡便宜，在蘇州卻貴的，咱們運過去賣？」

拾柳皺著臉道：「少奶奶，這京裡就是水也比外地的油貴，要是反過來，東西倒多得是。」

幾人七嘴八舌地商量了一陣子，全無頭緒，拾柳突然道：「少奶奶，三少爺在外面營生做得不錯，不如去問問他。」

黃英大喜，立刻差人請周三郎過來。

周三郎搖搖擺擺地進了屋，聽黃英說明原委後，用看怪物的眼光看著她道：「我看弟妹不如去外面挖點土，只要花點銀子雇人抬就行了，五兩足矣！」

黃英驚喜道：「土？蘇州人怎麼會買京城的土？」

眾人頓時哭笑不得。四少奶奶怎麼連這諷刺的話都聽不明白，也太老實了！見大夥的眼神古怪，黃英紅著臉，訕訕地說：「原來三哥是開玩笑呢！地倒是能賣錢，誰會買土呢？」

說到這裡，黃英突然露出喜色，一拍桌子道：「哎呀，我想到法子了，牙人沒錢也能賣地啊！」

周三郎吃驚地看著她。這個弟妹真是夠機靈。

果然，黃英接著說道：「我們要坐船，從京裡到蘇州可以幫人帶貨，不需要花本錢，就賺個抽頭！」

說完以後，黃英就拿眼看著周三郎。

周三郎有一種被人賴上了的感覺，可被一屋子的女人用求救般的眼神一盯，不免心軟道：「好了、好了，蘇繡、蘇州的絲綢與茶葉都是好東西，我出五百兩銀子，妳到那邊以後替我搜羅一些好貨，找鏢局押船運回來，我在京裡出手，賺了銀子分妳一成。」

五百兩銀子賠了就賠了，若是賺了，以後再多投一點，倒是一條雙贏的生財之道。

黃英一想，她完全沒有虧錢的風險，就能白賺一成，周三郎果然是好人。她跳下炕朝周三郎行了一個福禮道：「謝謝三哥，就知道三哥最聰明了！」

周三郎翻了個白眼。這位弟妹找不到其他稱讚人的話了？先前還一口一句「爹最聰明」呢，這見風轉舵的功夫也是一絕了。

第二日一早，見雪就帶著香草去安排車馬，誰知卻被莫氏一口回絕。「如今家裡亂著，我這邊正在清點，妳們要了車出去，誰曉得會不會弄些什麼別的？回頭要是短了東西，妳們賠？」

這話氣得見雪雙手發抖，兩人氣呼呼地回來找黃英，黃英這才明白周文星昨日為什麼傷心得半夜才醉醺醺地回來。

黃英低頭想了一會兒，起身拉著香草去了日照館。

莫氏見她氣勢洶洶的樣子，心中不由得一怯。

黃英虎著臉道：「這車要不要用另說，誣衊我的丫鬟會偷東西，二嫂，妳得給個說法！」

莫氏沒管過家，這會兒剛攬了權柄，就想著要立威，便道：「四弟妹既然不要車，那正好，我可沒說過妳的丫鬟會偷東西，只說如今不能出車。」

黃英冷笑道：「那就好，既然我的丫鬟是清白的，那就請二嫂支銀子，我讓丫鬟自己雇車去！」

只見莫氏一噎，半天說不出話來。

焦氏坐在一旁，再沒想到四弟妹竟然有這種本事，莫氏一向自視甚高，如今吃了大虧，才知道確實是理事欠圓。

莫氏硬著聲音道：「二弟妹，妳的丫鬟要回妳娘家，理應妳自己掏錢才是，什麼都占了公中的，難怪這些年家裡日子越過越艱難。」

黃英笑著說道：「我這就去找爹問一問，家裡的規矩是不是媳婦都要自己掏錢雇車回娘家？是這樣的話，妳們就把這些年用車的銀子都給補上，我才要自己掏錢雇車！」

這一個月來，黃英上午學《三字經》，下午也沒閒著，一直跟著守賢學理事。蘭桂院麻雀雖小，五臟俱全，黃英不再是那個對大家族的事情一竅不通的黃大姊了。

莫氏這才慌了神，清了清嗓子道：「這麼小一件事，怎麼好去勞動爹？算了、算了，讓車馬房發車吧，回頭我再拿我的嫁妝銀子補上，算是二嫂請妳的。」說著就拿了對牌出來。

黃英一挑眉，接過對牌交給香草道：「趕緊走，別耽誤了明兒上船。」

香草對黃英崇拜得不得了，歡天喜地地跑了。

黃英這才回過頭來向焦氏行禮道：「大嫂，我先走了，晚上過來吃飯！」

說完她看也不看莫氏便揚長而去，把莫氏氣得牙都要咬碎了卻也不敢放半個屁。

第三十七章　乘船離京

運河閘口處停泊著大大小小的船隻，其中一艘大船掛了個周字錦旗，迎風飄揚。

黃英從馬車窗口看出去，百感交集，只盼著這一離開，能夠清清靜靜地過起舒心日子。下了馬車，她戴著拾柳做的新紗帽，前呼後擁，就要往船上去。驀地，聽見一個熟悉得不能再熟悉、小心得不能再小心的聲音道：「大、大妞妞？」

黃英猛然轉頭循聲看去，就見黃大哥扶著黃大嬸，站在不遠處的牛車旁看著她。

她提起裙襬狂奔而去，滿面淚水、歡喜無限，一下子就抱住了黃大嬸喊道：「娘！」

「昨日阿草來過，說不讓我們來送，可是娘想到妳這一去就是三年，不見不行啊！又怕上周家給妳丟臉，就到碼頭來，問了一陣子才知道這是周家雇的船。」黃大嬸一邊哭，一邊拿手拍著黃英的肩背，絮絮叨叨地解釋。

端詳了一會兒，見黃英已是個貴婦人模樣，黃大嬸驕傲地說：「剛才見不到妳的臉，都不敢認，還是看到香草跟香蘿，才說這就是娘的大妞妞！」

黃英緊緊地抱住黃大嬸，哭得開心又傷心；周文星恭恭敬敬地向黃大哥見了禮，可當阿奇一到，黃大哥就親熱地跟他聊起來了，周文星頗不是滋味，只得抬頭望了望天。

揮別了黃大嬸與黃大哥，黃英雙目紅腫地站在甲板上，見運河上船隻穿梭不停，頓時驚嘆不已，幾個丫鬟也都樂瘋了，在自己住的船艙間躥來躥去。

此時有個船娘急急忙忙地跑過來說：「夫人，碼頭上有個婦人說是您的舊識，想一起搭船去蘇州，夫人要讓她上船嗎？」她一邊說，一邊伸手指給黃英看。

黃英聞言一怔。她能認識什麼人？順著船娘手指的方向看去，她雙眼一亮、驚喜無比，大笑著就往船下跑。

船娘立刻拉住她說：「夫人莫要跑了，這船進出的時間耽誤不得，我去接她。」

宋先生的腳一踏上船板，就被黃英攔腰抱了個紮實道：「先生！我還以為一輩子都見不到您了！」說著、說著，她的眼眶都紅了。

不過宋先生不習慣與人如此親近，她慢慢推開黃英道：「趕緊進艙坐好，船就要開了。」

阿奇一上船，就把行李一扔，急急拉著周文星進自己的船艙道：「四郎，這船一路要行一個多月，我有一個不情之請。你跟黃英既然是假夫妻，這會兒離開周家，實在不合適再同室而居，不如你來跟我住！」

看著阿奇一副理所當然的模樣，周文星心頭惱怒，卻覺得有一根大刺卡在嗓子眼裡，說不出話來。

他跟英姊兒成親雖然只有短短一個月，可在周家幾乎日日同床而眠，即便上了船，他也沒想過要分開住。

阿奇見周文星一臉不快，若有所覺地冷冷道：「在周家是不得已，如今你就不怕對不起九泉之下的許姑娘嗎？」

周文星又羞又怒，一顆心好似被砍了一刀，他猛地揪住阿奇的衣領道：「你好好守孝，三年，你慢慢等著吧！」

說完，他一拉艙門大步回到自己與黃英的艙房，卻看見宋先生坐在那裡跟黃英說說笑笑，頓時愣住了。

阿奇追著周文星過來，聽黃英叫著「先生」，不禁驚訝道：「這位難道就是宋女官？」

黃英聽了，忙笑著為他引見。

宋先生有些不自在地說道：「我跟太后娘娘打賭贏了，沒兩日便出了宮，只是暫時還沒想好日後要去哪裡，便在京裡盤桓了幾日。」

錢，宋先生不缺，可是京中非久留之地，就是在大戶人家做個教習，也難免捲入是非之中。宋先生一時之間只覺得天下之大，她竟然無處可去。

昨日，宋先生在旅店吃飯，聽人議論紛紛，說是周侍郎家的砍柴媳婦斬了南安王府小郡主的寶貝蛇，小郡主鬧著要殺了她償命，她要逃去蘇州。宋先生這才想起自己並不是一個人也不識，還有那個傻乎乎的黃英。

宋先生在周家就知道他們要去蘇州，此時不由得動了心，卻又不想跟周家有什麼瓜葛，所以便到碼頭來，待周家送行的人都離去了，才在開船之前來找黃英。

黃英拍著胸口說道：「先生，幸好我殺了那條蛇，否則只怕這會兒還在周家呢，便要錯過先生了！」

宋先生的行李不多，可是睡在哪裡卻成了問題。

這艘船原是運糧的單桅漕船，早已堆滿了貨物，除了船上的船頭、水手與船娘住的地方，一共就剩兩間上房、三間下房。

兩間上房，一間住了黃英跟周文星，一間給了阿奇；三間下房住了黃英的丫鬟們，還有周文星的小廝任俠與周侍郎配給阿奇的小廝鎮書。就算是丫鬟們都擠到一間房裡，也沒有讓宋先生去住下房的道理。

阿奇看了看黃英，又看了看周文星，更覺得這是天意。

事情就這樣定了下來，周文星住到阿奇的房間去，宋先生跟黃英住。

當晚漱洗完，黃英散開頭髮，正要上床歇息，宋先生隨手遞給她一條紫色絲巾道：「妳頭髮多，用這個包著睡，省得明日早起時頭髮全纏在一起，便是梳開，髮絲也難理順。」

黃英接過絲巾，卻不知道該怎麼纏？宋先生無奈地拿回絲巾，兩、三下就將黃英的頭髮裹得又緊又順。

伸手摸了摸自己的大辮子，黃英眨著大眼睛看著宋先生。宋先生真是什麼都懂，自己要是能跟她學做人做事的道理，不曉得該有多好。

宋先生見她眼巴巴地看著自己，一時不明所以，但她也清楚，揣測宮裡人心那一套在這傻妞身上是行不通的，便道：「妳有話就說，沒話就趕緊睡吧！」

黃英紅著臉，垂著眼囁嚅道：「我、我想拜先生為師，又怕自己太笨了，先生不肯收。」

宋先生臉色不變，心中暗暗可惜黃英是周家的兒媳，不然收了也無妨；不過她到底不忍傷害她，只道：「要做我的弟子可以，前提是妳下船之前能過了三關。」

黃英立刻來了精神，問道：「哪三關？」

「疏星三點，新月一鈎，打一字。妳先過了這第一關，再說別的。記得，不許找別人幫忙。」說完，宋先生就裹了裹被子，閉眼睡去。

黃英哪裡睡得著，見宋先生的呼吸聲均勻了，便躡手躡腳地出了艙房，沒想到一出來就碰到了周文星，兩人都吃了一驚，有些尷尬。

周文星抬頭一看，見月亮又圓又大，四處灑滿柔和的光芒，只得道：「我見今晚月色極好，便出來賞月。」說著他抬腳往船頭走去。

只見船頭有個涼棚，下面有條凳木桌，黃英想了想，也跟了過去。

兩人坐在船頭，看著兩岸山影如剪紙一般慢慢遠去，明月如鏡，天地各一；木槳一下一下地拍擊著水面的聲音無比清晰，河風帶著涼意迎面吹來，令人心曠神怡。

這輩子，周文星從未有一刻覺得如此舒暢、安寧。

「英姊兒，我們做真夫妻行不行？」這句話不知不覺說出了口，聲音很輕，滿是緊張。

黃英卻一門心思都在宋先生那個謎語上，她嘆了口氣，心道：先生真是個怪人，收個學生還那麼多規矩，要我猜什麼字謎，我才認得幾個字啊！

周文星聽見這聲嘆息，覺得臉上先是火辣辣，然後一顆心變得冰涼涼——英姊兒這是不同意？

他猛地站起身，腳步不穩地走了回去。

黃英愁眉不展地思考了半天，一轉頭卻發現周文星不見了，她又嘆了口氣，自言自語道：「走了也不說一聲，把別人當什麼了！」

隔天用早飯的時候，只見周文星低著頭吃，半天才嚥下一口。黃英見了，搖搖頭道：「這是船上，哪像家裡有那麼多花樣，真是……」

阿奇看黃英的臉色不太好，便問道：「要不要我給妳把把脈？」

黃英卻道：「不用，我哪像四爺那麼嬌貴，過去我成日在山上、河裡亂跑，舒不舒服自己知道。」

誰知阿奇伸手就抓住黃英的手腕，把三根手指搭上去道：「一下就好！」

周文星猛然擱下飯碗，扯開阿奇的手，怒道：「英姊兒說不用，你幹麼非要去拉她！」

黃英、宋先生與阿奇都看著周文星。黃英不明白他為何這麼生氣；宋先生細嚼慢嚥，一點也不受影響；阿奇則是若有所思。

周文星受不了這個氣氛，起身離席了。

誰知到了第二日，黃英就發起燒來，周文星悔恨不已。要是昨日他讓阿奇為英姊兒把脈，早點對症下藥，會不會就沒這事了？

黃英自己也感到吃驚，大概是這些日子以來事情一件接著一件，這回好不容易放鬆下來，前日夜裡又吹了點涼風，才會發作。

阿奇恨不能一步不離地守著黃英，畢竟當初叔公就是得了風寒，卻沒太過在意，才釀成大病的。每半個時辰，阿奇就要跑來為她把把脈才放心，而周文星則必定在他前後腳跑來問黃英有沒有什麼想吃的、想喝的？

黃英燒得渾身不舒服，只想好好睡一覺，被這兩人一攪和，更不舒服了。

宋先生見了，不禁莞爾道：「你們兩個時辰後再來吧，要是早來了，我不會開門。」

周文星想了想，說道：「怎麼能讓先生照顧她呢？不如……」他很想說「讓我來」，卻轉了個彎道：「讓見雪伺候。」

阿奇道：「你們又不懂醫術，能照顧她什麼？我來！」

宋先生看著阿奇，目光平靜地說：「誰說我不懂醫術？」

阿奇不由自主地脖子一縮，周文星卻放下心道：「那就有勞先生了，動手的事，只管吩咐那些丫鬟，到了下個河岸，需要什麼藥材，我讓任俠上岸去買。」

此時黃英雖然燒得有些糊塗，但聽到他們幾個人的對話，不知不覺濕了眼角。在周家這一個月，她都忘了被人嬌寵是什麼滋味，如今這樣，就像回到了娘家一般，讓她既溫暖又窩心。

黃英這一病，足足休養了七日。

到了第七日，她閒得發慌，便拿了紙筆來抄《三字經》，抄著抄著，一句話跳到眼睛裡，「口而誦，心而惟」。「疏星三點，新月一鈎」，可不是就像個「心」字?!

「先生、先生！是不是個『心』字?!」黃英激動地喊道。

宋先生聽到黃英中氣十足的嚷叫聲，笑道：「猜對了，做人最重要的，就是一個『心』字。待人要真心，也要貼心；有時候要疑心，有時候要放心。最最要緊的，是要知道自己的心。」

黃英懵懵懂懂的，沒聽懂宋先生的意思，只是開心自己過了第一關。宋先生不禁暗暗搖頭。這傻孩子到底知不知道自己的心？

只見黃英急急地問道：「先生，第二關是什麼？」

宋先生想了想，說道：「第二關，妳要替我做一件事，我滿意了，咱們再來說第三關。」

看到黃英一副躍躍欲試的樣子，宋先生笑道：「人說開門六件事，柴米油鹽醬醋茶。妳素來晨起砍柴，算是頭一件事，如今我想讓妳做最後一件，若是妳能用運河水烹煮出一碗令我滿意的茶湯，就算是過了第二關。」

黃英不滿地嘟嘴道：「先生若是想收我這個弟子，煮出什麼茶都滿意；若是不想收我，不管我煮出什麼茶都不會滿意，這滿意不滿意，還不是先生說了算？」

宋先生也不惱她無禮，淡淡地笑道：「不錯，妳做得再好，滿意不滿意還是我說了算。這是我的條件，做不做隨妳，收不收也隨我。」

黃英有些氣餒，也有點憋屈。這些有學問的人做事怎麼這麼不爽快！她不再多說，連《三字經》都不想抄了，吩咐在一邊做針線的拾柳道：「幫我梳一下頭，我換件衣裳出去走走。」

河面上的風微微吹來，有種說不出的清爽。好久沒出來走動了，黃英的心情立刻好了起來，索性帶著拾柳繞著船走。走到船尾時，見船娘正在做午飯，剛剖了一條鯉魚，一盆血水連刮下來的魚鱗全往河裡倒。

她停下了腳步，問道：「大娘，我們在這船上，出恭的穢物，是不是也都倒這河裡？」

那大娘笑道：「可不是，靠山吃山、靠水吃水，這河裡上下，不說這千百艘的船，就是那岸邊住著的人家，這些東西都往河裡倒的。」

黃英一聽皺起了眉，本來綠瑩瑩、看起來可愛的河水，這時看起來突然有些噁心。他們這些天喝的水，是不是也是從這河裡來的？

那大娘見她這副模樣，解釋道：「少奶奶也別覺得噁心，常言道『水流百步自乾淨』，我們祖祖輩輩也都是這樣過的。」

黃英點點頭，心想，為什麼宋先生一定要她用這麼髒的運河水烹煮出好茶呢？她突然覺得不管拜師不拜師，這件事本身就很有意思。

兩人繼續往前走，到了船頭，就見周文星與阿奇一人一邊，正在船首樓下讀書。

周文星見到黃英，立刻放下書本，朝她走過來道：「妳怎麼起來了？這會兒外面的風還有些涼，別再吹著了！」又怪拾柳。「怎麼不知道給妳們少奶奶加件斗篷？」

阿奇走過來說道：「阿英早該出來走動走動了，到周家才一個月，臉色比原來差多了。」

這話令周文星滿臉不快，黃英怕他們再吵起來，忙道：「宋先生要我用這運河水烹煮一碗好茶，可這水太髒，我實在不知道該怎麼弄乾淨，不如你們幫我想想？」

阿奇笑道：「這個容易，只要有礬石就好了。聽說今日會在四女樹鎮停靠，我上岸買一點。」

周文星卻什麼都沒說，只是默默地想事情。

黃英一聽要上岸，早忘了把水弄乾淨的事，興奮道：「我們能上岸?!幸好我病好了！

快，我要跟先生還有見雪她們說去，咱們都上岸去逛一逛！」

「千乘旌旗分羽衛，九河春色護樓船」，四女樹乃是運河南岸重鎮，設有漕運、鹽鐵、稅收、商業等府衙機構，過往船隻多要在此停留，以便辦理關防，故而十分繁榮。

眾人午後上了岸，決定先去看看四女寺。周文星在碼頭雇了幾個船伕帶路，一群人浩浩蕩蕩地朝四女寺去。

進了寺廟，先去大殿燒香，再去看那四棵著名的大槐樹。這四棵樹相傳植於漢朝，如今已有上千年樹齡，樹幹粗到要三、五人合抱，四棵樹的樹冠連成一片，如綠雲靜湧。

黃英嫌紗帽的明紗不透亮，掀了起來，她看著這些樹，好奇地說道：「為什麼叫四女樹？這麼粗壯的槐樹，哪裡像女子？除非她們都長得跟我一樣！」

這一番話把眾人都說笑了。

香草道：「哎喲，少奶奶現在早養得細皮嫩肉了，臉白得跟銀杏果子似的，哪裡還像？」

周文星聞言看向黃英，只見黃英眉如翠羽，眉尾微微揚起，大眼月彎，唇如元寶，塗了丹脂，笑意盈盈，不復當初粗俗的村女模樣。

眸子炯其精朗兮，瞭多美而可視。眉聯娟以蛾揚兮，朱唇地其若丹。

可待目光落到她的耳垂上，見到那粉水晶桃花耳墜子，一晃一晃的，好像一下一下地砸在胸口最軟處，讓他隱隱生痛，煩悶不已。

阿奇也在看黃英，頭戴粉晶珍珠蝴蝶冠，明紗捲起，傅粉塗丹，曄兮如華，溫乎如瑩，美則美矣，卻山高水遠。那個鮮活快樂、梳著大辮子、滿山亂跑，為他烤蛇肉、梳亂髮的阿英啊，哪裡去了？

第三十八章 爭風吃醋

宋先生道：「相傳這家子姓傅，只生了四個女兒，沒有兒子。四人轉眼間長大，擔心出嫁後父母無人照顧，便約定一起種四棵槐樹，槐枯者嫁，槐茂者留。可偏偏四棵樹都長得繁茂，因擔心沒人出嫁，姊妹幾個暗暗燒了熱水來澆別人的樹，誰知這些樹反而越長越茂盛。最後四個女兒都沒嫁，留在家裡侍奉雙親到老，由於這四個女兒孝順，名聲遠揚，這裡便成了四女樹鎮。」

黃英聽了之後觸動心事。嫁人多苦啊！她嘆息一聲道：「不嫁人多好，她們澆的怕不是熱水，而是肥水！」

周文星聞言又是羞愧、又是難過。英姊兒嫁到周家真是吃盡了苦頭。阿奇卻開心得虎眼發亮。原來阿英根本不想待在周家！

這四棵大樹能讓人許願，樹枝上掛滿了紅布條。眾人興高采烈地要了布條寫下自己的心願，好交給寺裡的小尼姑掛上去，就連宋先生都跟著悄悄捐了功德。

周文星一直豎著耳朵，聽見黃英問宋先生「嫁」字怎麼寫時心裡打了個突。他悄悄吩咐任俠塞錢給小尼姑，把黃英的紅布條拿了過來，一看到上面寫的字，周文星氣得手抖。

父母家人安康，不嫁周文星。

這下周文星想也不想，提筆將「不」字硬改成「定」字，才連同自己的布條一併交給小尼姑。

一離開四女寺，丫鬟們都求著黃英要去逛鎮子、買東西。

周文星便分派那幾個船伕道：「你們分兩個人陪我去辦點事，其餘的陪著少奶奶與宋先生她們，回頭都有重賞。」

待周文星離開以後，阿奇也說有事，帶著鎮書走了。一群女人在這店鋪林立、熙熙攘攘的大街上，可說是如魚得水。到了傍晚，一行人在鎮上吃過飯才回到船上，都是又累、又興奮。

黃英整理著買來的東西，她獻寶般翻出一個竹筒遞給宋先生看，說道：「先生，我買了這個來裝茶。」

宋先生一看就笑著說：「這個竹筒固然可以當茶碗，可是竹筒本身就有香氣跟味道，這裡面又塗了層清漆，用這來裝茶，就是好茶也壞了。」

黃英一拍頭道：「哎呀，這錢白花了！先生，煮茶這麼講究，我什麼時候能煮出好茶來啊？不如先生寬限我一些時候，就一年好不好？」

誰能想到黃英如今也這麼滑頭，跟著宋先生一年，就是不拜師，也能學到很多本領了。

宋先生笑盈盈地看著她，說出來的話卻不好聽。「若是妳過不了拜師的三關，下了船，咱們就各奔東西。」
黃英還想撒嬌，就聽阿奇在艙外喊：「阿英，我有東西給妳，妳出來好嗎？」
黃英原本要出去，宋先生卻道：「讓他進來說話吧！」
阿奇進艙以後遞給黃英一個大紅色的錦囊，正面寫著「開光護身符」，背後寫著「石佛寺」；又拿出一個三寸高的小石人說道：「這是石佛像，妳拿著，保佑妳平平安安，再也不生病！」
黃英接過來就把護身符掛在身上，又把石佛像擺在床頭。
「謝謝阿奇，我也有東西給你，是答應過要給你的梳子。」說著她就從包袱裡拿出一把兩寸長的小梳子，這還是黃大哥送行時特地拿來的。
見黃英沒忘了約定，阿奇心頭發暖，眼眶一紅，把那梳子緊緊地攥在手裡。
此時周文星出現在門口，他一進去就看見黃英脖子上掛的護身符，怒氣沖沖地說道：「阿奇，你先出去，我有話要單獨跟黃英說！」
黃英伸手指了指宋先生，接著一把推開周文星，氣沖沖地跑出了艙門。這個周文星，整個下午跑得不見蹤影，一回船就莫名其妙地來找麻煩！
周文星立刻跟了出去，壓著嗓子怒道：「那護身符是他給的吧？妳怎麼可以跟他私相授受，不守婦道？」
黃英偏過頭道：「宋先生在場，怎麼算私相授受？」她又指著自己的耳墜子道：「再說了，我可沒忘記你送我這副耳墜子是什麼意思！」
周文星張口結舌，後悔極了，嚷道：「妳還給我！」
黃英不禁一愣。送出去的東西還能要回去？誰稀罕啊！她伸手就摘下耳墜子扔給他。
周文星接過那粉水晶桃花耳墜子，看也不看就使勁往船外一扔。
忽然聽得一聲嬌喝。「大膽，什麼人敢往我們船上扔垃圾！抓起來，扔河裡去！」
黃英一驚，覺得自己的耳朵大概出了問題。這個嬌蠻的聲音，不就是那小郡主阿清嗎？
她急得六神無主，身子一縮就躲到周文星身後，抓住他的腰帶低聲央求道：「別讓她看見我。」
南安王府小郡主阿清站在船頭，猛然看見周文星，禁不住呆了一呆。
周文星今日上岸時穿了秀才服飾，只見他頭戴烏紗方巾，身著一件寶藍色、銀藍色鑲邊的盤領衫，纏同色雲氣紋腰帶，墜一塊龍魚玉佩、暗紅色汗巾。
他本就生得俊俏儒雅，此時夕陽西下，金光帶粉，更是照得周文星整個人都在發光。
小郡主的聲音一下子就軟了下來。「你，剛才是你扔了這個？」
她手上拿著的正是黃英的粉水晶桃花耳墜子，不知道為什麼，她覺得這耳墜子有些眼熟。
周文星整個心思都在後面勒著他腰帶的黃英身上，呆呆地看著小郡主沒說話，小郡主臉色一紅，怒道：「到底是不是你的！」

「不是！」

「是！」

兩道聲音同時響起，說「不是」的是周文星，說「是」的是阿奇。

阿奇剛才遠遠看見黃英摘下耳墜子交給周文星，而周文星卻扔掉了，還以為是周文星丟了黃英的東西，自然想幫她找回來。

小郡主這才看見對面船上還有一個少年，怒道：「你們騙人！到底是還不是？」

「是我的！」阿奇道：「他搶去扔了，請妳還給我！」

小郡主拎著那耳墜子，圈起右手食指與拇指，朝那耳墜子一彈道：「這分明是女人的東西，怎麼會是你的？」

「是我娘子的！」阿奇想也不想就答道。

周文星忍無可忍，怒目而視道：「她怎麼會是你娘子?!她是我娘子！」

小郡主噗哧笑道：「原來是兩隻小貓爭春！你們兩個打一架，誰贏了，耳墜子就還給誰！」

「阿清，妳又淘氣！還不趕緊把東西還給人家！」一個充滿威嚴的女子聲音插了進來。

小郡主一聽，在船上一晃眼就不見了。

周文星這才鬆了口氣，轉頭看向阿奇，怒吼道：「你憑什麼說她是你娘子?!」

說完他就一拳打在阿奇臉上，阿奇也一拳打了回去。

黃英見他們一言不合動起手，只覺得頭大，又不敢大聲叫停，怕那個小郡主跑過來，急得在旁邊轉圈，低聲喊道：「你們兩個有話好好說，別打了！」

兩人打得起勁，哪裡聽得見她小貓似地叫喊。

「原來是妳，我說這耳墜子怎麼那麼眼熟！」

小郡主剛才為了躲避她師父繞著船跑了一圈，這會兒跑回來，一眼就看見了黃英。

「妳等著，我一定要為我的阿寶報仇！」說完她又跑了。

黃英氣得想哭。還是被小郡主發現了。她伸腳就朝他們踢了過去，怒道：「讓你們打！害死我了！」

阿奇一把推開周文星，倒退幾步後高聲喝罵。「周文星，假夫妻不是你說的？才一個月就想反悔！」

周文星一隻眼瘀血、嘴角流血，伸手就扯下黃英胸前的護身符道：「就算是假夫妻她也是我娘子，不是你的，這種東西你沒資格送！」

阿奇怒得雙眼通紅。天知道阿英發燒時他有多害怕，今天才特地上石佛寺求了這個開光護身符。他冷笑道：「你有資格，可你想到要為她求了嗎？」

周文星聞言心虛，一摸身上，好在有個翡翠觀音，當即扯下遞給黃英道：「我從小就戴在身上，還是請大相國寺的國師和尚開的光！」

見他一副「我的東西比阿奇的貴重多了」的樣子，黃英不禁冷冷道：「我不敢要你的東西，若是弄壞了，哪天你再找我要回去，我可賠不起！」
周文星一時無言以對。在這個當口，黃英從他手上搶回阿奇送的護身符，轉身離去。
阿奇見了，心頭一鬆。阿英果然還是那個阿英！他頭一揚，得意地走了。
周文星手中緊緊攥著那翡翠觀音，內心的痛楚難以言喻，不知不覺濕了眼眶。

第二日吃早飯時，周文星青著一隻眼，阿奇腫著嘴角，宋先生卻跟沒看到一樣，神情自若地吃著辣椒。
黃英看看一臉冷漠的周文星，又看看神情愉快的阿奇，挾了一筷子麻辣油筍給阿奇道：「阿奇，你多吃點！」
她昨日回來之後想了很久，自己如果在蘇州跟周文星和離，等阿奇孝滿後成了親再回家去，這樣就不會再跟周家有任何牽扯，娘就能放心了吧？
周文星見狀哪裡還待得住，一扔筷子道：「我吃飽了。」
他站起身來往外走去，走到門邊時忽然沒頭沒腦地說道：「我昨日買了本《茶經》，妳要看就來找我要！」
黃英看了看周文星的背影，低下頭繼續吃飯，阿奇則從懷裡掏出一包礬石遞給她道：「這是我昨日買的，吃過飯，我教妳怎麼用礬石淨水。」
周文星左等黃英不來，右等黃英不來，連阿奇也沒回艙房，心中全是悶氣。他坐立不安地翻著那本《茶經》，隔一會兒就看一遍門口。

黃英跟阿奇用礬石將水弄清之後，獻寶般地端來道：「先生，這水現在真的好乾淨，我一會兒去要個爐子來煮茶！」

宋先生看了看，不予置評。黃英興沖沖地走出船艙，走到門口時卻被人一撞，整盆水都打翻了，渾身從胸口以下濕了個遍。

黃英憤怒地抬起頭，一看是周文星，跺了跺腳質問道：「你故意的是不是？」

周文星瞪著她說：「妳像隻無頭蒼蠅似地瞎轉，要能烹出好茶來，運河水都笑了！」

黃英聽了一愣，周文星繼續吼道：「妳知道茶之源、茶之具、茶之造、茶之器、茶之煮、茶之飲、茶之事、茶之出、茶之略跟茶之圖嗎？」

見黃英一臉懵懂地張大眼睛看著自己不說話，周文星心氣總算是平了些，說道：「宋先生在宮裡幾十年，什麼好茶沒喝過，妳知道她喜歡的是粗茶、散茶、末茶還是餅茶？妳知道煮茶是用柴還是用炭？我告訴妳我有《茶經》，妳為什麼不來找我?!」

看黃英還是盯著自己不答腔，周文星忍不住說道：「妳這樣看著我做什麼？我知道我青了一隻眼，可是就真的那麼奇怪嗎？」

黃英噗哧笑了出來，看著周文星瘀血的那隻眼，心情不知道怎麼地就飛揚起來，問道：「眼睛疼嗎？」

周文星看見黃英的笑容，心頭一鬆，也跟著笑了，回道：「不疼了。我也想學茶的知識，昨天買了好多關於茶的東西，妳去看看，保證大開眼界。咱們一起煮好不好？一定能煮出讓先生滿意的茶！」

黃英愣了一下。昨日周文星是去辦這事了嗎？她錯怪他了？

不料阿奇急急走過來，伸手就推黃英進艙道：「妳身上都濕了，趕緊去換衣裳，別再著了涼！」

周文星一見到阿奇，就覺得自己的火氣又往上冒。聞言，他看向黃英，發現她自胸部以下都濕透了，薄薄的衣裳緊貼著身子，露出女性胴體美妙的輪廓。

他想也沒想就撲過去，把黃英抱了個嚴實。

周文星飛快地抱著黃英進艙，把門一關，機智地上了門閂。等阿奇抬腳要進去，到底慢了一步，只能氣得一腳踹在門上。

也不知道是氣的還是羞的，黃英滿臉通紅地說道：「周文星，你腦子是不是被運河水淹了？你、你……」

周文星也不理她，背過身去道：「妳快換衣裳吧，換完咱們再說話！」

過了片刻，宋先生用平靜無波的聲音說道：「她換好了。」

周文星一聽急轉過頭，就看見黃英繫著一條繡著如意紋的紅綾肚兜，胸前一抹雪白，正往身上披衣裳呢！

見周文星整張臉脹紅、目瞪口呆地直直看著自己，黃英飛快扯來床上的紅羅給擋在胸前，羞怒地喊道：「先生！」

誰能想到一向再正經不過的宋先生居然會做出這樣胡鬧的事情?!

宋先生卻笑了起來，先是輕笑，再是笑出聲，最後狂笑，笑得伏在八仙桌上，渾身抖個不停。那張不太結實的桌子，嘎吱、嘎吱地差點沒散了架。

周文星羞得立刻轉過身，一臉尷尬地用雙手頂著門板。

黃英翻了個白眼，忍不住笑出聲來道：「先生原來這麼愛笑，可別把桌子都笑垮了！」說著慢條斯理地穿好了衣裳。

門外的阿奇急得團團轉，聽見裡面宋先生笑個不停，隨後黃英也笑了起來，一種不祥的預感掠過心頭。

接下來幾日，黃英與阿奇不停地用礬石澄過的水為宋先生煮茶，可無論他們怎麼努力，宋先生每次都放在嘴邊抿上一小口，就輕輕地搖了搖頭。

日子一天天過去，黃英很是著急，看到周文星攥著那本《茶經》在他們倆面前晃來晃去，更氣了。她想借書又張不了這個口，只得拿眼刀把周文星上上下下砍了個遍。

眼看著剩下的礬石用不了幾次了，阿奇也急了起來。

這一天，離他們出來已經有半個月了，月亮一天天變細，今日終於徹底消失了。小雨綿綿，船停泊在岸邊，四處黑得伸手不見五指。

阿奇翻來覆去睡不著，見周文星靠著床頭，對著燭火，正在看那本《茶經》。

他猶豫再三，終歸覺得黃英拜師的事更重要，只能無奈地懇求道：「那本《茶經》能不能借給我們看看？」

周文星聞言霍地坐直身子道：「『我們』？你跟誰『我們』？阿奇，我早就想告訴你一句話，我不會跟黃英和離的。莫說三年，就是三十年也不會離！」

阿奇看他一副小孩子使性子的賭氣模樣，臉色沈下去道：「周文星，我知道現在阿英是你媳婦，我也還要守孝，所以一直發乎情、止乎禮，並沒有非分之想。可這是我們早就說好的，你跟黃英當三年假夫妻，三年後和離，我會娶她。如今你說這種莫名其妙的話，是要反悔嗎？」

周文星冷笑一聲道：「不說我反悔不反悔，明明是你偷聽我們倆的談話，然後自說自話，你好好想想，我可曾答應過你什麼？」

阿奇一時語塞。當時自己說了那番話後，確實就轉身跑了，沒人承諾過他一句話。

周文星接著霸道地命令道：「從明天起，不許靠近黃英！」

阿奇怒道：「周文星，我不是要你幫我，而是要幫阿英！你要怎麼樣才肯答應？」

周文星下巴一抬道：「有你無我，有我無你！」

第三十九章　再遇難題

隔天阿奇只能跟周文星一起去找黃英，見她跟幾個丫鬟正在煮茶，阿奇臉色沈重，難過地嘆了口氣道：「阿英，我已經盡力了，妳讓四郎來幫妳吧！」說著轉身就要離開。

黃英抬頭直直地看向周文星的眼睛。阿奇退出，肯定是他說了什麼。

「你願意幫我，就加入大家的行列；不願意的話，請你不要成天在這裡晃，耽誤我們的時間！」黃英說道。

周文星只覺得渾身上下都被黃英的柴刀砍了個遍，他面紅心痛，卻挪不開步子。

哪知黃英眼神突然一閃，猝不及防地從周文星手上搶過了《茶經》，轉身一跳，飛快地躲到一堆丫鬟們身後，揮了揮上的書，笑嘻嘻地說：「你成天拿著這書在我面前晃來晃去的，就是想給我看是不是？謝了！」

周文星看著她歡天喜地的模樣，心頭的悶氣倏地散了，跺腳道：「是妳強迫我加入的！」

說著，他手腳飛快地搶占了阿奇的位置，開始指手畫腳。「見雪，去找任俠，讓他把東西都搬過來，你們這個是火爐，根本不是茶爐。」

等任俠與鎮書把物品搬上來一件件排開，眾人都傻眼了。

除了特地安了釜、放置木炭的風爐以外，還有炭夾、火夾、生鐵釜、十字交床、青竹茶夾、剡藤紙囊、茶碾子、茶籮、茶則、水方、漉水囊、瓢與竹夾等等，總共二、三十樣東西。

周文星拿起面前四只白、黑、灰、紅的茶碗，有些炫耀地看著黃英說：「就是這茶碗，也是越州出產之物方好。」

任俠連忙殷勤地說道：「少奶奶，爺那日為了湊齊這些東西，可是費了好一番工夫。市集上賣得不說全不全，就是品質也沒這麼上乘，爺可是請了滿城的牙人從當地富戶家裡搜羅，就連炭也一併買來，說是要用什麼桑、槐、桐、櫟木做的才好。」

周文星瞪了任俠一眼，明明心中暗暗讚許他有眼色，卻裝出一副嫌他多嘴的表情。

黃英一驚。那麼短的時間內居然找來這麼多東西，不用想也知道不容易，原來周文星用心地在幫自己。這樣一想，她心頭不覺流過一條甜又酥的溪流，甜蜜而歡快。

重新點火後就開始煮水，待水將沸騰之時便拿起來。周文星親自點了茶湯，喝了一口，卻皺起眉頭半天沒說話。

黃英見狀，忍不住接過碗來喝了一口，當即睜大眼睛道：「你皺什麼眉？這已經比原本的好太多了，讓我端去給先生嚐一嚐。」

周文星卻失望地拿回茶湯，倒進水盂裡道：「這水有礬石的味道，熬出來的茶湯可以喝，卻怎麼都入不了宋先生的口。」

黃英心道，難怪每次自己上茶湯給宋先生，宋先生都是一副喝毒藥的表情，她不免有些失望地看著他說：「這水有這麼大的味道？我怎麼一點都嚐不出來。」

周文星點點頭，若有所思地說：「看來用礬石行不通，不知道有沒有其他辦法？」

眾人面面相覷，拾柳嘟囔道：「又不能弄個香包把這水給熏香了。」衣裳難聞可以熏，水不好聞可怎麼辦？

黃英看著拾柳，猛然間眼神發亮，用竹夾敲了釜邊道：「我好像想到一個辦法了！」

話音未落，大夥就覺得船身一晃，那風爐一滑，連釜帶炭直直地朝黃英撞了過去。好在任俠就在一旁添炭，他拿著火鉗，手腳機靈地伸過來一擋。風爐是攔住了，可上面的熱水眼看就要潑過來，周文星趕緊一把提起那半釜熱水。

此時船外響起小郡主得意無比的聲音。「再撞一下！黃英，妳給我滾出來！」

方才那陣混亂中，黃英毫髮無傷，可是船剛往這邊晃了一下，就還鞦韆似地往另一邊倒去。

任俠手忙腳亂地用火鉗攔住風爐，可周文星就沒這麼好運了，那釜中的水一晃，當場朝他的胸口潑去，燙得他大喊一聲。

黃英見周文星燙到，火氣都上來了。她隨手奪過任俠的火鉗，跌跌撞撞地衝上甲板，大聲喊道：「小郡主，我就在這裡，妳要怎樣?!」

只見那邊的船伕正在苦苦哀求。「郡主，我們的船不如他們的沈，撞了我們吃虧啊！」

王府的船雖說氣派，但是周家這邊攜家帶眷的，行囊多得很，又裝有貨物，重量自然勝過他們的。

小郡主剛剛也摔了一跤，她爬起來喊道：「黃英，妳既然出來了，我就饒了你們那艘船，妳自己過來就行了！」

黃英滿腔怒火地道：「妳到底要幹什麼？妳師父不管妳了嗎？」

「哈哈，我師父中了我的計，這會兒還不知道在哪個鎮上找馬呢！妳殺了我的阿寶，我要妳償命！」

小郡主一見到黃英就雙眼噴火，又叫道：「妳到我船上來，不然我就繼續撞你們的船！」

「黃英，別去！」跟出來的周文星顧不得身上的傷，一把抓住黃英。

「阿英，不行！」阿奇也焦急地喊道。

「少奶奶不能去啊！」丫鬟們哭成一片。

周家這邊的船伕與船娘叫苦連天，誰知道這個成天鼓搗著喝茶的少奶奶居然有個郡主仇家！連宋先生也出了船艙，她看著這一幕，卻沒有說話。

小郡主拿著一把劍，指著一旁打著哆嗦的船伕道：「我數到三，她要是不過來，你就再撞過去！」

黃英突然喊道：「我過去！」

周文星急得扯住她袖子不放道：「妳瘋了?!不許去！」

黃英卻偏過頭看著他，衝著他眨了眨右眼，做了個鬼臉就俐落地爬上船舷跳到王府的船上。

小郡主沒想到她真敢過來，看著站在自己跟前的黃英，拿劍就朝她刺去，嘴裡嚷道：「我要替我的阿寶報仇！」

所有人都叫了起來，周文星一顆心頓時僵得無法跳動。

誰料黃英卻跟隻豹似的，敏捷地往旁邊一躍，又將手中的火鉗一揚，正打在小郡主的劍身上，那把劍頓時掉到地上。

小郡主嚇了一跳，正想撿劍，黃英已經撲過去，緊緊抱住了小郡主。

這個場面讓大家看得目瞪口呆。見雪恨不能鼓掌叫好；拾柳已經滿面是淚。少奶奶實在是太厲害了！

香草興高采烈地大喊一聲。「阿英姊，把她扔進河裡！」簡直是看熱鬧不怕事大，早忘了規矩。

小郡主掙扎著大罵，要船上的家丁與婆子幫忙。

黃英喝道：「誰要過來，我就抱著她跳進水裡去！」說著，她轉頭對小郡主道：「我殺了妳的蛇不錯，可我已經道過歉了，妳還想怎麼樣？」

小郡主哭喊道：「妳欺負我，我要讓爹爹殺妳全家！」

黃英怒道：「那咱倆今天誰也不要活了！」

說完，黃英一手勒住小郡主，一手撿起劍架在她脖子上道：「要麼咱們講和，妳以後都不許再來找我麻煩；要麼我先殺了妳再自盡，妳自己選！」

小郡主想起黃英殺死阿寶時的俐落勁，嚇白了一張小臉道：「我、我講和。」

周文星的胸口起了一個雞蛋大小的水疱，阿奇用針挑破水疱，又用淘米水為他清洗傷口再上藥，心中有股說不出的鬱悶。

黃英去見小郡主之前的那個鬼臉一直出現在阿奇眼前，他想找黃英說話，可之後幾日周文星都跟狗皮膏藥似地緊跟著她。

這一日，黃英在周文星的反覆教習下，終於煮出了一碗獲得他認可的茶湯。

黃英帶著一群人浩浩蕩蕩地去見宋先生。這麼多天過去了，大家都真心盼望宋先生能點頭，不然茶都要喝吐了。

宋先生見眾人聲勢浩大，略微挑了挑眉毛，坐下接過黃英的茶，她抿了一下，又喝了一口，終於點了點頭。

黃英熱淚盈眶，周文星也長長吐出一口氣，兩人對視一眼，眼中盡是欣喜。

誰知道宋先生放下茶湯道：「這水是過關了。」

黃英失望地接過茶碗，有些沮喪又有點耍賴地扯著宋先生的袖子哀求。「先生，我可是從什麼都不會開始的！以後我會繼續努力，先生就讓我過了這一關好不好？啊？好不好！」

宋先生慢條斯理地抽出袖子道：「妳說說，這水是怎麼弄出來的？」

黃英一看有希望，眉飛色舞地說道：「先生忘了我是砍柴的！我知道木炭能吸味道，只要想法子讓木炭吸去水裡的味道就行了。於是我跟幾個丫鬟一起在竹筒下面戳了幾個洞，墊上幾層細棉布，又鉸了幾塊銀子墊著，上面再鋪炭塊，把水濾了好幾遍，總算是連四爺都喝不出半點礬石的味道了。」

說完以後，她就眼巴巴地望著宋先生。

宋先生面無表情地看著她說：「水我是滿意了，可這茶，我不滿意就不能放行。」

是夜，黃英翻來覆去地睡不著，一直想著宋先生說的那句話，想著想著，突然想起第一關學的那個「心」字來，不禁暗罵自己真是個糊塗人，宋先生說得那麼清楚，自己居然沒聽明白！

第二日，黃英破天荒地沒去廚房鼓搗。丫鬟們都被她折騰累了，也不去催她，各自靠著船舷欣賞兩岸風光，江南漸近，風景一天比一天秀麗。

自從上了船，宋先生就一直在做一樣東西，黃英見她又開始了，就湊過去看，一看之下吃了一驚，竟是一個木製的小娃娃，眼耳口鼻，栩栩如生，連胳膊和腿都能動彈。

黃英驚喜道：「先生還會雕娃娃？」

宋先生放下雕刀，神情有一絲難過，說道：「替一個故人雕的。」說完便不再開口，繼續低頭雕木娃娃的衣飾。

待見雪送了宋先生日常喝的茶來，黃英便兩眼眨也不眨地盯著她。宋先生放下手中的雕刀，摸了摸茶碗，便一口飲盡。

黃英像是想到了什麼，突然跑出去找周文星說：「四爺，我知道先生為什麼不滿意了！」

她叫上周文星、任俠與見雪，把風爐、茶碗等四、五樣用具拿到船艙裡，規規矩矩地放好了，便一言不發地燒水、放茶末，又丟了一點點鹽進去，再用竹夾攪散，然後開始點茶。點好了茶，黃英並未立刻端給宋先生，而是等了片刻，待茶碗上的熱氣略散，就用手摸了摸茶碗，覺得差不多了，才遞給宋先生。

先生喝茶喜歡放鹽，不喜歡太燙，她繞了一大圈，卻忘了先生只是想要她平常就喜歡喝的茶呀！

這一切宋先生全看在眼裡，她動容地接過茶，用手摸了摸杯子，喝了一口，然後在眾人的盼望下一飲而盡。

黃英大呼一聲。「終於成了！」說著她跳了起來，不管不顧地撲到宋先生的身前道：「先生，快告訴我第三關是什麼，咱們再不到十日就要抵達蘇州了！」

宋先生低低地附在她耳邊說了幾句話，黃英的臉色立刻變得十分難看，眼圈一紅，委屈地說道：「先生這是在為難我！先生、先生根本不想收我為徒！」

大家不知道宋先生的題目是什麼，見黃英這麼難過，紛紛詢問她，可她卻什麼也不肯說。

隔天眾人都懶洋洋的。這一路行來心中總牽掛著「煮出宋先生要的好茶」這件事，如今閒下來，倒不知道做點什麼才好，所幸下午就到了淮安。

淮安位於淮河與運河交會之處，是漕運樞紐之地，駐有漕運總督府、江南河道總督府，是運河四大都市之一，其繁華遠非四女樹鎮可比。

丫鬟們全都興高采烈地等著上岸，黃英正踏上船橋要往下走，忽然聽見有人問道：「妳諳水性嗎？」

黃英抬頭一看，就見旁邊的大船上露出小郡主的一張小臉來。她不禁皺起眉頭，心道這死小孩可真是陰魂不散！只見她回道：「我不諳水性。」

「哈哈，那就好！」

說話間，小郡主不知道從哪裡伸出一根長長的竹竿，黃英一個不防，就這麼被戳下水去。

大夥頓時嚇得魂飛魄散，大呼小叫地要船娘下去救人。

小郡主小臉緊繃地站在船頭，手上拿著一把弓箭喝道：「誰都不許去，誰要去，我就射誰！」

黃英掉入水中後直直地沈入了底，只見水面一陣蕩漾，便沒了動靜。

周文星心急如焚，放聲大喊。「誰下去救人就賞銀一百兩！」

重賞之下必有勇夫，可銀子雖好，命也要緊，船娘們無一人敢跳。

周文星頭腦發熱，雙眼一閉，「撲通」一聲就跳進水去。本以為有他帶頭，船娘們也會跟著跳，可當他浮上來一看，卻見水面上空盪盪的，並無他人。

阿奇看到這個狀況，有些猶豫。他記得黃英跟他說過自己諳水性，可見水面一直沒動靜，不免擔心黃英的安危，也縱身跳下水去。

小郡主說話算話，拉弓就朝阿奇的方向射出一箭，箭矢沿著阿奇的頭皮飛了過去，嚇得他趕緊躲到水底。

附近的周文星看到了，心想小郡主剛才大概是忘了朝自己射箭，不禁有些慶幸。

小郡主則是嚇了一跳。她的箭法什麼時候變準了?!

香草驚得大叫。「你們趕緊上來吧！少奶奶的水性好得跟鴨子似的！」

小郡主聽了奇道：「那她怎麼還不上來？」

此時黃英滿是怒氣的聲音從小郡主身後傳來。「妳答應過不再找我麻煩的，說話不算話！」

小郡主一驚，回頭一看，就見黃英渾身濕淋淋地站在那裡，手中提了根船槳，旁人都不敢上前攔她。

看著黃英，小郡主的手指伸出來點個不停，結巴道：「妳、妳騙人！」

黃英真是恨不得把她推下水去，可一想到先生給的題目，只能氣呼呼地一把奪過她的弓箭扔進水裡。

「不好了，爺溺水了！救人啊！救到就有一百兩！」任俠突然狂呼。

周文星不過會一點狗爬式，不知怎麼地，腳被下錨的纜繩給纏上了，這會兒他正在水裡撲騰著，嗆了好幾口水。

任俠叫完後第一個下水，周圍船上的人這回都跟下餃子似地往下跳。這可是一百兩啊，先到先得！

黃英見狀忙扔下船槳，一把抓起剛才戳她下水的那根長竹竿，朝周文星的方向伸過去道：「別撲騰了，抓住！」

周文星見到她站在小郡主的船上，驚喜至極，也忘了掙扎，反倒浮了上來。

黃英急得躲腳，喊道：「呆子，還不趕緊抓住竹竿，一百兩歸我了！」

周文星一把抓住竹竿，開心地喊道：「沒事，下水的人都賞一兩！」

河裡瞬間水花四濺，周文星頓時目瞪口呆。這回可真是破了大財。

黃英看見周文星滿頭水珠、呆頭呆腦的模樣，忍不住笑了起來；周文星仰頭看著她，也笑得有如花開，跟個傻子一般。

笑著、笑著，黃英眼中浮現了淚水。周文星為了救她跳運河呢！
然而，她沒看到阿奇也浮在不遠處，正呆呆地仰望著她。

第四十章　干戈玉帛

救起周文星後，眾人便回到船上。此時春水已暖，可見雪還是急急忙忙地熬了薑湯來，給他們這群人當中四個下過水的一人一大碗。

黃英一口氣喝完了薑湯，就氣呼呼地看著宋先生說：「先生，就憑這樣，您還要我跟她交朋友?!怎麼交？她都恨不能殺了我！」

原來宋先生的第三個題目是讓黃英跟小郡主交朋友，難怪她當時氣成那樣，這根本不可能嘛。大夥都能理解黃英的心情。

宋先生淡淡一笑道：「我到城裡逛逛。」說著便起身出了船艙。

黃英委屈極了，淚眼汪汪的，也不去看宋先生的背影。跟自己的仇人做朋友，這麼難的事怎麼可能做得到！

阿奇難得見到黃英這副無助的模樣，很是不忍。那小郡主身分高貴、刁蠻任性，為了一條蛇就能這樣不依不饒、千山萬水地來尋仇，還差點射中自己，想想都讓人害怕，實在不是良友，便道：「妳若是不想跟她做朋友便算了，反正三人行必有我師，何必強求！」

周文星則站起身，從袖中抽了條手絹遞給黃英，她接過以後就擦了擦眼淚。阿奇在一旁看著，默默地低下了頭。

只見周文星勸道：「張良月夜拾鞋，帝堯三訪王屋。自古要拜名師，就沒有不吃苦頭的。」

黃英不知道張良與帝堯的故事，卻聽進了最後一句話。

周文星又道：「常言道『一日為師，終身為父』，宋先生總是獨自一人，若是收下妳，有了正經的師徒名分，便跟妳母親差不多，又怎麼能不磨一磨妳的心性？萬一收到惡徒怎麼辦？」

黃英擦乾了眼淚，起身道：「知道了，我就不信收不服那臭丫頭！走，聽說這裡比四女樹鎮還要熱鬧，咱們都逛逛去！」

過了高高的榷關城樓，就見一道碧水將淮安城分成兩條長街，遠處鑼鼓喧天，熱鬧非凡，丫鬟們看著街邊的綢緞與珠翠鋪子，早已按捺不住。

黃英笑道：「妳們只管逛，我有事要辦，任俠陪我去就行了。」

任俠不禁苦著一張臉，周文星忙道：「我也一起去。」

阿奇猶豫了片刻，若無其事地說道：「那我跟鎮書幫妳看著這些丫鬟吧！這裡人太多，小心走散了！」

三人走了一陣子，看見一家藥鋪，黃英便要進去，周文星忍不住打了個哆嗦道：「妳要給小郡主下藥？這可使不得。」

黃英瞪了他一眼道：「看你把我想的！沒說讓你來，你偏要跟著！」

進了藥鋪，掌櫃的趕緊迎了過來，黃英開口便道：「掌櫃的，您這裡有賣活蛇嗎？」

周文星這才稍微鬆了口氣，想來她是想買條蛇賠給小郡主，忙道：「全拿來，讓小郡主挑去！」

黃英歪頭道：「誰告訴你我要賠她一條蛇？」

掌櫃的笑道：「有是有，不過是準備用來製藥的。您要什麼藥，我們這裡有製好了的。」

黃英搖搖頭道：「不用，就要活蛇，什麼蛇都行，沒毒就好。」

沒多久，掌櫃的拿個竹簍提了蛇出來，只見那團黑蛇有小竹竿般粗細，扁頭尖背，盤成了一團，不知道有多長、有幾條？

「您要幾條？」掌櫃的問道。

黃英想了想，回道：「全要了！」

周文星默不作聲地付了帳，禁不住好奇地問道：「妳準備幹麼？」

黃英笑咪咪地說：「到時候你就知道了！」

蛇自然是由任俠拎著，他們三人隨便逛了逛，在街邊吃了淮安有名的細環餅，就回到了碼頭。

黃英收拾妥當後找了塊藍布蒙住竹簍，拎著它去王府的船邊喊道：「我找你們小郡主有事，她在不在？」

小郡主正在船舷旁欣賞風景，早看見黃英手裡拎著東西，她心中萬分警惕。這個黃英太狡詐了，不能讓她上船。

「妳來幹什麼?!不怕我殺了妳！」小郡主走過來說道，可這話不知怎麼地說得就是心虛。

「我砍了妳的蛇，來給妳賠罪，妳要不要？」黃英抬起頭大聲道。

周文星在一旁看得一頭霧水。她不是說這蛇買來不是要賠給小郡主的嗎？況且那蛇有點醜，只怕小郡主看不上。

小郡主有些得意，心想黃英到底怕了她，可又怕上當，猶豫了一下才說：「妳要怎麼賠罪？」

「讓妳砍回來嘍！接著，有好多條呢！」說著，黃英就打開竹簍的門，把一簍蛇全扔到王府的船上。

只見一個用藍布包著的簍子掉到甲板上，幾條黑色的蛇飛快地竄了出來，在甲板上四處趴趴走。

小郡主好半天才找回自己的聲音，尖聲厲叫。「黃英，我跟妳勢不兩立！」

黃英在船下笑得腰痠，說道：「我送的可是烏梢蛇。藥鋪老闆說了，這蛇用黃酒泡了，能祛風、通絡、止痙，船家們都喜歡著呢！」

有船伕要拿那簍子去抓蛇，一看就發現竹簍裡面有封信，他拿了信要遞給小郡主，誰知小郡主尖叫道：「撕了、撕了！不看，我不看！」

黃英在船下大聲道：「妳不看，我就背給妳聽！」

船上的小郡主緊緊摀著耳朵，可黃英的聲音極為宏亮。「長幼序，友與朋；此十義，人所同。我本來居長，可為長姊，但念妳貴為郡主，便不計較妳胡鬧，可友與朋。」

小郡主被黃英這半通不通、半文不白的信弄得哭笑不得，恥笑道：「妳算什麼東西，不跟我計較？還要跟我做朋友?!我堂堂一個郡主，妳屢次冒犯我，早就犯了死罪！來人，下去把她給我抓上來！」

這趟旅程小郡主自然不是一個人，可是除了她師父，身邊沒人敢管她的閒事。黃英也不用人抓，船橋一搭，她就上了船。

周文星阻攔不住，只得愁眉苦臉地跟了過去，突然有些後悔自己勸她跟小郡主做朋友了。

那些蛇被抓住了兩條，剩下的不知道躲到哪個角落去了。

小郡主冷笑道：「周文星，你一邊站著去！」說著她一揮手，指著那個抓到蛇的船伕道：「去，把蛇塞進她衣裳裡！」

那船伕雙腿打顫，卻不敢不從，無奈地抓著蛇靠近黃英。

黃英卻下巴一揚道：「小郡主，妳只管放蛇，但我黃英若是能做到一動也不動，妳就得做我的朋友！」

眾人都被她這句話驚呆了。

小郡主看她一臉不在乎的模樣，生氣地說：「妳要是真的能一動也不動，我就服了妳！」

周文星心頭一抖。這如何使得！他慌忙向小郡主鞠了一躬道：「小郡主，賤內出身貧寒，不懂得尊卑規矩，還請小郡主大人大量，原諒她吧！」

他邊說邊想，這小郡主的模樣看上去既溫順又可愛，怎麼也不像會幹出這種惡毒事情的小惡魔啊！

小郡主見他求情，心中得意，卻道：「你看我哪裡大了？周文星，這口氣我一定要出！放蛇！」

那船伕掙扎了一下，心道十個女人看見蛇，九個尖叫、一個暈，這小娘子膽子真這麼大？他走近以後就閉著眼睛將蛇頭往黃英的衣領裡一塞，接著趕緊放開手。

周文星大叫一聲。「不要！」他想衝過去，腳卻有些不聽使喚，這些女人怎麼一個個都那麼恐怖?!

小郡主拍手等著看黃英出醜，誰知那蛇剛碰到黃英的脖子，就像被什麼東西燙到一樣，馬上逃開了。

「妳、妳果然又使詐！」小郡主氣得直跺腳。不是說黃英是個農家出身的砍柴傻丫頭嗎？怎麼狡猾成這樣！

周文星目瞪口呆，隨即感到驚喜與自豪。黃英到底是怎麼辦到的?!

黃英表情嚴肅地說：「妳上次答應過不再找我麻煩，結果耍賴；這次妳蛇也放了、氣也出了，又要賴帳嗎？」

雖然那蛇沒往衣裳裡鑽，可是被蛇冰涼涼地蹭了一下脖子，也挺噁心的不是嗎？這虧她都吃了，這臭丫頭竟然又不認帳！

小郡主紅著臉道：「妳從哪裡弄來了驅蛇藥？還有，妳為什麼要做我的朋友？」

黃英想了想，老實地回道：「驅蛇藥是我拿硫磺與煙灰亂配的；至於想跟妳做朋友嘛，那是我拜師的條件！」

小郡主自幼在南疆長大，對驅蛇的東西並不好奇，但是聽見「拜師」時眼睛卻一亮，臉上樂開了花道：「誰這麼有眼光，竟用跟我做朋友當條件！」

黃英忍不住翻了個白眼；周文星看著小郡主，只覺得世界之大，奇人盡有！

小郡主眨了眨眼道：「這麼說來，我要是不答應做妳的朋友，妳就拜不成師了？哼！我恨都恨死妳了，怎麼會跟妳做朋友？妳死了這條心吧！」

周文星一步跨過去道：「多個朋友多條路，多個仇人多堵牆，您跟我們化干戈為玉帛，大家開心做朋友有什麼不好？」

小郡主跺著腳嚷道：「不好！我的阿寶才是我的朋友！妳殺了阿寶，我還跟妳做朋友，這就是背叛阿寶，阿寶不會原諒我的！」

黃英聞言一愣，突然有些明白為什麼小郡主一心找自己報仇，而宋先生卻要她跟小郡主做朋友了，她有些同情地看著小郡主。

小郡主眼睛一瞪，惱羞成怒道：「看什麼看？妳也敢看不起我？信不信我挖了妳的眼睛！」

說著、說著，小郡主的眼圈突然紅了。她在南疆過得自由自在，可回到京城後沒有一個人喜歡她；她闖了禍，祖母就用冰冷的眼神看著她，立刻將她送回南疆。

「我向妳的阿寶道歉，我給牠修墳！」黃英說道。

小郡主怔怔地看著黃英道：「妳……」別人聽見自己當阿寶是朋友都覺得自己瘋了，怎麼這個黃英不一樣?!

黃英忙道：「我是真心的！我以前有條狗，從小養大的，叫黃背，跟我可好了，我上山都帶著牠。有一回我遇到了山豬，黃背為了救我，就……」想起兒時的朋友，她的眼淚也掉了下來。

小郡主哇地一聲哭了出來。她怎麼能對著殺死阿寶的凶手流淚，可是、可是阿寶應該會原諒她吧？

她一邊哭，一邊招手道：「妳，跟我來！」

黃英跟著她進了船艙，只見小郡主拿出一個描金畫彩的小黑瓷罐子道：「妳向阿寶道歉，我就原諒妳！」

跟著進來的周文星看著兩個女孩慎重其事的模樣，不禁有些啼笑皆非。

黃英整理好頭髮與衣裳後跪倒在地，把小郡主嚇了一跳。

她一絲不苟地磕了三個頭道：「阿寶，對不住，我誤殺了你，請你原諒我，讓我代替你做小郡主的好朋友。」

小郡主看著黃英，噘起了嘴巴，頭一仰道：「我才不要跟妳做朋友！」

黃英下船時腳步有點飄，周文星忙伸手牽住她道：「小心點，慢慢走。」

那下船的木板不太牢固，黃英一不小心絆了一下，嚇得周文星雙臂一張緊緊地抱住她說：「英姊兒，妳沒事吧？可別一頭栽到水裡去！」

看著近在咫尺、滿臉惶恐的周文星，黃英身體一軟，頭靠在他脖子上，溫暖的氣息吹到他突突直跳的血管上，她聲音低啞道：「四爺，我做到了。」

周文星只覺得渾身的血液洶湧，身體的某個地方發生了令人不知所措的變化。

兩個人就這樣靜靜地在船板上相擁，四周不知何時圍滿了看熱鬧的群眾，有大膽的船工喊道：「小郎君，親親你娘子，她就不昏了！」

黃英這才回過神來，滿面通紅地想要站直，扯著周文星的手道：「你、你鬆手！」

周文星卻頭上冒汗地抓著她不放道：「妳再裝一會兒暈！」雖然袍服寬大，可是要是被人看出來，他還怎麼做人！

不遠處，是剛剛歸來的阿奇等人。

見雪、拾柳與香草大驚失色、尖叫著跑了過來，拾柳喊道：「少奶奶，您被小郡主弄傷了嗎？」

黃英笑得很神秘又有些嬌羞地朝她們揮了揮手，搖搖頭道：「沒有！」

阿奇看著她的笑容，一種無力感從心頭湧起。還要三年，阿英好像已經離自己越來越遠了。

待宋先生回來，眾人都止不住好奇，想趕快知道在王府的船上到底發生了什麼事情？見黃英一臉喜色，宋先生不禁看向周文星，卻見他坐得筆直，眼觀鼻、鼻觀心，一副非常嚴肅的樣子。

宋先生一坐下，黃英就奔上前道：「先生、先生！我好像做到了，又好像沒做到，先生，您說怎麼辦？」

黃英用無比崇敬的眼神看著宋先生，宋先生卻莫名地起了雞皮疙瘩。

「什麼叫好像做到了，又好像沒做到？」宋先生十分驚訝，她不過是去逛了趟街市，第三道難題居然就被這丫頭解開了？

「小郡主不願意跟我做朋友！」黃英滿臉笑容地說。

「這也是情理之中。」聽到這個答案，宋先生也不知自己是失望還是慶幸？

一旁的周文星聞言瞪了黃英一眼。她怎麼這麼會勾人、耍人?!

只見黃英眨眨眼道：「我太佩服我自己了，小郡主要跟我結為姊妹！這樣算不算數呢，先生？是不是比做朋友還厲害！哈哈哈哈。」

見黃英得意地笑個不停，一屋子的人都吃驚不已。她不是想拜師想瘋了吧？不過半日工夫，那個恨不得殺了她的小郡主，竟然要跟她結為姊妹?!

其實當小郡主跟黃英說「我才不要跟妳做朋友」的時候，黃英的心是涼了半截的，不料小郡主下半段話是——「妳不是說妳年紀大，可以當姊姊嗎？咱們來結拜吧，就讓阿寶做個見證！」

於是周文星奉命擔任司儀，見證了這場，嗯，前無古人，後無來者、獨一無二又莫名其妙的結拜儀式，還正經八百地寫了金蘭譜。

黃英拿出金蘭譜遞給宋先生，宋先生看著金蘭譜上那兩個紅紅的手印，不知不覺紅了眼眶。

曾經也有一個少女笑盈盈地對她說：「當年紫禁煙花，相逢恨不知音早。」。只可惜，在宮中那樣的地方，各為其主，終究免不了妳死我活，生死兩茫茫。

宋先生忍住悲傷，點了點頭。

黃英立刻撲上去抱住她道：「太好了，我有先生了！」

宋先生渾身不自在地說道：「妳趕緊放手！」

「不放、不放，您一輩子都是我黃英的先生！」黃英也紅了眼眶。

其實先生哪裡是在考她，分明是透過這三道題目教導她！這樣的先生，她一輩子也不放手！

「妳是不是有點醉了？發酒瘋呢?!」這一靠近，宋先生就聞到黃英嘴裡的酒氣。

也不知道結拜時小郡主用的是什麼酒，後勁挺大的。黃英傻傻地笑著說：「沒醉、沒醉。先生，小郡主說，要我們搬到她的船上去呢！」

阿奇沈默了。他沒想到黃英在半天之內就解決了小郡主的事情，而且處理得這麼好！有了小郡主這個義妹，黃英在周家再也不是沒有娘家人撐腰的砍柴丫頭了。

他看向宋先生，宋先生正一臉慈愛地看著昏昏欲睡的黃英；他又望向周文星，周文星的目光也是緊緊地鎖在黃英身上，眼中滿是自豪與寵溺。

阿奇突然覺得自己的見識狹隘得有些可笑。天下之大，固然人人可為師，可是像宋先生這樣見解獨到、用意深遠，又真心愛護著黃英的師父哪裡是隨便就能找得到的？自己再不好好努力，可真是連跟她做朋友都配不上了！

第四十一章　姊妹鬩牆

小郡主決定讓黃英他們全搬過來，這一路上就她師父能跟她說話，現在師父又被她支開，真是寂寞死了。

王府官船光是上房就有十間，一間小郡主住，一間則是給了她師父。小郡主雖然使計調開師父，不過她師父聰明得很，自然知道該去哪邊找她。

周文星想到再也不必跟阿奇擠一間房，心中一喜，可又有點害怕黃英不願意跟自己同住。

回到艙房，周文星見阿奇一個人在挑燈夜讀，忍不住勸道：「用功也不在這一、兩日，倒看壞了眼睛。」

見阿奇默不作聲，周文星便結結巴巴地道：「其實我不用跟你說什麼，不過，我、我還是先跟你說一聲，明日起，我與黃英得住一間房。」

阿奇依然保持沈默，周文星索性不再理他，往床上一躺。他算什麼啊，自己憑什麼跟他交代？

沒想到阿奇突然說道：「這才多久，你就忘了許月英？你可想好了要跟阿英過一輩子？若不是，你忍心這樣害她？」

過了半晌，周文星才嘆了口氣道：「明明認識黃英的時日不長，我卻覺得好像已經過了半輩子。阿奇，我沒想過會喜歡黃英這樣的女子，可是我們同床共枕過，還搶著喝過一杯毒酒，我心裡就想要跟她過一輩子！」

說出最後這句話時，周文星就像是從渾渾噩噩的夢中清醒過來。自己與英姊兒的日子，才剛剛開始呢！

「你該知道，若你待她不好，我依然會娶她！」

阿奇的聲音低沈嘶啞，飽含著沮喪與無奈，可卻奇異地讓周文星感到不安。

隔天，眾人七手八腳地搬家，王府的官船豪華氣派、舒適無比，他們原先乘坐的漕船遠遠無法與之相比，丫鬟們都歡喜瘋了，各自搭伴，只有初春自己住一間。

黃英還想跟宋先生住，宋先生卻瞪了她一眼，板著臉道：「我一個人清靜慣了，不要打蛇隨棍上，妳還沒正式拜師呢！」

卻見黃英笑嘻嘻地問道：「那我什麼時候拜師？」

「我看下船前一天是個黃道吉日，妳好好準備準備。」宋先生說道。

小郡主不知道什麼時候晃過來這邊，眼神銳利地看著黃英說道：「姊姊好奇怪，怎麼不去跟周文星住？」

黃英下巴一抬道：「大人的事，小孩子別多問。妳這裡可真不錯！」

小郡主才不吃黃英這一套，一把將她拉到自己房裡道：「說，是不是那個周文星有什麼問題？他對妳不好？」

黃英一愣，神情微微有些難過。

見狀，小郡主拍著她的肩膀道：「莫怕，如今有我給妳撐腰！」

黃英紅著臉憋了半天氣，才湊到小郡主耳邊道：「我們其實還沒有圓房呢！所以……」兩人分房睡了一個多月，這回要再同床，黃英只覺得渾身不自在。

小郡主的眼睛猛地睜大了兩倍，問道：「為什麼？難道那些傳聞都是真的？」

黃英嚇得忙擺手道：「什麼傳聞？別瞎信，妳看我跟四爺不是挺好的嗎？只是……」說到這裡，黃英心頭突然一動。先生真是太英明了，自己真的缺一個能聊聊這些事的朋友。

小郡主嘿嘿直笑。她雖然年紀尚小，可是在王府裡看到跟聽到的事情實在太多了，便道：「不管發生了什麼事，我告訴妳，妳若是想要他，就趕緊生米煮成熟飯；不想要嘛，就廢了他！」

黃英嚇得一抖。這妹妹果然是個小魔頭。先生教她要明白自己的心，可是在周文星這件事上，她卻搞不清楚自己的心意。

有時候覺得應該等三年再說，畢竟當初這話是自己說的；可有時候又覺得要是真的和離了，情況不但很麻煩，爹娘也不知道要為自己多操多少心，況且周文星對自己……想起他那天在水裡撲騰的傻樣，黃英嘴角一彎，忍不住笑了。

小郡主見她這又愁又喜的模樣，眼珠子一轉，不再追問。

周文星不知道黃英的想法，硬著頭皮吩咐丫鬟們把黃英與自己的行李放進同一間房裡，然後就坐立不安地等她回來。

到了晚間，黃英進屋時完全沒有多餘的反應，一副理所當然的樣子，周文星頓時暗喜在心。可不是嘛，他們是夫妻，不住一起才奇怪！

不過就寢時，周文星連身都不敢翻，就怕給黃英理由趕自己出去。他不停告訴自己，這一晚無論如何都要堅持住，只要定下來，之後就順理成章了。

黃英看周文星裹得像隻蠶寶寶，心道莫非他還跟從前一樣，惟恐自己沾惹他？這麼一想，她不免有些氣悶。

誰知到了第二天早上，黃英一起床就被周文星嚇得有些不知所措。

平日她梳洗自然是由一群丫鬟端了東西來，有條不紊地伺候，可今日周文星不知道怎麼地，自己還蓬頭垢面呢，就圍著黃英轉，還罵見雪。「妳怎麼拿這種粗毛巾給少奶奶擦臉！沒有那松江厚棉布嗎？」

關於這點，見雪實在委屈得很。黃英沒像樣的嫁妝，用的向來都是家裡分例的東西，哪裡比得上周文星自己的好？

聽到見雪說「沒有」，周文星愣了片刻，便讓她們去翻自己的箱子，把能用的好東西都翻了出來，接著把黃英日常用的汰換了大半，他還囉嗦道：「等到了蘇州再給妳置辦好的，這些妳先湊合著用！」

黃英禁不住納悶，見到小郡主時便悄悄問道：「妳說他是不是個勢利眼？看到我跟妳要好，突然就來巴結我了?!」

小郡主鄙夷地看了她一眼。還以為這個姊姊多狡猾呢，原來是個笨蛋！她只道：「是啊，妳不如問問他要不要做我的郡馬，反正你們也沒圓房！」

黃英聞言心頭大震，一股說不出的滋味湧到嘴裡，她臉色一白，顫聲問道：「妳、妳看上他了？」

小郡主只當看不見她的表情，搖了搖手中的絡子道：「我看著不錯，比我的阿寶還漂亮。」

黃英一顆心涼颼颼的。這是啥比喻？周文星的地位要是像阿寶，可不是要被自己砍死？

「妳不是認真的吧？」黃英懷著一絲希望，抖著聲音問道。

一個詩書才女許月英至今仍陰魂不散，又來一個身分高貴的小郡主。周文星，你的桃花也太多了吧，要我怎麼砍得光？

小郡主皺著細眉，一臉嚴肅地說：「當然是真的！算了，看在妳是我姊姊的分上，我就讓妳做個平妻吧！」

黃英頓時後悔得要命。原本以為找到了一個可以說心裡話的好姊妹，誰知道竟碰到一個跟她搶丈夫的高門女！

當黃英怒氣沖沖地回房時，周文星正手捧書本靠窗閱讀，一身服裝襯得他貴氣非凡，看得黃英火氣更盛。

周文星見她面色不善，心中一慌。難道自己又做了什麼事惹她不開心了？他忙湊過去說：「英姊兒，妳要不要喝杯茶？」

見黃英還是瞪著他不說話，周文星立刻倒滿一杯茶遞給她道：「還有點熱，小心別燙著。」

這副低聲下氣討好人的樣子，讓黃英更篤定周文星就是因為小郡主才變這麼殷勤的！她揮手把茶碗一推，轉身跑去宋先生那邊。

周文星見黃英離開了，慌張得不知所措。她這是不想跟自己過日子了？他左思右想不得其解，身邊又沒人商量，只好去找任俠。

「你說，我要怎麼對待少奶奶才算是對她好？」周文星覺得待一個人好自然是有錢出錢、噓寒問暖，可是英姊兒對他的態度反而更壞，難道他努力錯方向了？

任俠眨了眨眼，心裡叫了聲「阿彌陀佛」。四少爺總算是開竅了，就說誤打誤撞娶進門的這位才是命中注定的四少奶奶嘛！

他忙附在自家少爺耳邊說了幾個字，只見周文星滿臉通紅道：「這、真的，她不會生氣？」

任俠堅定地搖了搖頭，接著從箱子裡拿出一本書來道：「爺，這本小的看著不錯，您今兒看看，到時候保證，哼哼！」

看到任俠一臉自信，周文星點點頭，接過那書揣進了懷裡。

到了晚上，周文星一個人躲在房裡研習那本書，剛開始還好，但越看越覺得自己渾身像是要燒起來似的；然而黃英遲遲未歸，他又不敢讓丫鬟去叫，最後未鼓而竭，只得鬱悶地把書一藏，蒙頭睡了。

黃英一直磨蹭到宋先生差點拎棍子趕人才回房，見周文星又是背朝外睡，不禁暗暗鬆了一口氣。

隔天起床梳洗完用了早飯，小郡主就遣人來請周文星與黃英去下棋。黃英一進小郡主的門，就嚇了一跳。

只見小郡主打扮得跟妖精一般，頭上梳著飛天髻，插著赤金點翠雙飛鳳，簪一朵大大的酒醉楊妃牡丹花；耳垂拇指大小的明珠，描眉畫眼；身上穿著一件紫紗半透明十幅月華襦裙，隱約露出裡面雪白的織錦暗花緊身胸衣。

這副裝扮讓小郡主一下子大了好幾歲，有種說不出的魅惑風情。

小郡主一見到他們，就抬起雪白粉嫩、塗了豔紅蔻丹的右手，輕輕掩著小檀口道：「姊姊來了！」說著看向周文星，眼波盈盈道：「四郎，你也來了？」
這聲音酥得黃英打了個寒顫，心道人不是妳請的嗎？她忍不住瞪了小郡主一眼。
誰知小郡主根本不在意，直盯著周文星道：「四郎，閒坐無聊，不如弄棋。」
他們夫妻倆剛坐下，小郡主就眉眼一挑道：「姊姊會下棋嗎？不會的話，不如去找宋先生學一學。」
黃英差點沒拿起棋盤砸到小郡主臉上，這是想支開她？她一拍桌子道：「不就是下棋嗎？四爺，你教我！」
周文星大喜。總算是找到了立功的機會，可是……
第一盤，黃英與周文星輸了；第二盤，他們仍舊只能俯首稱臣。
到了第三盤棋，黃英瞪著周文星，心想小郡主的棋藝真這麼高明？周文星不是故意輸了好討她歡心吧?!
她暗暗磨牙，怒道：「這有什麼好玩的？不如我們來猜枚，贏家可以決定怎麼處罰輸家！」
不料結果真是應了那句老話——「人倒楣，喝涼水都塞牙」，黃英連猜枚都輸了。
小郡主笑得像隻小狐狸，想了想以後說道：「妳是我姊姊，我就不罰妳了，罰四郎吧！」
周文星聞言，只能無語望天。

「我就罰四郎今天一整日都得陪我，白天陪我吃飯、玩耍；至於晚上嘛，待我想想！」

小郡主的嗓音跟裹了蜜糖的蛇信子一般，撩得人心頭癢癢的，實在是討打。

黃英不禁暴怒道：「妳要罰就罰我，罰他做什麼?!」

一想到小郡主說過的「生米煮成熟飯」，黃英就覺得膽顫。她真是傻透了，明知道小郡主要讓周文星當郡馬，怎麼還跑過來跟她下什麼鬼棋，就該把周文星這個桃花精關在屋裡！

小郡主頭一歪，擺出一副委屈的模樣道：「那好吧，我就罰妳下船之前日日都要陪我，陪我吃飯、玩耍，晚上也要陪我睡覺，這妳可不能再不答應了！」

「好！」黃英喊道。

「不好！」周文星嚷道。

事態發展至今，周文星心裡只有一個「苦」字。他還沒實施任俠的點子呢，下了船他就要上虎丘山唸書，讓他如何放心把黃英一個人扔在蘇州城裡？要是往後再冒出個阿奇來可怎麼辦！

黃英聽見周文星叫「不好」，心裡酸水汩汩地冒出來。他這是想要整天陪著小郡主嗎?!她怒目橫眉地看著周文星道：「你再說一遍?!」

周文星見黃英真動了怒，嚇得搖頭道：「沒有、沒有，妳說好就好！」

自那日起，小郡主便與黃英同起同臥，別人都當兩姊妹的感情好得不得了，只有周文星背地裡叫苦連天。

躲著她們吧，就見不著黃英；去見她們吧，小郡主就要找理由往他身上靠。他相信要是給黃英一把刀，她當場就會把自己當柴砍了。

周文星與黃英兩個人的情緒都越來越暴躁，好不容易熬到了待在船上的最後一日，這天要舉行黃英的拜師禮。拜師就在宋先生的艙房裡舉行，由阿奇擔任司儀。

宋先生將自己畫的一幅老子騎牛像掛在牆上，又擺了香爐與香案，拈香三炷，口中唸唸有詞。

黃英這才知道自己拜的師不是孔子，而是老子。宋先生上完香便坐到了上座，黃英則跪於其膝前。

阿奇道：「景成二十六年，歲在癸酉，五月二十二日，冀州黃英拜青州宋蘭英為師。」

黃英將早已寫好的拜帖雙手高舉過頭，行三叩首大禮。禮畢，黃英親自烹茶一碗，敬奉宋先生。

接過茶飲畢，宋先生遞給她一本書，黃英接過後吃驚地道：「師父，這是《莊子》！」

宋先生笑道：「吾生也有涯，而知也無涯。以有涯隨無涯，殆已。我今日讓妳拜老子，不過是要妳記住，無論妳我，於天地之間不過渺如塵埃，學亦好，不學亦好，順其自然，一切由心。我這個師父，必不會日日督促妳苦學不殆，天下學問不可盡數，只管學妳想學的就是了。」

小郡主在一旁聽了直呼。「哎呀，早知道有宋先生這樣的先生，我還早早拜什麼師！姊姊，不如我們換一換師父？」

黃英瞪著她，心想這丫頭見什麼、搶什麼，哪裡是郡主，根本是山大王！便道：「妳師父在蘇州等著妳呢，小心我告訴她，看她怎麼收拾妳！」

小郡主格格笑個不停道：「好呀，妳去告狀，等我師父把我踢出師門，我就可以拜宋先生為師了！好了、好了，明日你們就要上岸了，一別之後，不知何日再見，我早已擺好宴席，今日咱們不醉不歸！」

得知小郡主不打算在蘇州停留，黃英心頭一鬆，開心道：「那就多謝妹妹了！」

小郡主聽了，暗暗翻了個白眼。

至於周文星呢，他終於有一種撥雲見日的感覺，可又想到要是今晚小郡主還纏著黃英，那可怎麼辦？

眾人歡聚，傳杯換盞。吃著、喝著，周文星見小郡主離席，又見黃英一杯接一杯地被眾人敬酒，便溜出去對小郡主說道：「小郡主，今日英姊兒只怕會醉，若是夜裡嘔吐不適，豈不是對您不敬，不如今日就讓她回我那邊歇息？」

小郡主眼睛一瞇，嗲聲嗲氣地說道：「哎喲，我好暈。」說著就朝周文星倒了過去。

周文星頓時手忙腳亂。推開小郡主麼，怕她摔了；不推開麼，要是被英姊兒看到了，豈不是造成誤會？

他一著急，就伸手扯住了小郡主的腰帶。誰知道小郡主的腰帶並未綁著，只用金鈎扣著，一扯就散。

小郡主衣衫一開，立刻撲向周文星，嬌叱道：「四郎，你怎麼可以調戲我？」可惜她的身體還沒挨到周文星，就被人猛然一把推開，差點狠狠地撞到船柱上。

滿身酒氣的黃英一手扯下周文星的汗巾，攔腰把小郡主一綁道：「你們誰也不許過來，我今日是姊姊教訓妹妹！」

小郡主的丫鬟跟婆子在心中唸了聲佛，她們巴不得有人教訓教訓這個磨人的郡主，全縮頭裝死。

第四十二章　終成眷屬

小郡主拚命掙扎，黃英一手拖著她進房，直接將她綁在床欄杆上。「我忍妳好久了！告訴妳，周文星是妳姊夫！以後不許叫四郎，只准叫姊夫！」

只見小郡主眼裡都是賊光，小聲地說：「哎喲，明明是他追上來調戲我的！你們都沒圓房，他算哪門子的姊夫！」

黃英掏出手絹塞進她嘴裡，豪氣干雲地一巴掌拍到她頭上，大喊道：「我們今日就圓房！」

這一聲可把門外聽熱鬧的眾人全笑壞了，大家都當是黃英喝醉了以後胡言亂語，自然不曉得他們真的沒圓房。

周文星頓覺喜從天降，感到一股酥麻從腳底鑽了出來，直奔腦門。

阿奇卻默默地離開現場，拿著一壺醇酒走去船尾，自斟自飲，看著天上與水裡的月亮發呆。

黃英滿臉酡紅，步伐不穩地出了門，手一揮道：「你們誰也不許放她出來搗亂，知道嗎？要是壞了我的好事，柴刀伺候！」

眾人聽了，皆是竊笑不已。

周文星一張臉紅得不得了，雖然他盼星星、盼月亮地期待著這一天，可是能不能低調一點啊？

見黃英東倒西歪，周文星怕她磕著、碰著，一路扶著她回房坐好，趕緊鎖上門。

黃英一坐到床上，就粗聲粗氣地叫。「香草，妳在哪裡？」

周文星心想她真是醉糊塗了，不是嚷著要圓房嗎？好不容易兩人獨處一室，怎麼倒要叫香草來添堵？

香草聽了，在門外叫道：「少奶奶可是要醒酒湯？」

「去，把我們黃家祖傳、傳女不傳男、九九八十一式神仙洞馴夫大法拿來！」黃英聲如洪鐘。

就算這艘船再大，夜深人靜的，黃英聲音又那麼大，這話聽得再清楚不過。

周文星腦子裡先是一片空白，繼而明白她說的是什麼，當即滿面通紅、渾身好似火燒，自己那本書不過金槍九式。

他猛然將黃英撲倒在床，上前就把她的嘴給堵住。再讓她胡說八道下去，他們夫婦真要把這一船的人都滅了口才有臉上岸！

嗯，吃人的感覺真不錯，周文星全身上下都沸騰起來，他口眼手腳並用，開始盡情發揮男性本色。

黃英暈乎乎的，也不折騰了，雙手緊緊抱住周文星，渴望著兩人的身體能再貼近一點。

運河水啊浪打浪，夫婦的小船開啊開，趴在窗下的一群人除了聽到一點嗚嗚嗚、嘎嘎嘎、啪啪啪、啊啊啊的悶響，其他啥也沒聽見，不禁倍感遺憾。

鎮書與任俠卻在船尾陪著阿奇，阿奇被冷風一吹，酒意上頭，他看看天、望望水，問道：「這天上一個月亮，水裡一個月亮，我撈一個行不行？」說著就要往船舷撲。

兩個小廝一人一邊拉住他兩條腿，任俠有些不忍地說道：「奇少爺，使不得！月亮只有一個，已經被人撈去了！」

阿奇一酒壺砸在他頭上道：「胡說！明明有兩個月亮！不對，四個，嗯。不對，有鬼！我得驅鬼！」說著一扯袍子道：「小鬼避散，養了一十七年的童子尿來也！」

任俠抱著被敲暈了的頭，還沒來得及逃開，就被噴了一臉。

第二日，豔陽高照，熱得人渾身冒汗。

黃英迷迷糊糊地醒來，只覺得頭昏眼花，低頭一看，嚇了一跳——自己和周文星都是渾身光溜溜，周文星的臉還靠著她的胳膊，雙手緊抱著她的腰。

「圓房了？」她猛然坐起。自從聽了小郡主的「生米煮成熟飯」，她就一直琢磨著，可惜被小郡主日纏夜也纏，但昨日……

她不禁伸手狠狠地擰了周文星胳膊一把道：「四爺，你疼不疼？」

周文星睡得正香呢，被擰得大叫一聲，鬆開手坐起身來道：「怎麼了？出什麼事了？」

兩人對視片刻，周文星的目光慢慢往下移，隨即滿面通紅，一把抱住她道：「妳也願意的，別叫什麼四爺了，叫我四郎！」

黃英身體僵了一下，緩緩伸出手來環住周文星的腰，把頭埋在他頸間，悶悶地道：「昨日果然是黃道吉日！」

周文星的心軟得跟豆腐似的，一捏就出水，他摸了摸黃英的頭髮道：「確實是黃道吉日，妳昨日不但得了師父，也得了丈夫，這一輩子我都會對妳很好的。」

說完，周文星覺得自己的脖子處有一滴溫熱的水落了下來，接著那水便持續不斷，他忍不住紅了眼圈道：「英姊兒，妳放心，今後我不會再讓妳受委屈！」

到了中午，眼看著就要進鬧，東西都該收拾起來了，黃英才紅著一張臉出了房。

小郡主走過來，低聲在她耳邊說道：「姊姊九九八十一式用了幾式啊？」

黃英早已聽周文星提過這九九八十一式的事，見小郡主哪壺不開提哪壺，踩了她一腳道：「小孩子家家的，別打聽不該打聽的事！」

小郡主尖叫一聲跳開道：「妳踩我？要不是我高風亮節、成人之美，定教妳昨日半式也使不出！」

昨天黃英醉醺醺地綁了她的腳，卻沒綁她的手，她沒一會兒工夫就逃脫出來，跟著眾人一起聽牆根。

黃英見小郡主嘴裡還嚷嚷這式、那式，怒道：「妳還提，看我再把妳給綁了！」說著就去追她。

小郡主一面跑，一面笑道：「哎喲，不得了，有人要殺人滅口了！黃家獨門秘笈，九九八十一式……」

此時只聽隔壁船上一個大漢吼道：「什麼秘笈？秘笈在何處？咱走遍天下，就是為了搜尋秘笈！黃家？是武林中哪個黃家？」

黃英與小郡主聞言頓時目瞪口呆，停止了打鬧。

一旁的周文星叫苦不迭。這要是招惹了江湖上的混混可怎麼辦？他忙鞠躬道：「這位壯士，我娘子是在與她妹子笑鬧，說的是繡花，繡花的法子！」

那大漢聽了之後沒再說什麼，神情卻是若有所思。

黃英正要跟小郡主話別，就見一葉小艇飛快地朝他們的大船駛來。

小艇上站了一人，英姿颯爽，就見小郡主撲到船舷邊歡呼。「師父怎麼不在岸上等著，我還想在蘇州逛一逛呢！」

黎師父一上了大船，便皺著眉頭對小郡主道：「已經比原定時間晚了好幾日，不能再耽擱了！」

小郡主還想耍賴。「我跟黃英結拜為姊妹了，我想跟她多玩幾天嘛！」

黎師父微微地朝黃英點頭算是打過招呼，接著就神色嚴峻道：「現在不是妳耍脾氣的時候，若是被人追上來，我看妳怎麼辦?!」

小郡主滿不在乎地說：「他怎麼敢離京。」

黎師父瞪了她一眼，轉身對黃英道：「對不起，請你們趕緊下船，我們這就要出發。」

黃英不曉得小郡主嘴裡的「他」是誰，只知道自己沒有姊妹，實在捨不得跟小郡主分離，當即抱著她眼眶一紅道：「妹妹，妳可別再亂闖禍了，我要在蘇州住三年，下回妳進京時，一定要來看我！」

小郡主一愣，也回抱她，淚眼汪汪地說道：「妳放心，我才看不上那個呆頭呆腦的周文星呢！」

她擦了把眼淚，從懷裡拿出一封信遞給黃英道：「安頓下來以後，妳一定要寫信給我，告訴我住在什麼地方。」

此時宋先生也準備下船，她聽了話頭、話尾，心中微凜。

她的本意是讓黃英找個得力的靠山，沒想到……一時之間，她有些後悔讓她們做朋友，只能祈禱黃英別扯上不該沾染的事情。

眾人出了運河碼頭就直奔虎丘山，想看看書院的安排再做定奪。任俠騎馬先去打聽，其餘的人則乘著馬車慢慢前行。

蘇州果然是個車馬輻輳、百貨駢闐的好地方。河道縱橫、青瓦白牆、店鋪林立、女美男俊，讓人目不暇給。
周文星與黃英同坐一車，眼看虎丘山將近，他握住黃英的手道：「不如你們就在城門外尋一個院子住下，我從虎丘山上下去，就是步行，也不過兩刻鐘。」
黃英有些意外地說：「你要常回來嗎？」
周文星臉一紅道：「我只知道山上清苦。」他嘴裡說著，心中卻埋怨黃英不解風情。此一時、彼一時，難道英姊兒就不會想他嗎？
黃英意味深長地看了他一眼，周文星的臉越發紅了，低聲道：「我還沒有一一領教妳的九九八十一式。」
黃英滿面緋紅，一把摀住他的嘴道：「你還敢提！」
兩人隨即笑成一團，誰知車外傳來任俠的聲音。「爺，出事了！」
周文星嚇了一跳，從馬車中探出頭道：「怎麼了？」
只見任俠身後跟著一位滿身縞素、頭戴紗帽的女子，她走起路來比拾柳更好看，又多了幾分拾柳沒有的高貴。
周文星忙跳下馬車，黃英也跟著下了車，有些警惕地看著那女子。
那女子對周文星微微行了一禮道：「家母前日不幸病逝，家父心如槁木，無力照管書院諸事，正要遣散眾學子。雖然失禮，還請諸位即刻返鄉另尋名師大儒，莫要耽誤了前程才是。」

眾人大感錯愕。千里迢迢趕到這裡，這就要打道回府了?!不說別人，黃英與拾柳兩個是絕對不想現在就返京的。

那女子說完話，便慢慢地轉入山林之間消失不見了，若不是他們人多，幾乎要以為剛才見到的是個女鬼。

無奈之下，大夥只得返回蘇州城，在城門內找一間旅店包了一間院子住下。整理好東西之後，周文星便要任俠去買香紙、蠟燭，再準備黑色與黃色的布帛各十疋。

隔天一群人都換上素服，帶著一個店小二當嚮導，浩浩蕩蕩地前往弔喪。

過了歇影橋，走入林間，就見山勢環抱、林木蔥蘢之間，一座座屋舍若隱若現，大門口巨石聳立，上書「巨鹿山莊」四個龍飛鳳舞的大字，令人肅然起敬。

眾人屏聲息氣走到巨鹿書院門口，才要敲門，大門就打開，昨日那女子依然頭戴紗帽，一身的重孝，翩然而出。

女子見了他們，得知來意，行了一禮道：「家母向來喜靜不喜鬧，故而不打算大舉發喪。諸位心意，小女子替家母心領了。逝者已逝，無謂多禮，還請諸位莫要吵鬧，下山去吧！」

周文星還要說些什麼，宋先生卻道：「咱們心意既到，又何必執著，反倒令主人家為難，不如就此呈上奠儀即去。」

待離開巨鹿書院的門口，黃英就皺著眉頭道：「這個書院規矩太大，還是我師父最好。師父，人家都說蘇州出美女，我看這虎丘山就像是山中的美女，漂亮得緊，咱們不如去爬一爬？」

周文星便吩咐那店小二帶路，一行人往養鶴洞的方向去看試劍石。

氣候炎熱，大夥行動緩慢，黃英卻興奮不已，帶著香草躥到了眾人前面。阿奇本來慣會爬山，此時卻落在最後面，磨磨蹭蹭地往前走。

快要到東丘亭了，幾個人還在後面喘氣，卻聽見黃英大聲叫道：「不要！放手！」

這話嚇得周文星一顆心猛跳，帶著任俠飛也似地朝前跑去，其他人則在後面跟著。

此刻，一棵大松樹下，黃英正在跟一個老頭搶奪一把劍。

香草在一邊叫道：「少奶奶，小心傷著！」卻不敢湊過去，怕被他們兩人不小心捅上一劍。

那老頭身體肥胖、頭髮稀疏，大聲嚷道：「妳真是母雞孵小鴨，多管閒事！放手，小心我一劍砍了妳！」

黃英趁他說話分神時奪走劍，罵道：「養不教，父之過；教不嚴，師之惰。您這麼大把年紀，沒有子女或家人嗎？沒有後生晚輩嗎？您死了，誰管他們！」

那老頭滿面怒容，伸手一指道：「妳知道我是誰?!」

黃英把劍背在身後，臉一抬道：「我管您是誰。您看看，這個地方多美啊，以後我還想常來看日出呢，您死在這裡，多令人不悅！」

那老頭突然痛哭失聲道：「看日出?!我就要死在這裡，誰也不許在這個地方看日出！」說著他就一頭朝那大松樹的樹幹撞上去。

黃英忙扔了劍撲過去，死死抱住他的後腰道：「混蛋老頭，都說不讓您死在這裡了！」在這個當口，任俠與周文星一前一後地趕了過來，一人一邊架住了那老頭的胳膊。看著黃英，周文星內心有種說不出的窘迫。雖說是為了救人，可怎麼自己的媳婦就那麼喜歡亂抱男人呢？

追上來的阿奇也看見了這一幕，只覺得心頭被巨石撞了一般，心想：原來如此，妳抱我，不過是想要救我！我還以為……我還以為，妳待我不同。

那老頭死命地掙扎，踢著腳道：「今日是攔住了，可你們明日攔不住！」見有人來幫忙，黃英這才放手。

宋先生氣喘吁吁地跟了過來，待看清楚那老頭的樣貌，不禁目瞪口呆地說道：「你，居然是你?!」

那老頭聞言轉過頭來，不屑地看了宋先生一眼道：「妳是誰呀？不認識！」

宋先生啼笑皆非道：「你不認得我，但我卻認得你。」

未能細究宋先生何以認識這個老頭，大家就聽見林間傳來隱隱約約的喊聲。「師父、師父！」這些聲音出自不同人，此起彼伏。

「爹、爹！」一個女子悲戚哀傷的聲音也在林間迴盪。

周文星思索了一下，看向滿臉涕淚、猶自踊蹉不已的老頭，有些猶豫地問道：「難道先生就是，沈舟先生？」

這也太讓人匪夷所思了！

黃英不知道沈舟先生是誰，可看著那老頭一臉鬱卒，覺得自己好像救了一個了不起的大人物，心道：莫非這就是那個，名滿天下的巨鹿書院山長?!

這一回，眾人被請進了巨鹿書院。

巨鹿書院的山長姓楚，名東，字沈舟。當年他的文章冠絕天下，可是殿試之時，皇上一是看他的相貌不喜，二是聽不太明白他那口含糊不清的官話，勉強給了他個二甲第五。

楚東自覺深受侮辱，冷笑道：「學成文武藝，貨與帝王家！既然帝王不識貨，我又何必金子賣了黃銅價？」當下官也不當了，就此浪跡林間。

他才氣縱橫，卻不能當飯吃，是以窮困交加，快三十歲了才在蘇州遇到貌美如花、慧眼識英雄的夫人，兩人一見鍾情，結為夫婦。

為了生計，他們在虎丘山上開了巨鹿書院，誰知道一教便教出幾個狀元與榜眼，又有同樣懷才不遇或者宦途失意的名士紛紛來投，巨鹿書院遂聲勢日隆，名滿天下。

楚姑娘見有師兄們陪著父親，這才出來客堂拜謝眾人。

此時她拿下紗帽，眉隱輕紗、目含澄波，綽約多逸態，輕盈不自持；不但美而且嬌，不但嬌而且貴，比拾柳更是美貌了十分不止。

黃英看得呆住了——那其貌不揚的老頭，怎麼會有個貌若天仙的女兒！

第四十三章　求學不易

楚姑娘走到黃英跟前，盈盈一拜道：「那松樹之下，原是家父與家母看日出、賞山景、下棋奏琴之所。家母驟逝，家父一心自刎殉情，多謝夫人救了家父性命，小女子銘感五內！」

黃英聽了，倒對那老頭心生好感，忙一把將楚姑娘拉起來道：「這算什麼，難道見著了不救？妳爹說他明日還要去尋死呢，你們可得把他看嚴了。」

楚姑娘愣了半晌，心想黃英說話怎麼如此粗俗。她看了周文星一眼，這才低頭謝道：「多謝夫人提醒，都是小女子一時疏忽，差點釀成大禍。」

此時內堂之中傳來弟子痛哭苦勸的聲音。「師父乃一代文星，桃李天下、聲動九州，弟子們敬師父如父、愛師母如母，師父又怎忍心拋下師妹，拋下我們這一眾弟子，隨師母而去？師母就是泉下有知，也會怪責師父不顧惜師妹，輕易拋灑了這半生的心血！師父！」

話音一落，其餘弟子們也是紛紛相勸，哭喊聲此起彼落。

「你們簡直是魔音穿腦！要是再吵，老子就直接抹了脖子，讓你們出不了仕、當不了官！」

這聲怒吼中氣十足，聽這話頭，倒像是死意已退。黃英聽了，皺眉凝神不語。

回到旅店後進屋，周文星馬上把黃英抱進懷裡道：「媳婦，妳可真是福星，居然救了我老師的命！」

黃英的臉瞬間就紅了，回道：「我看那老頭根本不想死，我懷疑他是看見我跟香草才拿劍要自殺的！」

周文星根本不信，卻也不想跟她爭辯。

黃英又道：「你真的要拜他為師？依我說，還不如拜宋先生為師呢！」

周文星無奈地苦笑道：「要是考進士只考老莊，拜宋先生為師也差不多！唉，明日我就上山去幫忙打理喪事，聽說過了頭七師母就要下葬，眾弟子都不願離去，願為師母執百日之喪，以盡私淑之情。」

黃英嘆口氣道：「那我明日就讓拾柳去找牙人打聽，咱們在城門外租一個好院子，好好佈置起來，過上三年清靜日子。」

夫妻閒話了一會兒，上了床後，周文星便低聲道：「娘子，咱們今日演習哪一式？」

只聽見「咯噹」一聲，周文星被踹了一腳，跌下床去，碰到了尿壺。

「娘子，妳的馴夫大法才剛剛施展開來，不能半途而廢啊！」周文星繼續糾纏。

這一夜，小船又蕩起了雙槳。

隔天，夫妻兩人神清氣爽，分頭去辦事。周文星與阿奇上了虎丘山，黃英則跟著牙人看了三處院子。

第一處是個兩進的院子，地方夠寬大，靠近城門邊，缺點是太靠近城門，旅店多，環境雜亂，進出不清靜。

第二處也是個兩進的院子，地方有些小，但是佈置得十分精緻，離城門略遠，周圍住的多是商戶人家，熱鬧方便。

第三處則是個三進的院子，對他們幾個人來說有點太大，加上院中花木凋零，整治起來得費一番工夫；離城門倒是不近不遠，周圍都是小吏人家，價格比前面兩個院子都貴。

宋先生看著黃英說道：「理家之道，莫過於安居。我給妳一篇功課，妳把這三處當選與不當選的理由都寫出來，咱們看看到底該選哪一處？」

黃英點了點頭，心中更對宋先生佩服得五體投地。師父真是什麼事都能當學問來做！

到了晚間，周文星與阿奇垂頭喪氣地回來了，一頓飯也是吃得心事重重，食不下咽。

黃英本想張口問，可被宋先生瞪了一眼，這才想起「食不語，寢不言」。好不容易吃完飯，她便急急問道：「今兒可是累脫了力？」

周文星跟阿奇這才悶悶地說出緣由。

原來巨鹿書院有個三舍升補法。外舍的學生，升入內舍的百不足一；內舍的學生，升入上舍的十不足一。他們託了人情，只是入了外舍，卻不能算是巨鹿的學生，欲拜沈舟先生為師，要升到上舍才行。

黃英嚇了一跳，呆呆地看著宋先生，拍了拍胸口道：「好在我已經拜師了！」相比之下，她的師父簡直拜得太容易了。

宋先生聽了不禁莞爾。

黃英見他們兩人還是愁眉不展，便道：「你們只管用功就是，我都能過三關，難道你們比我還笨？」

周文星無語地白了她一眼道：「沈舟先生說，按照巨鹿的規矩，本家兄弟只取一人，所以無論我們兩個表現如何，他最多都只收一個人入內舍。」

「什麼？這個混帳老頭真討厭，這不是故意挑起兄弟不合嗎?!」黃英氣得重重地把茶杯擱在桌上。

宋先生卻輕抿一口茶，淡淡笑道：「難怪這個楚沈舟能把巨鹿書院辦成天下第一，他要的就是你們爭個你死我活，自己不用費心調教，就能坐收漁利呢！」

黃英忍不住同情地看著周文星與阿奇。看來要找的院子，最重要的就是方便他們安心讀書。

一打定主意，黃英便跟宋先生商議。「師父這次給我的功課先做到這裡，就選那個三進的院子吧！中間那一進兩側都有廂房，收拾出來，讓四郎與阿奇一人各有一間大書房，好清靜地讀書。」

宋先生無可無不可地回道：「依我說，不如我跟阿奇分住那兩側廂房，四郎就在內院收拾一間書房讀書吧！丫鬟們的住處跟廚房，全都設在外院。」

黃英點了點頭，決定照宋先生說的去做。

第二日，周文星跟阿奇仍舊上山去幫忙。

黃英也不出門，而是讓那個牙人來旅店，對他說道：「你跟主家商量一下，我們先租那個院子半年，若是住得習慣便買下來，這半年的租金就從購屋銀兩的總數裡扣掉。我們既是要住，自然會花錢收拾院子，就是我們最後不買，他也得到一個好院子不是？這樣大家都合算。」

那牙人搖了搖頭，嘆了一聲道：「夫人可真是精明人，我去問問。」

那主家略抬了一點價錢，半年租金三十兩銀子，再加押金一百兩。黃英聽了這價格只覺牙痛，但見雪與拾柳都說便宜，她便答應了，之後又託牙人去請工匠來收拾院子。

待人請齊了，要開工那日，眾人都興高采烈地去看。工匠頭姓賀，見她們來了，忙問要如何收拾？

黃英是兩眼一抹黑，就是想照著周家的樣子收拾也說不出來，只能眼巴巴地看向宋先生，又看了看見雪。

見狀，宋先生輕聲在黃英耳邊道：「妳想要什麼樣子，跟他說就是。」

見雪聽了，不知道宋先生是什麼意思，因此不敢亂出主意。

黃英便鼓起勇氣道：「你先收拾乾淨，該撒石灰、打醋炭的地方好好處理，待整理乾淨了，裡面的牆都刷上白灰漿；窗戶和門若是壞了就修好，然後該塗紅漆塗紅漆，該塗綠漆塗綠漆，別來問我哪裡該塗什麼顏色，你既然是工頭，應該做慣了，就自己看著辦吧！」

初春聽了以後眉頭緊皺，咬著嘴唇上前半步道：「少奶奶，奴婢在家跟著夫人學過怎麼收拾屋子，要不讓奴婢來？」

黃英愣了一下。其實她確實有些擔心自己收拾出來的屋子亂七八糟，可師父讓自己做主，定有道理。

想了想，她笑著搖搖頭道：「不必了，這屋子的架子還在，我的要求也不多。師父腿腳怕寒，東廂房為她盤個炕，房間裡光線好就行。大院子中再開出兩塊地來，讓我無事能種點瓜果、菜蔬，其餘的就賀師傅與拾柳商量著決定吧！」

初春臉面盡失，暗暗憤懣不已，更看不起黃英。誰家院子裡不種花草，反倒種蔬菜的？賀工頭卻很高興地說：「夫人既看得起我，我必定拿出看家本領來替夫人把這家收拾好了！」

安排妥當後，眾人便返回旅店。

一到旅店，剛下馬車，旁邊衝出一個壯漢，那漢子留著落腮鬍，身高六尺，納頭便拜道：「咱醉心武學，變賣家產浪跡江湖，為的就是尋找絕世武功。那日聽見連王府小郡主都稱讚的秘笈，心中羨慕，還望夫人割愛，在下必定以重金購買！」

黃英本就見這漢子面熟，聽到這話猛然醒悟過來，原來這就是那日在別艘船上問秘笈的大漢。她當即滿面通紅地說：「那、那真不是什麼武功秘笈。」

那漢子卻不依，往地上一跪道：「夫人，我們進屋去說，這裡人多嘴雜，若是被不懷好意的人得知秘笈一事，只怕引來無窮麻煩！」

黃英往四周一看，見周圍果然已經聚集不少人，只得讓那漢子進門。

見雪緊貼著黃英，低聲說道：「少奶奶，要奴婢說，不如隨便從四少爺的書箱裡找本書說是秘笈，賣給他得了，不然不知道這人還要糾纏多久！」

黃英愣了半晌，突然眼睛一亮，雙手一拍道：「哎呀，我怎麼沒想到，五兩銀子就能操辦的營生，原來是這個！」

那大漢聽了之後瞪大眼、直跺腳道：「夫人，您這秘笈只賣五兩？莫不是騙人的吧？」

黃英眼珠一轉，佯怒道：「不錯，就是五兩！那日，我夫君都跟你說了只是繡花秘笈，你要就要，不要便滾，要是再來胡鬧，我便報官。」

那大漢瞪著大眼，想了一想，見黃英也不像會家子，終於信了，這才悻悻離去。

見雪跟在他背後關好了大門，才回到屋裡。

看見黃英已經換上了家常衣裳，見雪好奇地問道：「少奶奶說的五兩銀子的營生，是賣繡譜？」

拾柳聽了直搖頭道：「蘇繡名滿天下，咱們買繡譜還差不多！」

黃英卻笑道：「四郎的箱子裡別的沒有，就是書多。我想蘇州除了巨鹿還有不少書院，連府學也開在這裡，不是讀書人最多？四郎有的書，這些人未必都有吧？我花點銀子雇人來抄，抄好了拿去賣，定有賺頭！」說完她便興奮地看著宋先生。

宋先生依然一副置身事外的樣子，只點頭道：「妳想的法子，不管使不使得，全自己拿主意。」

待眾人散了，黃英才悄悄地到宋先生屋裡，纏著她道：「師父，為什麼我問您什麼，您都讓我自己拿主意？您是我師父，見識又多，就幫幫我吧！我想的法子到底行不行？」

宋先生拍了拍她的頭道：「儒家會告訴妳什麼事該做、什麼事不該做，我這老莊之學則不然。同樣是賣書，有的人會發財，有的人會破產，紙上得來終覺淺，絕知此事要躬行。妳記住一點，凡事自己想明白了拿主意，再想法子把事辦成，至於結果，謀事在人、成事在天，不必過於在意。」

這個先生實在太合自己心意了！黃英一把抱住宋先生道：「我就說我師父天下第一！那個什麼沈舟先生，裝神弄鬼的，我倒想看看他能把四郎他們教成什麼樣子！」

等周文星回來吃過晚飯，讀了一會兒書，進屋準備歇息了，黃英就跟他商議借書的事。

周文星揉了揉額角。這一天下來他真的很累，聽了這話不禁有些不高興。「妳成天琢磨著賺錢做什麼？我給妳的錢不夠嗎？我這就寫信回去讓仗義再多捎點銀子過來！」

黃英萬萬沒想到周文星會反對，委屈極了。「你的錢是你的錢，我沒嫁妝、沒私房，不過跟你借幾本書而已，怎麼那麼小氣！」

周文星聽這話音不對，轉身拿出自己裝銀錢的小匣子，遞給黃英道：「我的錢就是妳的錢，只管拿去用就是了。聽話，這裡人生地不熟的，搬進那院子後若妳實在閒得發慌，要買鋪子或買地慢慢經營都可以。現在這般著急慌忙的，又是何苦？」

黃英見他根本不懂自己的為難之處，氣得一掌拍開那錢匣子道：「我說了，你的錢是你的錢，不借就算了，我自己想法子！」

說完，她賭氣上床背對著周文星。

周文星完全不明白自己一片好心怎麼餵了狗，火大道：「用我的錢不行，用書就行了？書可比錢還難得呢，妳這是什麼道理？」

黃英聽了為之語塞。沒錯，自己本來就是吃周文星的、穿周文星的，什麼時候這麼矯情了？

她掀開被子翻身爬起，搶過那錢匣子緊緊抱在懷裡道：「你說得沒錯，你的人是我的，錢當然是我的，書也是！」

周文星本來被吵得心煩，這會兒見她這副樣子實在是可愛得緊，又聽了這曖昧的話，頓時煩惱疲憊全消，忍不住心猿意馬起來。

他靠過去，雙手摟住黃英的腰，頭直往她頸邊蹭，說道：「娘子，這就對了，我的人都是娘子的，連種子也是，妳要不要？」

咯噹一聲，周文星的頭就這麼被錢匣子砸了一下。

有錢歸有錢，黃英卻沒改變拿五兩銀子做營生的想法。

過了兩日，她便讓人牙子幫忙找了五個老實、字好、家貧缺錢的秀才，一人給一本書，叫他們各抄兩本。

其中畫畫最好的那個人，接過書一看，竟是本《金槍九式》，當即面紅耳赤。原先他還不肯，可想到家中薪火沒有著落，只得忍住羞辱，躲在角落裡畫畫。

找人抄書的活一開始，黃英就忙不過來了。她想了想，就讓拾柳領著香蘿負責收拾屋子、買家具跟日常用品，這些事她一概不管。

抄書這邊，就讓見雪收稿、初春校稿，校正完之後，就將紙張一疊疊分開放好，又特地找人製作書皮、裝訂。

香草也沒閒著，每日進進出出地幫黃英傳話、辦事。

過了數日，終於抄出十本書，黃英便讓人先暫停，待裝訂完畢，黃英就捧著那十本書，開心地跑去找周文星獻寶。

周文星見黃英還是抄出了十本書，也替她開心。他坐下擦了擦臉，隨便撿了一本《唐韻》來看，可是越看眉頭就越皺。

黃英不免擔心地問道：「四郎，怎麼了？」

周文星小心翼翼地看了看她，說道：「這書，嗯，除了那《金槍九式》全是圖畫，沒有什麼對錯，其他的只怕錯處不少，賣不得。」

黃英只覺當頭挨了一棍，面色一白道：「錯處不少？我明明讓初春幫忙對了的！」

周文星哭笑不得地說：「初春不過一個丫鬟，能有多大學問，讓宋先生校對還差不多。」讓秀才抄書是正確的，不過抄著抄著，出錯也是難免。

原本周文星就不願意她張羅這件事，現在倒是有現成的理由。「這錢豈是那麼好賺的！妳沒校對妥當就把書裝訂成冊，雇人的錢、紙墨、書皮跟裝訂的費用全白費了。」

一盆冰水當著黃英的頭淋下，她無力地跌坐在床上，緊緊地咬著嘴唇，難過得想哭。

自己怎麼那麼大意，師父明明提醒過要盡心盡力的，她卻只顧著發號施令，裝訂前都沒想過檢查一遍，要不是周文星拿來看，自己就會賣出這些錯誤百出的書，那可真是丟人現眼，被人戳脊梁骨！

第四十四章　波瀾又起

「難道沒辦法挽救了嗎？」黃英可憐兮兮地看著周文星。

周文星心一軟，嘆了口氣道：「離師母的頭七還有幾日，我抽空幫妳看一遍，把錯處圈出來，妳讓那些抄書的把有錯的頁面再抄一遍，然後把這書拆開，找老練的工匠幫忙，看看有沒有法子把書再裝訂上？」

黃英聞言低下頭，淚水一滴滴地滑落。

周文星見她掉淚，忙抱住她的肩頭安撫道：「不怕，不就五兩銀子嗎？爺出！」

黃英反手抱住他，破涕為笑道：「我太自以為是了，做成了幾件事，就覺得自己很了不起，其實就是、就是一隻井裡的青蛙，什麼都不懂就急著掙錢。四郎，你是對的！」

周文星聽黃英這麼說，心頭一甜，伸手摟住她的腰，朝著那可愛的元寶嘴就親了上去。

隔天起床，黃英便對周文星說道：「四郎，那書你也別對了，總歸還有兩本書能賣，應該能把本錢賺回來，剩下的我再慢慢想法子。」

待周文星出門，黃英便戴上紗帽和面紗，讓見雪去把那五個書生都叫過來。

她把有錯的八本書往桌上一放道：「這些書裝訂好了，才發現文字上錯漏不少。你們五個可有什麼好法子，把那錯的地方都改過來？」

眾人商議了一會兒，總脫不開周文星提出的辦法。

黃英才要說「只得如此」，那負責畫畫、名叫章明的書生卻紅著臉，結結巴巴道：「小生倒是有個想法，就是用補畫、裱畫的法子，裁下有錯的書頁，把新寫好的給補上去，只要裁接得好，不太能看出來！」

聽了這個法子，黃英大喜，見他三十歲上下的模樣，想來應該是穩重可靠，便道：「那這件事就由你負責。只怪我先前考慮不周，今日規矩重新定過，工錢原是一日三百文，如今我只收那抄得一字不錯的，一頁二十文錢；幫忙挑錯的，一個錯字一文錢。」

幾個人在心裡一算，都磨拳擦掌。黃英讓見雪照應，自己則去找宋先生，只見宋先生正在屋裡繡花。

黃英還是第一次看到宋先生動針線，嚇了一跳說：「師父，您這花繡得比真的還漂亮！」

宋先生放下針笑道：「拾柳那是蘇繡，我這是蜀繡，想著搬到那屋子後給自己做個炕圍。無事不登三寶殿，妳說吧，有什麼事？」

黃英這才說明來意。「師父，我先前學過理家看帳，可是第一回做買賣，到底是賺了、還是賠了，仍有點算不清楚，師父從今兒起教教我吧？」

宋先生笑著點頭道：「妳要是想學算帳，就先從算數學起，再列收入開銷，算明白了，咱們再來學別的。」

到了晚間，見雪興高采烈地抱著十本書回來了，周文星正坐在屋裡休息，吃驚地看了黃英一眼，說道：「我還當妳放下了，這是怎麼回事？」

說著他拿了一本書來，翻過幾頁後便吃驚地問道：「怎麼改的？」

黃英笑道：「一個來抄書的人教的。吃一塹、長一智，這回我再讓人抄書，就有經驗了，這些書我一本想賣三兩，十本就有三十兩了。」

周文星拿起書就拍在她頭上道：「做買賣有句話叫『奇貨可居』，我這幾本書只怕尋常難得買到，一本賣個十兩、八兩的也說不定，妳明日起讓人到書肆去打聽打聽，再做打算。」

黃英雙眼發亮，笑嘻嘻地抱住他的胳膊道：「說話就說話，打我頭做什麼？」

周文星一邊裝腔作勢地還要打她，一邊說道：「就許妳打我，不許我打妳？看妳痛不痛！」

黃英尖聲笑道：「官人，娘子我錯了！」

見雪看得臉紅，笑著退了出去，還小心地替他們關上門。

接下來幾日，黃英就按周文星的主意打聽書本的價格。這天黃英等人逛完回來，遠遠就見一輛小轎子停在院門口。

只見周文星與阿奇一左一右小心翼翼地護著小轎，轎門一掀，走下一個人來。黃英見了那人，只覺得呼吸一窒。

前兩日山長夫人已經出殯下葬，喪事辦得相當風光，除了送葬的弟子，送輓聯跟孝棚的人從虎丘山上往下排，多到都要堵住城門口。

周文星跟阿奇依然每日都去山上，黃英心想，辦理喪事需要幫忙的地方極多，也沒過於在意，沒想到熱孝在身的楚姑娘竟會突然來訪。難道四郎他們唸書的事又有變故？她一顆心不免怦怦直跳。

待送走楚姑娘，黃英怒氣沖沖地跑回屋，周文星緊跟著進來，急著想牽她的手，喊道：「英姊兒。」

黃英使勁甩開他的手，眼淚瞬間就流了下來，說道：「我是不是跟你犯沖？好不容易到了蘇州，又碰到這種事，那個楚姑娘，我看著就討厭！」

周文星囁嚅道：「這也怨不得楚姑娘，其實這個法子極好，我這些日子在山上跟師兄們偶然探討幾句，果然是大不相同。」

原來剛才楚姑娘來訪，一來是蘇州的規矩，喪家致謝時會親自送上鹹點心一匣，二來是想讓黃英勸周文星放棄巨鹿。

因為楚東要守全妻孝一年，這其間便讓楚姑娘暫代山長。為便於管理，楚姑娘決定，無論內、外舍，所有弟子都要搬到山上，閉關一年讀書。她想到周文星與阿奇初來，便讓他們另尋書院，可兩人卻執意要留下。

黃英一邊抹眼淚，一邊罵。「楚姑娘的法子自然『極好』！去吧、去吧，什麼事情能有你的學問重要？我哪敢耽擱你！」

周文星皺著眉頭，原本的心虛變成了不滿，回道：「我早就跟妳說過，來蘇州不是遊山玩水，是來苦讀的，妳偏要跟來，現在又埋怨我為了讀書顧不上妳！妳到底想怎麼樣?!」

這話勾起黃英一腔新仇舊恨，她怒道：「我倒忘了，我們原就說好的，到了蘇州就當兩不相識！你的事也不必問我，想怎樣就怎樣好了！」說完她狠狠地甩門簾出去了。

周文星隔著門窗嚷道：「出嫁從夫！妳有沒有一點做人家媳婦的樣子？我可是把妳寵壞了！」

知道見雪幾個如今都聽黃英的，他只得吩咐初春。「去，把爺的東西都給收拾了，爺明兒就搬上山去！」

初春巴不得聽到這句話，忍不住有些得意地說道：「四少爺肯讀書上進，夫人知道了不曉得會有多高興！四少爺到了這裡後可有寫信回去？家裡必是記掛著！」

周文星不免有些慚愧。除了剛到的那一日，他一有空就跟黃英嬉鬧，還真忘了寫信給家裡。他當即便叫初春磨墨伺候，一共寫了兩封家書，一封給周夫人，一封給周侍郎。

初春收拾完周文星的行囊，察言觀色一番後，猶豫地說道：「四少爺，有些話奴婢不知道當說不當說？」

周文星點點頭，示意初春開口。

「少奶奶如今折騰著要做營生賺錢，別人家的夫人打理嫁妝，都是由掌櫃跟帳房在外面理事，哪像少奶奶這樣日日見外男；四少爺還要上山唸書，這要是傳出去，怎麼會好聽？」

周文星聽得臉色一變，更氣黃英了。他剛才見英姊兒回來時，身邊有個三十歲左右的男子，連個丫鬟都懂的道理，她怎麼就不明白？又不是真缺她那兩個錢！

初春又道：「依奴婢說，四少爺的錢還不如都帶到山上去，我們要用錢，還是跟以前一樣，每個月由四少爺讓任俠送過來；若是全給了少奶奶，讓她拿去做什麼營生，賺了倒好，要是賠了，四少爺在山上也不能安心讀書。」

周文星聽了，只覺得更加煩惱，把兩封信交給初春道：「妳把這些信交給店家，讓他託給郵亭寄了。」

黃英對宋先生發了一陣子牢騷，又把巨鹿書院痛罵一頓，宋先生只是默默聽著，一語不發。

情緒發洩完了，黃英平靜許多，說道：「師父也不說一句，您看我說得對不對？」

宋先生點點頭道：「妳說得很對。」

黃英開心地抱著宋先生的胳膊道：「還是我師父最好！師父，其實我也曉得四郎該去，可是……」她低下了頭。

宋先生拍了拍她的背道：「師父知道，妳只是捨不得四郎。」

黃英眼圈一紅道：「連師父都明白，四郎為什麼不懂？」

宋先生拉著她的手說：「師父知道是因為旁觀者清。妳才開始跟四郎做夫妻，日後這樣的事多了去了，若是妳跟他吵鬧不休，他就是低下頭，心中對妳的喜愛也會減少幾分。」

黃英嘟著嘴說：「我才不稀罕！」

宋先生笑道：「對，不稀罕，就讓他上山，願意去多久就多久，咱們不想他！」

黃英瞪了宋先生一眼道：「師父故意拿笑我！那、那我該怎麼辦？」

宋先生點了點她的腦袋，說道：「還記得那個字謎嗎？心，妳要了解自己的心，也要讓對妳重要的人了解妳的心。四郎又不是神仙，事事都能猜中妳的心思，妳心裡怎麼想，就怎麼告訴他。」

「告訴他之後呢？」黃英有些不解地看著宋先生。這法子聽上去很簡單，可是要做到還真不容易。

「如何告訴一個人一件事，讓他聽了以後有妳想要的反應，是一門絕大的學問，一輩子也學不完。知己知彼，百戰不殆，妳仔細想想，自己了解四郎嗎？」宋先生慢悠悠地說道。

黃英低下了頭。她跟四郎相識的時間太短，根本談不上了解。

從宋先生的屋子裡出來，黃英覺得自己好像突然長大了很多。

人生原來不是自己想的那麼容易，做每一件事都有無數法子，每種法子都會讓人生走上不同的方向。

黃英剛走到院子中間，就被見雪攔住道：「少奶奶，剛才少奶奶出來，四少爺就叫了初春進去，過了好一陣子，初春才滿面喜色地出來了。少奶奶，奴婢一直想告訴您，當初就不該帶她來。」

黃英有些愣怔地問道：「這是什麼意思？」

見雪想到自己的身分其實相當尷尬，囁嚅著不好開口。

黃英卻猛地回味過來，一顆心好像突然被揪住一樣，喘不過氣來地說：「妳是說，她想做妾?!」

聞言，見雪惶惶不安地道：「這個其實奴婢也不清楚，少奶奶難道從來沒想過這種事嗎？大戶人家的公子哥兒，總少不了有幾個通房跟小妾。」

見雪越說聲音越低，黃英心頭不禁一陣陣發寒。

知己知彼，周文星本人跟他的生活，自己到底知道多少就以身相許了？就是見雪，莫不也是想當個通房或小妾？她可真是天底下第一糊塗人！

黃英也不看見雪，自己失魂落魄地往前走，卻被一個人攔住了去路，她抬頭一看，竟是阿奇。

卻見阿奇臉色一變，問道：「阿英，妳怎麼哭成這樣？」

黃英愣愣地伸手摸了摸自己的面頰，發現早已濕成一片。看著阿奇關切的眼神，她的眼淚流得更急了，自己有什麼臉面對阿奇啊？

「阿奇，什麼事都沒有。你上了山就好好讀書，不要辜負叔公的安排，也一定不要，輸給四郎。」

如果只有一個人能留下，她希望是阿奇。周文星擁有的太多了，而阿奇卻什麼都沒有。黃英心想：阿奇，你一定要出人頭地，然後娶一個天底下最好的女子！

阿奇聽了心潮澎湃，問道：「妳願意我贏？」

黃英眼眶含淚，毫不猶豫地點了點頭。

「我知道了！為了叔公、為了妳，我一定會贏。」阿奇內心深處壓抑著的情感一下子全湧了出來，又萌生出了希望。

如果三年後阿英跟周文星還是分道揚鑣，自己也許還有機會？什麼周家本族，他根本不在乎；什麼貞潔處女，只要是阿英，又有何要緊！

周文星站在房門口遠遠地看著這一幕，其他的話他聽不清楚，只聽見阿奇說：「為了妳，我一定會贏。」

一時之間，他心裡充斥各種滋味，怒氣一波又一波地襲來。黃英到現在還是把阿奇放在第一位?!

他一隻腳站在門檻內，一隻腳站在門檻外，不知道是該衝過去再跟阿奇打一架，還是轉身就走，再也不理黃英？

黃英心頭酸澀地別過阿奇往前走，一抬頭就見周文星陰著一張臉，以一種很奇怪的姿勢站在門口，越看越像傻瓜，如果不是自己心情實在太沈重，幾乎就要笑出來了。

「你到底是要進還是出？」黃英忍不住問道。

周文星一轉頭就要退回房去，說道：「妳過來，我有話跟妳說！」

進了房間，兩張冷漠的臉相對。

周文星冷哼一聲道：「明天上山要帶的東西，我已經讓初春收拾好了。」

他伸手拿過錢匣子道：「錢我留了一半給妳，若依了我，我不在家，妳就該關好門戶安安穩穩地過日子，可我也知道我是攔不住妳的。妳從來沒管過這麼多銀兩，又一門心思地想做生意掙錢，我怕把錢全交給妳，到時候都賠光了，所以先給妳一半，一共兩千兩；若是沒胡亂花用，別說一年，就是三年也足夠了。」

黃英懶得跟他爭辯，默默地伸手接過錢匣子，低頭不語。

周文星有些意外，可還是接著道：「莫忘了，妳是大戶人家的少奶奶，若要打理生意，也該雇用掌櫃跟帳房替妳理事，不能成天在外面拋頭露面，亂見外男。」

他一邊說，一邊想看黃英的臉色，可她把頭垂得低低的，他只看得見她的頭頂。這副低頭受氣的小媳婦模樣，實在不像黃英。

他見黃英一直沈默，便有些尷尬地乾咳了幾聲。

黃英抬起頭來說道：「你若是說完了，我也有幾句話跟你說。」

周文星見黃英雙眼紅腫，臉上淚痕猶在，心頓時有些軟了。

還沒開口安慰，他就聽見黃英說：「你們大戶人家說什麼『一女不嫁二夫』，我是鄉下人，和離再嫁雖然名聲不好，可改嫁後只要生了兒女，日子過起來了，還怕別人嚼什麼舌根？」

周文星一聽這話，嗓子眼就像被塞滿了冰塊似的，又寒又梗，半句話都說不出來。不過是吵了兩句，就又要鬧著和離?!可見黃英心裡沒他！

黃英接著說道：「周文星，我是小門小戶出身，你說得沒錯，這麼多錢，我見都沒見過，更別說用了；還有那些個通房跟小妾什麼的，我也只是聽說過，根本不知道是怎麼回事。」

周文星一愣。對他們這樣的人家而言，通房與小妾就跟博古架上的古董花瓶一般，不放幾個就覺得不夠體面，他從來沒認真看待過這件事。他見黃英跟拾柳、見雪她們處得很好，還覺得她大度呢，敢情她是沒搞清楚?!

第四十五章　精打細算

黃英抬頭望向周文星，像看一個陌生人似地說：「師父教我要認清自己的心，我今天把這句話送給你。我們分開一年也好，兩、三年也罷，都不算什麼，問題是我與你是不是真心想跟對方過一輩子？幸好我們還沒有孩子，現在考慮還來得及。」

周文星緩緩收起了藏在心底的那點傲慢，他語氣有些僵硬地說：「妳想怎麼做？」

黃英一動也不動地盯著他說：「若是你想跟我長長久久過一輩子，我有兩個條件。第一個條件，就算我做的事在你看來是錯的，也自有我的道理。我本來就不是聰明人，又沒什麼見識，不栽幾個跟頭才奇怪，跌倒了，我自己會爬起來，若是你肯幫我，我自然感激；可你要是攔著我，讓我連試都不能試，那我們倆也過不到一起去，還是早散早清靜。」

她一邊說，一邊對宋先生滿懷崇敬。原來師父一直在用最恰當的法子教導自己，雖然時日尚短，可是她可以想像，三年之後的自己，必會有一副完全不同的面貌。

周文星目光深沈地看著黃英，她進門後發生的事情一件件晃過眼前。確實就像她說的，她跌了很多跤，可她都爬起來了，而且一次比一次站得更穩，自己怎麼會那麼淺薄，聽了幾句閒言碎語就說出那種混帳話來？

他壓下心中的羞愧，點了點頭道：「這個我答應妳。」

黃英眼睛眨也不眨，接著道：「第二個條件，你現在不用答應我，就算你答應了我也不信。我給你三年的時間思考，通房、小妾、姨娘跟外室什麼的一律不許有，除非我死了，你一輩子都只能有我一個女人，仔細想想自己做不做得到？你對我有什麼條件也可以說出來，我看看我辦不辦得到，若是辦不到，咱們也好早說早散。」

周文星站在那裡，不知道該露出什麼樣的表情。見到黃英醋勁沖天，他心裡甜滋滋的，可是一輩子都不能有其他女人，會不會太過分了？自己才十七歲啊！

一想到剛才那一幕，周文星就心堵，他便回道：「我會好好思考要開給妳的條件，只是有一條我想先說，妳以後能不能別跟阿奇說話？」

這話周文星自己都說得心虛，黃英看了他一眼，面無表情道：「我跟阿奇是朋友，不跟他說話，我做不到。」

說完，她站起身來道：「我今日去跟師父住，你慢慢想吧，不急。」

周文星眼睜睜地看著黃英離開，始終沒有足夠的信心伸出手拉住她。

此時，虎丘山上的巨鹿書院內室，有兩個人正在下棋密談。

「父親，事情都安排好了，明日周文星要是不上山，咱們怎麼辦？」楚姑娘恭敬地問道。

楚東身子坐得挺直，完全沒有之前那為妻潦倒的模樣，只道：「有了他夫人這個救命之恩，他就能擁有特權。主人說，那個宋蘭英到這裡來，到底是偶然，還是得了今上的密令來探咱們底的，暫未查清。從明日起，咱們就老老實實地關門教導弟子們，不可露出半點破綻。」

只見楚姑娘低頭咬牙道：「其實可以把母親送走的，不一定非要……」她的聲音開始哽咽。

楚東滿臉悲傷地說：「主人的大事部署得差不多了，偏偏這個時候宋蘭英突然出現在巨鹿。她不過在多年前在宮宴上見過我一面，尚且能一眼認出我來，妳母親擔任女吏時常伴主人左右，陪其進出太后宮中，必會被她認出，如此主人與巨鹿之關聯豈不呼之欲出？若她為今上所遣，巨鹿只怕瞬息灰飛煙滅，主人與妳母親怎麼敢冒這樣的險？妳不要令妳母親與主人失望，明日起緊閉大門，別讓宋蘭英有機會靠近書院半步！」

待楚姑娘退出去，室內只剩楚東一個人時，他便低聲念叨道：「逐鹿天下，要人袋子、箭袋子、錢袋子，主人就要開始收袋子了吧？今上在位的日子，真是有點久了。」

隔天吃完早飯，周文星便與阿奇上山，黃英等人送行到院子門口，任俠跟鎮書則一直送到山腳下才打道回府。

抵達書院的住處之後，阿奇整理行李時，從裡面掉出一個方方厚厚的布包來。他看著眼生，有些遲疑地打開來一看，頓時吃了一驚，慌亂地看了周文星一眼，隨即緊緊地裹好布包放入箱子裡。

阿奇才要將箱子上鎖，周文星就滿臉懷疑地走過來問道：「什麼東西？這麼鬼鬼祟祟？」

聞言，阿奇手忙腳亂地要闔箱子，周文星一急，伸手就進去撈東西，阿奇一合起蓋子，倒把他的手給夾住了。

聽到周文星慘叫一聲，阿奇急忙掀開蓋子，周文星卻不顧疼痛地拿了布包出來，手一抖，四本書瞬間掉在地上。

想到昨日黃英那陣發作跟兩個條件，周文星一顆心像被鋸了幾個來回，他冷笑道：「難怪她急著說要抄書賺錢，原來兜了這麼一個大圈子，是為了偷這幾本書給你！周文奇，一年之後你要是輸給我，可不是辜負了她這一番心意?!」

黃英抄書一事阿奇知情，她讓香草送書給自己，說是入學禮物，想到黃英願意他贏的那句話，阿奇就收下了，沒想到會被周文星發現；只怪他自己太久沒動這包東西了，才沒認出布的花樣，給了周文星機會。

他當即道：「周文星，我知道自己如今在應試文章上遠遠不如你，可是我也不會輕易服輸。你放心，我雖然得了這四本書，卻絕不翻看一眼，一年後，我要你輸得心服口服！」

周文星與阿奇上山之後，黃英就開始賣書。她沒大張旗鼓，只讓章明把話傳到府學那邊，說現在手邊能賣的只有四本書，想以每本不低於十兩銀子的價格賣出去，再多就沒有了。

蘇州文人學士多，有錢的讀書人也不少，不過幾日，幾本書便順利賣了出去，到得晚的人還說：「若是有原書，我出十兩，再抄一部給我。」

章明便按黃英的吩咐答道：「如今可是出二十兩也沒有了。」

回過頭，他就問見雪。「妳們少奶奶怎麼不再抄書賣了？這倒是筆好生意。」

見雪也不懂，只好回道：「我們少奶奶主意多著呢，你等著吧，說不定沒多久又有好事要找你。」

還真讓見雪說對了，沒多久，黃英又叫章明過來，說是有事拜託他去辦。

原來黃英見章明人機靈實誠，又是蘇州本地人，便讓他陪拾柳去尋找家人，順便打探絲綢貨源。

黃英既然順利賺了四十兩銀子，便不再打周文星那些書的主意。考慮到賣春宮圖名聲不好，章明抄畫好的那兩本書便沒拿去賣，當務之急，是打理那間付了半年租金的三進院子。

這院子入手時有些破敗，黃英便給賀工頭一百兩銀子修整，又給拾柳一百兩置辦家具等物。

賀工頭得到黃英的信任，協辦的拾柳又是當地人，他便拿出十二分的本事來修整院子。

如今修葺完畢，他便讓黃英等人上門檢查，只道若是還有要修整之處，得快些提出來，好在竣工前拾掇妥當。

黃英帶著一群人乘車前往，遠遠就看見青瓦白牆，牆頭露出一、兩棵桃樹。此時是盛夏，桃樹早已花謝葉發，掛著一顆顆青澀的小果子，看起來生機勃勃。

大門上方為青瓦重簷，兩扇褐色的方形木門構成大門，門上方掛著石匾，以黑石子砌成「蒲院」兩字，既典雅大方又樸拙自然。兩旁各開一道單扇小角門，一邊供車馬與主人出入，一邊供傭僕下人進出。

進門之後，大夥都吃了一驚。

兩側的迴廊不見半點朱紅翠綠，只塗了灰黑漆，襯得廊下不知名的夏花越發燦爛可愛、清幽無比；左右分列三間小屋，院子以青石板鋪地，間雜一、兩塊形狀古拙的青石；門前種植幾株各色杜鵑，花多葉少。

到了第二進，兩邊的廂房都盤了炕，窗明几淨，一邊掛藍色布幔，鋪陳清雅；一邊掛杏黃紗幔，春意融融。

第三進的主屋雖然只有三間房，卻是全院唯一上了朱漆之處，內掛猩紅簾幔，映著一院的綠樹，既富貴又活潑；左右兩旁各有五間小房，刻意塗了綠色，襯得主屋越發醒目；大院子中搭了瓜架子、挖了小泥塘，用一棵半枯的柳樹做成一座小橋，此外還散落了幾處亭臺樓閣，難以一一盡數。

黃英看了以後喜歡得不得了，就連宋先生都點了點頭，大讚江南人果然風雅至極。

賀工頭見狀，既自得又感激。尋常人家修葺屋子，誰不是派了心腹日日盯著，惟恐他偷工減料，甚至偶有刁奴背主剋扣，反推到他頭上，令他敢怒不敢言。這位年紀小小的夫人甩手交給他不說，那個丫鬟也只管採買屋子裡要用的東西，並不多事。他幹了幾十年活，沒遇到過這麼信任自己的主家，自然拿出真本事來。

返回旅店後，黃英便找了那牙人來，說要買下這個院子。雖然當初他們說要先住個半年再說，但屋主得知以後也沒異議，當下便交割了三百兩銀子。黃英又讓任俠跟著去官府立契，眾人都興致勃勃地等著搬家。

見雪得空便提醒道：「少奶奶，那裡地方不小，果樹又多，只怕還得找牙婆買幾個粗使丫鬟跟婆子才照顧得過來呢！」

誰知黃英卻頭也不抬地繼續練習打算盤道：「不急。」

等萬事齊備，黃英才叫來那牙人道：「你再找找有沒有小一點的院子，這回直接買下來，至少兩進，最好是搬進去就能住的。」

那牙人一臉不解道：「夫人才買了那大院子不是嗎，難道是替別人買的？」

黃英笑著說：「原本住的人多，如今人少了，那院子便太大，你幫我問問可有人願買？」

這院子買下來雖然賺了，可住個三年難免產生一大筆花費，如今周文星與阿奇都不在，她想精打細算試試看，待周文星返家之後還他兩千兩。

生意一樁接一樁，牙人哪裡有不樂意的，忙打起精神辦事去了。

那院子修得極為出色，沒幾日便尋著了買主，黃英叫價一千兩，最後對方還價七百兩成交。

這樁買賣讓黃英賺了兩百兩，她開心得當天就花五十兩買下府學附近的一處兩進小院子。

外面一進給任俠與鎮書住，設置廚房、淨房、柴房、雜物房與門房各一間；內院五間房，黃英跟宋先生各住一間，剩下三間見雪與拾柳、香草跟香蘿合住，另外一間一半給了初春，一半砌成小庫房。

黃英又讓賀工頭在內、外院各砌了幾間庫房，全打了木頭架子，撒了石灰防潮、防蟲。黃英與宋先生都喜歡炕，搬進來之前也不忘讓賀工頭盤了兩座。

待擇了吉日搬進院子，黃英便雇用一對當地的老夫婦擔任門房與廚娘，其餘諸事皆有眾丫鬟親力親為。

見雪管理家事，拾柳跟章明泰半時間都在外面走動；香草伺候黃英，香蘿服侍宋先生。只有初春，她覺得自己處處被排在後面，心裡不痛快，便對見雪道：「你們個個都有事做，我不如就跟新來的潘婆子一起管廚房吧！」

見雪想想便回報黃英，她也同意了。

氣。

黃英這才算是在蘇州安定下來，看著有些擁擠卻完全屬於自己的小院子，她長吁了一口氣。

算算日子，已經到了七月中，周文星與阿奇上山已經快兩個月，至今音信全無。他們送信上去，那邊卻連收都不肯，還不客氣地喝斥，讓他們莫要再來打擾，黃英別無他法，也不敢再派人過去。

這一日，黃英正在屋裡打算盤記帳，拾柳跟章明帶了一個車伕與一輛馬車回來，車伕竟是那個嚷著要買秘笈的大漢。

那大漢再看見黃英，一張臉都脹紅了。

拾柳抽出手絹擦了下眼淚道：「少奶奶，今兒咱們碰到一個不三不四的車伕，盡說些渾話，要不是董大哥，奴婢跟章明怕是要吃大虧！」

黃英見拾柳跟章明都好好的，先鬆了一口氣，再看那大漢，心中倒是一動，問道：「你不是一心習武嗎？怎麼做起趕車的營生來了？」

那大漢大眼圓睜道：「咱買到了一本秘笈，想好好練一練，可也不能坐吃山空，便買了車馬，跑跑單幫。」

黃英聽了之後沈吟不語。拾柳與章明成日在外奔波，若是再遇到類似的事，怎麼對得住他們？有輛車倒是方便多了！這個人有武藝，看著也魯直，不如包下他這輛車，只是到底不知底細，不好讓他住進來。

這麼一想，黃英便問：「你叫什麼？我一個月給你二兩銀子，包吃不包住，你可願意在我這裡打長工？」

那大漢開心得直笑道：「咱叫董天柱，在城外住著，地方寬敞好練武，夫人這樣安排甚好！」

事情就這麼說定了，有董天柱負責趕車，拾柳與章明便更加安心地往蘇州周邊的鄉里去。

黃英每日早上都跟著宋先生學習，下午理事算帳，過得非常充實。轉眼過了兩個月，拾柳與章明瘦得脫了形，才拿了一大個包袱來找黃英。

兩人打開包袱後，黃英一看，大大吃了一驚。

原來章明把他們自鄉里找到的布料仔細整理了一番。有樣品的，他便將其貼在紙上，將品名、出處、價格、優缺點與出貨量都寫得清清楚楚；沒有樣品的，章明便畫了花樣出來，同樣標記明白，這些布料總共有兩百多種，卻絲毫不亂。

拾柳與章明見黃英目瞪口呆，得意地對視了一眼。

只見拾柳笑盈盈地說道：「少奶奶，這可是章先生的主意，讀書人到底懂得多，他還說有本什麼『開物』的書上描述了織機的模樣，比尋常織戶用的更好呢！」

黃英一愣，看向拾柳道：「妳什麼時候開始管章明不叫『秀才』，而是『先生』了？」

拾柳聞言，一張臉紅得像被火燒著了一般，拉著黃英的胳膊不依道：「少奶奶！人家那麼辛苦，好不容易找了這麼多樣品來，您不問貨物，反倒忙著取笑人家！」

看見拾柳的態度，黃英突然想起一件事。章明怕有三十了，家裡肯定有老婆跟孩子啊，拾柳這是怎麼回事?!

第四十六章 南貨北通

黃英臉一沈，讓見雪賞了他們一人各五兩銀子，道：「你們這事辦得極好，我回頭細看樣品之後再問你們話。章明，這錢記得交給你媳婦，她在家帶孩子可不容易！」

此話一出，拾柳先變了臉，旋即捣嘴笑個不停。

章明苦著一張臉道：「夫人這話說得。小生父母早逝，留下間米鋪讓小生過活，後來小生想專心讀書考個功名，便賣了米鋪，哪裡知道功名那麼難考，沒幾年就坐吃山空，上哪兒找媳婦去？」

黃英一愣，氣得輕輕擰了拾柳的胳膊一下道：「妳知道也不說，害我出醜！」

拾柳聞言笑得更厲害了，一手捣著肚子，一手翹起蘭花指指著章明道：「你看，我可沒說錯，誰看你不是早該成家、生了孩子的模樣！」

章明羞紅了臉道：「生得老相又不是小生的錯！小生十五歲看起來就跟五十歲一般，如今二十一看著反倒年少了不少呢！」

此話一出，一屋子女人全笑得止不住。

黃英、宋先生跟著拾柳、章明一起，四人花了幾天工夫，選出了金膝襴、兜羅錦等十種綢緞，各五到二十疋不等，總共一百五十疋，差不多五百兩銀子的貨，讓董天柱陪著一樣樣買了來。接下來又找可靠的鏢局搭了商船，準備運往京城。

商船出港那一日，黃英早早就起身，帶著見雪、香草與拾柳為押貨去京城的章明送行。看著船出港，她長長地吐了一口氣。跟周三郎的第一筆買賣，只許成功、不許失敗。回頭一看，見拾柳哭得眼睛紅腫，黃英不禁嘆了口氣道：「莫哭了，若是妳願意，我便成全你們。」

拾柳驚得鼻涕都忘了擦，說道：「少奶奶，奴婢、奴婢的身契還在老夫人手裡，就是他不嫌棄我，也……」

黃英有些不是滋味地說：「妳們四少爺是個憐香惜玉的，這次來蘇州之前，妳們幾個的身契他都要了過來，說是萬一妳們不服管教，鬧出事來，他也好就地發賣。」

這回連見雪都吃了一驚，她抖著手道：「奴婢的身契呢？也在少奶奶手裡嗎？」

黃英點了點頭，酸溜溜、半真半假地說道：「妳們誰要是不學好，我抬腳就能把妳們給賣了，反正妳們四少爺現在顧著在山上跟楚姑娘談經論詩，可管不上妳們！」

拾柳緊緊地抓著黃英的左胳膊道：「少奶奶是天下最好的主子！若是章明不要奴婢，奴婢就一輩子跟著少奶奶，把少奶奶打扮得比誰都美！」

見雪也開心地紅了臉，抱住黃英的右胳膊說：「少奶奶可不許偏心！拾柳有了好歸宿，少奶奶也得給奴婢找一個才行！」

黃英伸手刮了刮見雪的臉皮道：「哎喲，沒見過這麼不害臊的大姑娘，吵著要嫁人呢！我看看……」

說著黃英眼光一轉，落到一旁在馬車上坐著的董天柱身上，只見董天柱一雙眼睛正直直地朝這邊望著，她心裡一突。這渾人看上的是拾柳還是見雪啊？

綢緞一送去京城，黃英她們終於閒了下來。

見雪看了看黃曆，說道：「少奶奶，我們一向忙得腳不沾地，眼看八月節就要到了，讓任俠去買些月光紙來，晚上拜月，熱熱鬧鬧地過個節如何？」

黃英強笑著點了點頭。八月節玩月、拜月，可惜月圓人不圓，這個死四郎，居然還是半點消息都沒有。

八月十五晚上，蘇州城四門大開，亮如白晝。黃英等人住的小院裡也是金風送爽，玉露生涼，丹桂香飄，銀蟾光滿。

眾人吃完酒宴跟月餅，潘門房便道：「這時候出門，夜市可熱鬧了，不到五鼓天不散場，大家要是有興致，不如去逛逛！」

黃英懶洋洋的，可是香草聽了這話跳了半尺高，其他人也都興致勃勃，她只好換了衣裳隨他們出門。

一群人浩浩蕩蕩地提著燈籠去逛夜市，釣小魚、射箭、猜謎，又玩又吃，黃英本來心事重重的，這下都忘了個乾淨。直到半夜，大夥個個肚皮圓圓，才吵吵鬧鬧、眼皮子都抬不起來地回了家。

才進門，潘門房就遞了一個包裹跟一封信過來道：「少奶奶不在家，有人送了封信來。之後又有人送了個包裹來，也不知道是什麼東西？」

黃英隨手打開那封信，一看頓時清醒過來，開心地嚷道：「妹妹讓人送了節禮來，她在路上耽擱了幾日，今日剛進城，已經在旅店歇下了，明日會上門！」

她口中的「妹妹」自然是南安王府的小郡主阿清。黃英安頓下來就寫了封信給她，沒想到她這麼快就派了人回信。

見雪伸手接過包裹，問潘門房道：「這包裹是誰送來的？說了什麼？」

潘門房搖了搖頭道：「一個小廝，鬼鬼祟祟的，不認得！」

黃英接過包裹，伸手一捏，覺得像是本書，她有些遲疑地打開，一下子僵住了，眼淚瞬間流了下來。

那是一大疊信，微微泛黃的信封上，一封封都寫著「黃氏啟」，字跡龍飛鳳舞，是周文星的字跡。

眾人不明就裡，見一向爽朗大方的黃英突然哭成淚人兒，都嚇了一跳，以為是收到什麼不好的消息。

香草一個激靈，緊緊扶著黃英的胳膊道：「少奶奶，出什麼大事了?!」

黃英俏臉一紅，掩耳盜鈴地掏出一條水色雲霧綃手絹擦了擦眼睛道：「哪裡有什麼大事？我不過是睏得流淚！都去睡吧，快點，明日誰也別早起！」說完作賊心虛地飛快進了屋子關上門，也不要丫鬟們伺候漱洗了。

大家看了都覺得莫名其妙，各自散去倒頭睡下，只有黃英屋裡透出淡淡的燈光。

室內，黃英圍著一張天青色絨圈錦的毯子，縮在黃楊木羅圈椅裡，旁邊的青銅油燈放了三根燈芯，照得室內加倍明亮。

黃英一邊流淚，一邊含笑，把那一疊信一張張都看了兩遍，直到晨光已經照進屋子，聽見門外不知是誰在走動，她才心虛地滅了燈，鑽進被窩裡。

然而，就算是閉上眼睛，黃英的眼前仍舊一遍又一遍地自動浮現周文星的信件，一字一句都像初秋早晨的陽光一樣，把她的心照得暖洋洋、甜蜜蜜的。

第一封信，周文星怒氣沖沖地質問她，為什麼要把抄的書送給阿奇，說自己很生氣。

第二封信，他心情很低落，因為楚姑娘當著眾人的面把他寫的第一封信點火燒了，她只說了兩句話，「破釜沈舟，萬事勿擾。若要兒女情長，不如下山歸家。」

第三封信，只寫了一個超級大的字：想，頂格寫滿一整張紙。

第四封信，寫了三個字：真想妳。還在信腳畫了一棵小小的相思樹。

第五封信，寫道：兩情若是久長時，又豈在朝朝暮暮？簡直是狗屁。

第六封信，周文星寫說：還是把燒掉的第一封信寫出來，存下這一封封信，以免一年後，妳說我從來不想妳。

第七封信，很簡單地寫著，妳有沒有想我？

第八封信，內容寫著：今天考試了，我沒考好，要頭懸梁、錐刺股了。妳呢，現在在做什麼？磨妳的砍柴刀嗎？

第九封信，寫道：有些後悔上山了，不像是來讀書，倒像是來坐牢的。為什麼妳沒送信來？唉，就是送了，估計也會被燒毀。這是什麼軍事重地嗎？居然外言不入，內言不出?!讀書從來沒這麼辛苦過。

第十封信寫著，我會想辦法的，要是妳一年都接不到我的消息，我怕妳會忘了我。我好想念妳的九九八十一式。

雖然周文星用字儘量淺顯，可黃英還是有些字認不得，但也不想去問宋先生。她反覆看著這些信，又開心、又臉紅、又難過。這個周文星，盡寫這些讓人心頭酸軟又害羞的話，卻隻字不提答不答應自己的條件，真真是太混帳了！

黃英睡到中午才滿臉歡喜地起床，去找宋先生。

宋先生正在看邸抄，臉色凝重。黃英有些好奇地瞄了一眼，卻看不懂，只是看到「國本」之類的字眼。

她忍不住問道：「師父，是京裡出了什麼事嗎？」

宋先生放下邸抄，停頓片刻後突然說道：「給妳一個功課，想一想，一家有兩個兒子，一個是嫡長子，傾財賑捐，屈身下士，尚法重刑，頗得士庶之心；一個是庶出，廉潔樸素，善文富詞，仁德寬厚，略顯軟弱，聲名不顯。若是要挑一個來承繼家業，妳會選誰？理由為何？回去仔細思考三天，再來回答我。」

黃英看宋先生說得十分鄭重，便乖乖地點了點頭；可她的心思卻不在這上面，笑盈盈地拉著宋先生道：「師父，我想學點新東西。」

宋先生眼睛不抬地說：「說吧！」

黃英憋了一會兒，才低著聲音道：「我想學走路！」

宋先生聞言訝異地抬起頭來，微微笑著說：「長進了。」

黃英愣愣地回道：「什麼長進了？這跟長進了有什麼關係？」

自己不過是看那個楚姑娘走路跟妖精似的，不願意輸給她，才想在周文星下山前跟宋先生好好學學。

宋先生也愣住了，繼而莞爾道：「看來我想多了，妳說吧！」

黃英紅了臉，難得地扭捏說道：「就是接到了四郎的信嘛，突然想變得更像女人一點。」

「女為悅己者容，婦容本來就是四德之一，沒什麼不好意思的。妳先讓任俠去買一百斤白石灰來。」宋先生淡然地說道。楚王愛細腰，宮中皆餓死，要討男人歡心，女人肯付出的代價向來超乎常人想像。

「石灰？」黃英不明白學走路為什麼要用到石灰，不過她沒多問，柔順地去找任俠了。

當任俠在院子裡用石灰畫出一條巴掌寬、三丈長的筆直走道時，黃英總算明白為什麼需要那麼多石灰了。

「妳什麼時候願意走，就去走走，若妳走上一百遍，這石灰道還是棍子而不是狼牙棒，就可以學下一步了。」宋先生輕描淡寫地說道。

「就是要練走直路嘛，這有什麼難的？」

黃英嘟著嘴，雄赳赳、氣昂昂、迫不及待地往前走，可才走了幾步就覺得前腳絆後腳，腰手轉不過來；鞋底因沾了石灰，一腳踩出，地上的線就像棍子上長出了一根刺，難怪宋先生會說像狼牙棒。

她尷尬地吐了吐舌頭道：「哎喲，我話說得太滿，這回臉可丟大了！」

好在潘門房過來為她解了圍。「昨日送信來的那位王府管事又來了，還帶了一車的東西。」

黃英這才想起小郡主的信上說好了今日要上門，自己接到周文星的信，倒把這事給忘了個精光，不由得暗暗笑罵自己實在是太沒出息。

小郡主上門前先派了四、五個人來，還有一封親筆信。黃英展信一看，眼圈有些紅了。

信上說，小郡主回到王府就被關起來學規矩，南安王雖是武將出身，仍是看重禮儀，雖然被看管得很緊，不過她還是日磨夜磨地纏著她母親想法子弄了一車土產運到蘇州來。

她告訴黃英，這可不是白給她的禮物，是用來為她們兩個掙私房銀子的。她讓黃英在蘇州賣掉那些蛇膽跟毛皮，用所得的銀子買下絲綢與茶葉運回南疆。

南安王府每隔一、兩個月就有船來往於京城與蘇州之間，連運費都不用出，兩邊一買一賣的賺頭，由她們兩人平分。

黃英知道小郡主是真把自己當姊姊看了，找了由頭送錢給自己，又讓自己不會因此窘迫不安。

有了抄書與買賣絲綢的經驗，黃英這一回從容很多。

她先派任俠與鎮書花了差不多一個月的時間，在蘇州四周打聽南疆那些東西的銷路與價格，又按照章明的法子，將各項貨物立檔；再雇用懂貨的人為那些蛇膽與毛皮分好等級，妥善儲存。

黃英牢牢記著周文星教她的「物以稀為貴」，將存貨分成幾批，讓任俠跟鎮書一點點地拿出來賣。

接下來兩個月，黃英每天讀書學習、當家理事，無事就練習走路，練習完走直線了，又練習繞圓圈；空手走完了，又練習手裡拿著水碗走；手裡拿著水碗走完，她以為就算大功告成了，結果……

這一日，宋先生給了黃英新任務，一院子的人都跑來看熱鬧。

黃英有些為難地說：「師父，我頂別的行不行？」她手中拎著一個一尺大小的木頭鍋蓋。

宋先生笑道：「什麼都行，妳要不要頂個碗？」

「那太敗家了！」

「頂個球？」

「我還是頂鍋蓋吧！」

黃英認命地頂著鍋蓋，可還沒走兩步，鍋蓋就掉了下來，正巧砸在她的腳趾頭上。她跟螞蚱似地跳了三尺高，嬌嚷道：「不學了、不學了！師父是故意尋我開心的吧？」

黃英學走直線兩個月，行動與儀態已頗有貴氣，許久沒露出這麼粗魯傻氣的一面了。大夥看了都不厚道地笑得前仰後合，宋先生更是摀著肚子，靠在香草的肩上笑得直不起腰來。

宋先生一邊笑得喘氣，一邊道：「我沒說不讓妳用手扶著啊！」

黃英一時之間無言以對，接著便乖乖地頂著鍋蓋，右手輕扶，脖子跟肩背挺得筆直。

如此不過半個月，黃英走起路來，那姿態美得連拾柳都開始偷偷地跟著走石灰道。見雪卻沒空，不知道從什麼時候開始，她跟董天柱總是眉來眼去的。

董天柱有幾個小錢，又沒有喝酒、賭博的毛病，每日都偷偷為見雪帶個小玩意兒來，使出渾身解數討好她。

有時是形狀玲瓏可愛的石頭，有時是街邊新炸的油丸子，有時是一束燦爛的野花，當然更少不了墜子、戒指什麼的，看得黃英等人沒一個不眼熱的，經常酸她幾句。

見雪偶爾也會忍不住回嘴。「那疊信都要被少奶奶看出洞來了，等四少爺回來，奴婢就會跟他說，少奶奶一日不看兩遍信啊，覺都睡不著！」

只有拾柳一個人悶悶不樂，心裡惦記著章明。章明到京城去，已經快四個月了。

第四十七章 大難臨頭

眼看天越來越冷了，一場小雪過後，黃英便命人掃雪，又畫好石灰道。這回她不用頂鍋蓋了，宋先生讓她學著在石灰道上行禮。

黃英雙手斜放、雙膝微彎，半蹲下又站起，頭微微低垂，一遍又一遍地練習，她越是學走路，越是明白當初宋先生為什麼聽她說要學走路，就說她長進了。總歸是相由心生，心隨相變。

這一日，潘門房興高采烈地跑過來說道：「少奶奶，章爺回來了！」

他這一聲驚動了院子裡的人，拾柳第一個從屋子裡跑了出去。

黃英心中一喜，卻未三步併作兩步地衝過去，而是緩緩地站起身，肩平腰直，邁著不疾不徐的步子，朝院門口前行。

宋先生隔窗看著，暗暗點了點頭，心道：這丫頭總算是走明白了。

只見章明從外院走了進來。他穿著一件薑黃色的綢袍，外面是一件褐色貼絨斗篷，那架勢早已不是當初落魄不堪、來抄畫春宮圖的秀才了。

忽然間，拾柳停下了疾奔的腳步，黃英也注意到了章明身後帶著一個女子。那女子身形瘦削、舉止大方，戴著紗帽和面紗，看不出模樣，身旁還有一個俏麗的青衣小丫鬟扶著她。

見雪跟在後面，猛地看見那丫鬟，驚呼一聲。「羽紗?!妳怎麼來了？」

黃英有些莫名地回頭看見雪，拾柳聽到見雪這聲叫喊，仔細看了看那丫鬟，頓時嚇得臉色大變，顫著聲音問道：「怎麼可能?!章明，你說，這到底是怎麼回事！」

章明心虛又委屈地望著拾柳，脹紅了臉，結結巴巴地說道：「我，誰知道是她上了船……」

說話間，那女子解下紗帽，臉上掛滿了淚水，可憐兮兮地喊道：「四嫂！四嫂，救我，求妳救救我！」她一邊說，一邊往下跪。

那叫作羽紗的丫鬟也跟著跪下，連連磕頭道：「求四少奶奶救救我們小姐！」

黃英這才看出那女子竟然是周文萃！她嚇得這些日子學的功課都忘了，幾個大步走過去，一把將她拉了起來，聲音不覺有點尖利。「這是怎麼回事！妳闖了什麼禍？」

看向章明，黃英一顆心怦怦跳個不停。難道自己找的這個幫手私拐了周家的姑娘？這可是要坐牢問罪的事情！

宋先生不免暗暗嘆了口氣。這孩子根基到底太淺了，她出聲道：「無論什麼事，都讓他們先去漱洗用餐，歇息好了再慢慢說，反正人都來了。」

黃英心中一突，轉頭看向宋先生，瞬間紅了臉，忙定了定神，吩咐道：「潘嬤嬤、初春，趕緊去收拾飯菜，弄點軟的跟多湯的；見雪，妳帶四小姐去漱洗安頓，讓她住我屋裡，羽紗則先跟初春擠擠；拾柳，妳帶章明去安置，有什麼事我回頭會讓香草去叫你們。」

宋先生這才微微點了點頭。

待周文萃收拾妥當，又換了衣裳、吃過飯，黃英才問道：「到底出了什麼事？」

周文萃用一條花蘿手絹摀著臉哭了起來，羽紗在一旁也難過地跟著掉眼淚。

黃英這回倒沈住了氣，她親手替周文萃倒了碗熱茶，靜靜地聽她哭。周文萃哭夠了，才斷斷續續地把話說清楚，黃英卻越聽越心慌。這事怎麼牽扯這麼大?!

原來周文萃今年滿十三歲，就要張羅親事，偏偏周夫人病重，焦氏侍病離不開，便由莫氏帶周文萃去祭蠶神。賞完花之後，莫氏又帶她去逛知足井，卻遇見了陳王。

陳王是皇嫡子，甚得太后寵愛，成年分府後，一直留在京中參理朝政，今年已經三十一歲。

周文萃畢竟正在說親，不好見外男。返家後，周文萃一來擔心母親病重，聽了更添煩惱，二來莫氏又苦苦哀求，她便瞞下此事。

誰知道不到一個月，陳王便被立為太子，東宮要添選一位良娣、兩位良媛。

東宮長使有意無意地向周侍郎提起此事。「太子見令千金天真活潑、容貌妍麗，回府之後便有些念念不忘。」

周侍郎當時一副受寵若驚的模樣，回到府中就把周文萃叫過來，大發雷霆道：「發生了這種事情，回家之後怎麼敢隻字不提?!妳如此蠢笨，進了東宮，必給周家惹禍！」

他將周文萃禁足，請了宮中出身的老人到府教她規矩，又不許任何人在周夫人跟前透露半句，怕她這糊塗人疼惜女兒，闖出什麼難以收拾的禍端來。

周文萃被這晴天霹靂震得失魂落魄，什麼良娣、良媛，說穿了不過是身分高些的妾罷了！她日夜哭泣，覺得自己還不如當初就被那條蛇咬死算了。憶起蛇，她就想到了黃英，覺得四嫂必定能救自己！

其實周文萃出逃的事沒費太多周折，畢竟誰也想不到她有這種膽子，是以毫無防範。

周文萃打聽到黃英派的人跟著周三郎收購了足夠的貨物，就要乘船回蘇州，便哄周三郎說自己的丫鬟要去蘇州，讓他寫了封信。到了船出發那天，她畫花自己的臉，穿上丫鬟的衣裳，說是四小姐發怒，打發她回家去。

就這樣，周文萃正大光明地拿著包袱出門，抵達碼頭以後，說她跟羽紗是周三郎的丫鬟，老家在蘇州，要回家探親。

章明雖然覺得古怪，可看了周三郎的信，只能讓她們上船。船行到一半，章明才發現她是周家的四小姐，可回去也說不清了，只得硬著頭皮往蘇州帶，這件事信中沒辦法說明白，索性一字不提。

黃英聽完，揉了揉額頭說：「妹妹，妳真是太看得起我了，我有什麼辦法救妳？」

周文萃卻嘟著嘴道：「四嫂連火都敢放，連蛇都敢殺，我不信妳沒法子！好嫂子，我求妳了，我不要嫁到東宮去！」

東宮，立太子？黃英皺著眉頭，心中模模糊糊地閃過一個想法，嚇得她立刻站起身來道：「妹妹，妳先歇著，我去上個淨房！」

黃英飛也似地跑了出來，猛力地敲著宋先生的門。

香蘿開了門，見她臉色煞白，嚇了一跳道：「少奶奶，您病了嗎？」

黃英搖搖頭道：「妳去守著門，不要讓任何人進來，就是靠近也不行！」

宋先生看見黃英這副鬼鬼祟祟的模樣，倒不意外，只問道：「是文萃的事？」

黃英顫抖著聲音說：「師父之前說的一家兩個兒子，是不是立太子的事？就是之前師父出的那個題目！」

宋先生挑了挑眉毛，指著椅子道：「坐下，慢慢說。妳當時選了嫡長子，倒是對了，難道文萃的事與此有關？」

黃英滿臉通紅，把事情的來龍去脈說了個清楚。

宋先生沈吟良久後，問道：「妳想怎麼做？幫她還是不幫她？」

黃英不禁張著嘴啞口無言。這事該怎麼幫啊？可是想到要一個十三歲的小姑娘嫁給一個三十一歲的老男人當妾，又讓人有些不忍。

她猶豫地看著宋先生說：「師父有法子？」

宋先生苦笑著對她說：「我出宮，就是希望自己永遠不要再為這些事操心，誰知道，離得千里、萬里，還是脫不了干係。今日我便給妳上一課，這也許是妳能從我這裡學到的最重要的東西了。」

黃英忙為宋先生添了熱茶，挺直了腰背，做出一副認真聽課的模樣來。

宋先生卻站起身，走到書桌前，提起筆，在一張白紙上點了十幾個墨點，一端寫了蘇州，另一端寫了京城。

黃英跟著起身，站在宋先生身邊，沒有發問。她早就適應了宋先生這種看似毫無聯繫，其實直中要害的教學方法。

宋先生問道：「若是要從京城到蘇州，妳有多少條路可走？」

黃英仔細想了想，說道：「我可以走旱路，也可以走水路，還可以走海路，一共三條。」

宋先生提起筆，在紙上隨意畫了七條路線，有的彎彎曲曲，有的曲曲折折，最終都到達了蘇州。

黃英看著這張圖，半天才明白過來，說道：「師父想說的是，我們只要知道自己要去哪裡，便有很多不同的路可以走，所以師父第一句話就問我要不要幫文萃，是這個意思嗎？」

宋先生欣慰地點點頭，又在圖上很多地方畫上大大的叉，說道：「但是不管選哪一條路，中間總會有些阻礙，很多時候還會伴隨危險，小則損失金錢，大則可能丟了性命，怎麼繞過去，才是真正的學問。」

「丟了性命？不過是一個妾，陳王不會這麼小氣吧？」黃英覺得這件事是小題大作。
「項莊舞劍，意在沛公，東宮怎麼可能是真的看上了文萃？他們看上的是周侍郎，也就是周家。」宋先生嘆了一口氣，心道東宮的格局還是太小了。
黃英不明白地問道：「東宮是未來的聖上，爹能不巴結嗎？他還需要娶文萃？再說了，爹不就是個侍郎，上面還有那麼多大臣，東宮要是每戶人家都娶一個過去，還不得塞破了大門？」
宋先生苦笑道：「妳小看妳公公了，說周侍郎是大齊第一庶務高手也不為過，這幾年戶部尚書早被他架空，整個戶部都被他握在手裡。妳也清楚，一個家最要緊的是有入才能有出，一國與之同理，太子與聖上渴求這樣的心腹，就連想做太子的人也同樣需要。」
「想做太子的人？」黃英心想，師父是在說那個庶出的兒子嗎？這算不算謀反？她的背脊一陣陣發涼，周文萃真是給她出了個大難題！
黃英眉頭緊皺，可憐兮兮地看著宋先生說：「天啊，這麼複雜，我怎麼知道該不該幫她？師父教我！」
宋先生氣得拿筆往她臉上畫了一道，說道：「笨蛋，我哪裡知道該不該幫？我不是你們周家的人，到時候抄家滅族也跟我沒關係！」
黃英愣了一下，抖著手一把抓住宋先生的衣袖道：「師父，這事有這麼可怕嗎？」
宋先生默默地抽出袖子，半晌後以幾乎聽不見的聲音道：「從龍之功向來都是壁壘分明，跨過去，幾十年榮華富貴；跨不過去，滿門鮮血淋漓。最可怕的是，身處某些位置，沒有權利不選。上一次我選對了，但這一次我也不知道如何選擇，所以，逃了！」

黃英打了個寒顫，突然明白了一個道理，別說她逃到了蘇州，就是逃到天邊，自己的命運也是跟周家緊緊繫在一起的。

所以其實她沒有什麼好選擇的，她要做的，就是周侍郎希望她做的事，而不是自作主張。

周文萃的命運也是一樣，同在周家這條船上，只能同舟共濟，嫁誰不嫁誰，已經由不得她做主了。

見黃英回到屋裡，周文萃張著一雙跟周文星很像的桃花眼，滿懷希望地看著她。

黃英心一軟，裝作若無其事地笑了笑說：「別這麼看著我，妳的事我得好好想想，先安心住下吧！」

周文萃聽了這話，就當作黃英願意幫忙了，便不再纏著她，倒頭就睡。

第二日，黃英偷偷寫好了書信，買了匹馬，要任俠快馬加鞭地往京城送信給周侍郎；又吩咐家中所有的人，一律不許對外說四小姐來了的事，只說是章明的表妹。

周文萃見狀，更加篤定黃英會幫自己，放心地住下了。

這邊黃英加快手腳地把小郡主的貨物全部出手，讓章明與拾柳再採購一些絲綢，加上周三郎從京城送來的物品，總共約五千兩銀子的貨，一起上了王府的船，往更南邊運去。

黃英連自己分紅的銀子也投了進去，這樣滾個幾個來回，她便有了底氣，這輩子都不用再操心錢的事了。

她仔細思考了很久，還是在給小郡主的信中隱晦地提起了周文萃的事情，甚是擔心她也被捲進風波裡。

辦妥了這些事，年關就近了。

黃英在屋子裡算帳。她從周三郎那邊賺了兩百兩；小郡主這邊，她不好意思拿一半，只拿兩成半，賺了五百多兩；加上之前賣蒲院與抄書的錢，這些日子以來她已經賺了快一千兩！她既開心又自豪。看四郎回來以後不臊死他，還怕自己管不好他的錢呢！

想到這裡，黃英忍不住抬頭看向窗外。北風呼呼吹著，天越來越冷了，即將過年，不知道四郎在山上過得怎麼樣？

此時拾柳端了碗熱氣騰騰的玉米粥進來，黃英喝了一口，問：「今兒換了新玉米？怎麼味道比平日熬的好很多？」

拾柳笑道：「今兒奴婢搶了初春的活，少奶奶要是喜歡，以後就由奴婢來熬吧！」

黃英擺擺手道：「妳有多少事忙啊！說吧，有什麼事？」

拾柳紅了臉，低下頭說道：「奴婢，章明說要娶奴婢。」

黃英聞言粥也顧不上喝了，笑道：「妳可真會挑時候，我才剛算完掙了多少銀子呢，妳就來挖錢了！」

拾柳忙辯道：「奴婢有點積蓄，章明也跟著少奶奶掙了些錢，錢我們不缺，只是身契的事……」

黃英笑道：「妳的錢是妳的錢，我總不能那麼小氣；不過章明要娶妳，由妳開口可不成，得讓他請了媒來。既然還找不到妳的家人，我就是妳娘家人！」

拾柳聞言，頓時滿面是淚，跪到地上說：「奴婢真是有大福氣，能夠伺候少奶奶！少奶奶，奴婢與章明商量過了，就是脫了籍、成了親，只要少奶奶不嫌棄，我們兩口子還替少奶奶管事。」

黃英忙下了炕拉她起來，眼圈也有些紅，說道：「別哭了，我也離不開你們呢！」拾柳、見雪、香草與香蘿，這四個丫鬟在她心裡比周文萃更親。

誰知章明請的媒人還沒上門，任俠就回來了，還帶著周侍郎的信與六千兩銀票。信上說，文萃既已與章明千里同行，就讓她留在蘇州，許給章明，待她滿十五再成親；一千兩是文萃這兩年的生活費，五千兩就讓黃英為她辦嫁妝。

黃英捏著那封信，手不斷發抖，新仇舊恨湧上心頭。周家可真是會賴人，賴了自己不夠，這次又要賴上章明！

她還沒想好該怎麼做，周文萃就來了，一臉決然道：「四嫂，聽說任俠回來了？爹怎麼說？要是非讓我嫁給那個老頭子，我就死在妳屋裡！」

黃英一聽就來氣。周文萃要不是四郎的親妹妹，死活關她屁事？這丫頭要是嫁給章明，真是害了人！她皺起眉頭道：「爹說先讓妳在這裡住著，再慢慢想法子。」

周文萃驚喜地歡呼一聲道：「我就說爹不能真逼我嫁！」

黃英無語地看著周文萃這副天真的模樣，懶得理她，去了宋先生的屋子。

第四十八章 暗潮洶湧

今日天寒，宋先生的腿病犯了，在炕上暖著，不敢下地。見黃英來了，讓她也上炕，兩人把腳縮到炕桌底下，慢慢說話。

看了周侍郎的信，宋先生拿過桌上的茶杯，反覆地撫弄著，黃英也不打岔。

半天過後，宋先生嘆了口氣道：「周侍郎，妳可知道當初他曾擁立陳王為太子？」

黃英吃了一驚，問道：「那為什麼陳王還不信他？」

宋先生把剛才的茶杯反扣在桌上，看了黃英一眼道：「我也是看了這封信才想通的，大概是因為四郎在蘇州，而此處是吳王的封地。」

黃英手一抖，拿起這個茶杯扣在另一個茶杯上，問道：「吳王，難道就是那個庶子？」

宋先生心中不禁欣慰，自己真是收了個一點就通的學生。她說道：「妳可以放心了，安心地做妳的營生，趁這兩年多掙點銀子吧！」

黃英聽了心頭直跳。如今明明是陳王做了太子，周侍郎與宋先生為什麼都認為吳王會贏？周侍郎甚至背棄了當初的主張，轉而支持吳王。

算了，既然自己想不明白，那就相信他們吧！

黃英並沒有問宋先生要不要讓周文萃與章明訂親，過了兩日，章明的媒人就上了門。

看著媒人送來的納采禮，黃英看得出章明盡力想要辦得體面。她只跟媒人寒暄了幾句，說要問問拾柳的意思，就打發走媒人，回頭叫了章明進來。

「我想了想，拾柳不過是個連娘家都找不到的丫鬟，你這一路跟四小姐同行過，要不要考慮考慮，當周家的女婿？」

黃英一邊說出試探的話，一邊裝腔作勢地喝茶，從茶碗蓋的縫隙偷看章明的臉色。

章明驚得目瞪口呆，過了片刻才面色凝重地答道：「多謝夫人厚愛，小生擔當不起。小生雖不敢比那尾生，卻也知道做人不可朝三暮四、見利忘義。小生此生非拾柳姑娘不娶，還望夫人成全。」說完一揖到地。

黃英第一次使心計刺探別人，內心忐忑不安，沒想到章明倒是個真君子，一時忍不住替拾柳感到開心，也慶幸自己把生意交付到這樣的人手裡。

她當晚就寫了一封家書，說章明早已有了婚約，訂親之事無法辦理，不過她會好好照顧周文萃，一切聽周侍郎的吩咐，這封家書仍舊由任俠快馬加鞭地送往京城。

拾柳是二月二龍抬頭那天出嫁的。黃英給的嫁妝是五十兩銀子、兩張毛皮、十疋各色綢緞；拾柳自己也有私房，湊了足足八抬嫁妝，吹吹打打、風風光光地嫁了出去。

臨出門前，拾柳拿到身契，哭得跪在地上起不了身，不住地向黃英磕頭。

見雪與香草等人跟著哭夠了，擦乾眼淚，又歡歡喜喜地跑去送親、看熱鬧，回來時一人抱了一捧蓬葉，拿到門前拜祭，說是「迎富」。

黃英也跟著樂呵呵地拜個不停。拾柳與章明兩口子，可不就是她的財神爺嗎？章明北行時仔細觀察過京城人士偏好的布料顏色與花樣，準備自己畫好樣子請織工織布，專門銷往京城。

如今黃英外有章明、拾柳，內有見雪與董天柱，事事順手，毛皮與絲綢生意也穩定下來，她手裡捏著大把的銀子，想到離周文星他們下山的日子不遠了，便又託了牙人去找院子。

董天柱問道：「夫人要不要到城外買去？」

他也打算要找媒人來提親了，可是見雪說，就是成了親也還想在黃英跟前當差，他便想著要是黃英買在他家旁邊，豈不是更好。

黃英卻回道：「我們買了院子也住不久，總是要回京裡去，不如就在城裡置購，買得貴，賣得也貴。」

最後黃英買了個占地六畝的院子，中間還有個小湖。這回住的地方大，她便買了四戶粗使人家跟十個小丫鬟，都交給見雪調教管理。

見雪忙得腳不沾地，拾柳也跑回來幫忙收拾屋子，外面的事便都由任俠打理。

黃英除了算帳、拿主意，一天還騰出一個時辰跟著宋先生學習。

這十個丫鬟，黃英撥了三個給周文萃，讓她湊齊四個丫鬟。周文萃看中了能看見湖的望秀樓，黃英便撥了人與銀子給她，讓她自己去收拾。

剩下七個丫鬟，黃英本想也撥三個給宋先生，連同香蘿湊齊四個，偏偏宋先生不喜，只挑了一個為香蘿幫手，又挑了位置比較偏僻的歸棲堂住下。

剩下的六個丫鬟都跟著香草，在黃英的看松軒伺候，同時學學規矩，等到時候周文星與阿奇下山，再各派兩個人給他們。

一切都安頓下來時，已是四月。

原先那個兩進的院子，黃英還沒打定主意是賣、是租，董天柱就請了媒人上門。黃英一想，這倒是省事，那地方給他們兩口子正好。

黃英也讓見雪脫了奴籍，趕在端午節前讓她與董天柱成親。董天柱有點家底，補貼了一些，讓見雪湊了足足十二抬嫁妝嫁過去，婚後他們繼續在黃英這邊當差。

見諸事妥當，黃英除了每日依然跟宋先生學習之外，便一心等待周文星他們一年期滿下山。

周文星跟阿奇自從上了山，便一直龍爭虎鬥。

一開始，周文星因為底子好，人也聰明，總能考入前三名；阿奇沒正經學過八股文，前兩個月一直排在末尾。

好在八股文說難雖難，但說易也易，不過是破題、承題、起講、提比、虛比、中比、後比、大結，從虛比以下，每部分用兩股排偶文字，限定字數。

除此之外，阿奇還占了一個極大的便宜。周文星的八股文師承家中替他延請的一位宿儒，多年舊習要改不易，反成了障礙。

阿奇整個人是一張白紙，一上來就入了正道，半年下來進步神速，頻頻擠入前三名，周文星反而掉到十名以外。

這日，已經是倒數第二場考試了，若周文星再輸一場，便是阿奇贏了。

楚姑娘圍著面紗坐在上首，底下弟子們一人一案，由小廝們一一發予試卷。

此時天氣炎熱，外面知了叫個不停，楚姑娘坐了一會兒，便覺得胸口煩悶。她請外舍的坐講先生監考，想站起身來出去透透氣，不想剛走幾步就昏厥過去。侍女們嚇得趕緊扶住她，嚷著請大夫。

巨鹿書院專門延請了一位大夫，就在後山上住著，可是阿奇待在這裡這段時間，書院的人都知道他醫術高明，坐講先生便道：「去請顧大夫總還要些時候，不如你先為楚姑娘看看，若是急症就早些處置，莫要耽擱了。」

阿奇未多想，讓人將楚姑娘抬至內室清涼之處，又讓侍女替她除去面紗，餵她喝了些涼鹽水，這才把脈。誰知手指搭上去沒多久，阿奇卻驚得差點跳起來。

眾人見他大驚失色，正要問緣故，楚姑娘已悠悠醒轉。得知阿奇替她把了脈，她一雙眼冰冷得如蛇信子一般，說道：「勞你費心了，我不過是中了些暑氣，喝點水躺躺就好了，你們出去接著考試吧！」

阿奇垂著手，低頭緊緊地咬住牙關，好不容易才發出平穩的聲音道：「是，那小生出去考試了。」

出了內室，眾人皆著急地圍了上來，其中一人問道：「宏能兄，怎麼樣？楚姑娘得了什麼病？要不要緊？」宏能是阿奇上山之後師兄弟們為他取的字。

阿奇勉強扯著嘴角笑了笑，說道：「不過是操勞過度，中了些暑氣。」

周文星見大夥對阿奇如眾星拱月一般，心裡很不是滋味，想說出他當初為自己診出滑脈的笑話，可話到嘴邊又嚥了回去。這樣當眾調笑，到底對楚姑娘不尊重。

考完了試，周文星回到他跟阿奇共住的小屋。見阿奇拿著本書，半天沒有翻頁，一副神不守舍的樣子，周文星終究忍不住笑道：「你不是也給楚姑娘診出個滑脈來了吧？」

阿奇一驚，嚇得書本都掉在地上，一臉驚恐地看著周文星。對，他是說過診出滑脈不一定是懷有身孕，可按照其他徵兆來看，楚姑娘確實是……

周文星被阿奇的反應嚇傻了，他本來懶洋洋地坐在椅子上，此時不禁跳起來喊道：「怎、怎麼可能?!」

此刻周文星內心受到的衝擊其實比阿奇更大。

這段時間以來，每每看到楚姑娘，周文星都會有種說不出的感覺，好像她就是活著的月妹妹，聖潔高貴、不食人間煙火，讓他仰慕盼望。

可是，這樣的她，別說是雲英未嫁，如今還在守孝期間，怎麼會有滑脈?!他不相信這山上有人敢強要楚姑娘，那麼就只有一個可能——楚姑娘在母孝期間與人未婚通姦！巨鹿書院名滿天下，楚姑娘也因為這一年代父執掌書院而聲名大噪，被譽為江南第一才女，貞潔無雙，想不到……

周文星呆呆地站了半天，突然笑了起來，越想越覺得好笑。自己還有眾人敬若聖女的楚姑娘，原來竟只是個裝模作樣、不貞不潔的女子！

他眼前模糊的霧氣瞬間散去，心底對黃英那一點點的遺憾與輕視，徹底煙消雲散。像英姊兒這樣光明磊落的女子，絕對不會做出這種事情來，得妻如此，夫復何求？自己未免太過貪心了！

阿奇見周文星笑個不停，只覺得莫名其妙。

周文星看向阿奇，眼中有著從來沒有過的欣賞。原來阿奇一直都比他想得明白，所以才會那麼愛英姊兒，連她已經成了親也放不下念想，難怪文章寫得越來越透澈。自己自視甚高，其實愚不可及、認人不清、輕重不分，日後若是中了舉、做了官，也不過是禍害世人罷了！

這一刻，周文星心中打定了兩個主意。

自從那日之後，虎丘山上平靜如常，四處是朗朗的讀書聲，周文星與阿奇也是一副全神貫注、沈浸書海的模樣。

試卷在第三日發了下來，阿奇罕見地輸給了周文星。當著眾人的面，周文星貌似興高采烈，回到屋裡卻微微地皺起了眉頭，看著窗外出神。

最後的考試日，幾乎沒讓人覺察到就來臨了。

楚姑娘以白紗蒙面，出來向眾人告別。「今日考完，小女子暫代父職一年期滿。諸位這一年來家訊斷絕、力學不倦，必有佳績。這次的試卷將由家父親自審閱，還望諸位博載籍之淵粹、騁俊力於文囿，來日蟾宮折桂，方不負這一年苦學，小女子就此別過。」

說完，楚姑娘翩然離去，眼尾都沒掃阿奇一眼。

眾人遙望佳人背影消失，俱悵然若失，只有周文星跟阿奇頭都要垂到胸口，暗暗鬆了一口氣。

楚東所在的內室，窗門緊閉、簾幔低垂，大白天的，卻點了蠟燭照亮房間。

只見楚姑娘跪在地上，手中拿著一個小小的白色紙包，瑟瑟發抖道：「我為什麼不能留下這個孩子？」

楚東雙眼森然道：「主人既然給了，妳就吃下去，離事成就差一步了，豈可因小失大。」

淚水自長長的睫毛不住地滑落，楚姑娘猛然將那包東西倒進了嘴裡，然後端起一旁的茶碗，大口地飲水吞嚥，心裡瘋狂地恨道：周文奇，總有一日，我會殺了你替我的孩子報仇！

越是快到一年之期，黃英便越是不安，楚東與楚姑娘總給她一種怪異的感覺，她相當害怕下山當天會出狀況，因為心靜不下來，她便又去練習走路。

周文萃看著自家四嫂姿態優美，好奇地也跟在後面學著走，可只走了兩、三遍，便嚷著累。「四嫂的腿腳真有力氣，是以前在家時養的吧？我就不成。哎喲，這天可真熱，羽紗，快讓廚房給我準備些冰鎮的瓜果！」

黃英看見周文萃這副嬌滴滴的模樣，便想起也很是嬌氣的周文星，一腳踏歪，差點扭到。她心浮氣躁，不敢再走，索性去找宋先生說話。

宋先生正在看邸抄。這邸抄看著遠，實則近，不定什麼事就能看出端倪來，因此每一份邸抄，宋先生都會反反覆覆地看。

黃英見宋先生眉頭深鎖，忙問：「怎麼回事？」

宋先生指著邸抄上的一行小消息道：「吳王妃沒了。」

喝了一口黃英遞來的冰鎮蓮藕百合湯，宋先生接著道：「吳王妃出身鎮西侯府，去年她那位鎮守西北的大將軍哥哥戰死，鎮西侯府後繼無人，吳王相當於沒了靠山，吳王妃之死，原因不難想像。如果我沒猜錯的話，一年之後，吳王還會迎娶一位武將家庭出身的王妃。」

黃英瞪圓了眼，被宋先生話裡的暗示嚇到了。「那位新任的吳王妃難道會是……」

宋先生點點頭，眼神平靜無波道：「竊鈎者誅，竊國者為諸侯，今上登基之時，也是步步鮮血；可吳王既然走了這步棋，只怕也到了圖窮匕見的地步，四郎他們大概可以下山了。」

黃英恨不得跪在地上向宋先生磕幾個頭。從吳王妃沒了，她就能斷定四郎他們即將下山，自己再學一輩子，只怕也沒辦法學到宋先生一成的本領。

宋先生摸了摸她的頭，露出一個淺淺的笑容道：「妳還小呢，到了我這年紀，火候也差不多了。從今兒起，妳也學著看邸抄吧，如今想來，妳嫁給四郎也是被這火苗給燒著了。許家是兩王爭奪工部的無辜犧牲品，周侍郎一心想要兩頭不沾，可也不得不入了局。」

到了放榜的日子，楚東終於出來與學子們相見，他面色和藹，說了一番勉勵眾人的話，這才讓內舍的一位師兄開始宣佈入選名單。

前面唸了九個名字，都沒有周文星與阿奇，眼看剩下最後一個名額，周文星面色平靜地低著頭，阿奇則偷偷握緊拳頭，兩人交換了一個眼神，又各自別開頭去。

「周文奇！」

聽到自己的名字，阿奇猛地抬起頭來，表情呆滯。

眾師兄弟只當阿奇是歡喜過頭了，有入選的就過來祝賀，沒入選的就酸溜溜地說道：「宏能兄真是天縱之才，從一年前的敬陪末座到現在入選，可喜可賀。」

周文星臉上擠出一個苦笑，心中卻大喜。終於可以回家見英姊兒了！

可沒想到楚東居然接著說道：「文星，你雖然敗給了文奇，但你夫人救過老夫一命，特許你入內舍旁聽。」

眾人一聽都羨慕不已，這周文星真是託了妻子的福！

周文星卻覺得一陣天旋地轉，突然想起黃英當時說過，沈舟先生是見到她跟香草才假裝自殺的。難道他是故意要把自己留在山上，才演了那齣戲？到底有什麼陰謀?!

不過楚東立刻打消了周文星的懷疑，因為他宣佈外舍弟子從今日起不必住在山上，凡是入選內舍的，都贈簪髮銀花一朵，放假十日，今後住處自選。

眾弟子頓時歡聲一片。

第四十九章 重返周府

黃英一收到任俠打聽來的消息，便立刻派董天柱去接人，可自己在家卻有些坐不住，衣裳不知道換了幾套，把丫鬟們折騰得夠嗆。

拾柳說道：「少奶奶身上這件大紅衣裳，奴婢記得是拜師那日穿的，少奶奶可還想再換一件？」

雖然脫了籍，但拾柳與見雪仍稱黃英為「少奶奶」、自稱為「奴婢」。

黃英紅著臉道：「妳倒是好記性，既是如此，便不用換了。妳看看，我這珍珠冠會不會太花稍了？」

拾柳差點翻白眼，只道：「少奶奶不相信自己，總要相信奴婢的眼光啊，保證讓四少爺一眼就看呆了。」

好不容易等到後半晌，日頭將斜未斜的時分，總算聽到門上回報。「爺與奇少爺都進門了！」

黃英幾步就跨出門去，好在如今她學走路已是功底深厚，便是腳步飛快，也不顯得倉促慌亂。她剛走到二門，就見門外進來一個鬢髮飄飄的瘦高男子，把她嚇了一跳，那男子見到她也是目瞪口呆，兩人就這樣傻傻地對望。

從瘦高男子身後走出一個人來，也是高高瘦瘦、頭髮凌亂、鬍鬚老長，可黃英卻一眼就認出他來了，這分明是阿奇，於是她便回頭去看前面那個男子。

不過短短一年，周文星已經從形到神都褪去了當初的青澀與幼稚。在山上的日子，黎明即起，三更而歇，事必躬親，粗茶淡飯，那事事講究的嬌氣小少爺外殼盡數蛻去，如今他的氣質竟與周侍郎的成熟儒雅有些類似。

黃英這才抖著聲音道：「是……四郎？」

周文星看著黃英，只見她一身貴氣、舉止嫻雅、容色明豔，皎若太陽升朝霞，灼若芙蕖出淥波，令人心旌搖曳，實在不敢相認。

還是任俠拎著東西從後面冒了出來，說道：「少奶奶可嚇到了？我跟鎮書去接人，還以為接錯了。這哪裡是去唸書，根本是去坐牢啊！」

阿奇盯著黃英，內心百般滋味。她這模樣分明是一個大家貴婦，再也不是拉著他的手爬山、看夕陽的砍柴丫頭了。

他心中酸澀，低下頭道：「我先跟鎮書回去收拾一下。」說完便轉身大步離去。

此時初春得了消息，哭哭啼啼地迎了出來，說道：「奴婢給爺見禮，爺可是受了大罪！爺可要奴婢去找剃頭匠來，替爺把鬍子剃了？」

周文星從來沒有一刻這麼討厭過一個人，他臉一沈道：「爺的事有少奶奶操心，妳哭哭啼啼地做什麼？趕緊退下！」

他說話的語氣讓黃英心頭絲絲泛甜，嘴上卻忍不住酸道：「四郎這塊唐僧肉，想分的人多著呢！」

周文星一聽，心中歡喜不已。這才像黃英啊！可他臉上仍舊綳著，老氣橫秋地背著手自己飛快地朝前走。

黃英皺起了眉頭，跟在後面不疾不徐地往看松軒去。

誰知一進屋，周文星反身把門一關，還下了門閂，嘆道：「這回總算是清靜了！」說完轉身將黃英緊緊地抱在懷裡道：「我好想妳！」

本來黃英見周文星態度冷淡，還有些難過，如今被他摟進懷中，一顆心可說是又暖又甜，她抬頭一看，發現周文星竟長高了小半個頭。

周文星低頭看著黃英，眼裡都是笑意，只道：「我這唐僧肉有妳這孫悟空守著呢，誰也搶不走！」說完便低頭吻了下去。

黃英偏過頭，羞紅了臉道：「大白天的你要幹麼？」

周文星索性將她整個人抱起來道：「妳說要幹麼？」

見周文星抱著自己往床邊走，黃英連推帶踹地嚷道：「周文星，我的條件你還沒答應呢！想糊弄過去，門兒都沒有！」

周文星把黃英往床上一扔，撲上去死死地壓住她，湊到她耳邊低啞著嗓音道：「我在山上打定了兩個主意，都跟妳有關，妳別動，好好聽著，這一輩子，我就說這一遍。」

黃英頓時安靜下來，周文星的嘴唇貼著她的耳垂，暖暖的氣息像是要融化了她。

「一件事，妳所有條件我都答應，我對妳什麼條件都沒有，妳做妳自己就好；另一件事，我這輩子，無論我走到哪兒，妳就要跟到哪兒，我們再也不要分開！」

黃英的眼淚不知不覺地滑出眼眶。她終於等到了這一天！

周文星的唇輕輕地，像吻著花瓣上的露水，吮吸著黃英的眼淚，一路慢慢地移到她的嘴唇上，然後停住，緩緩開始用力。他渾身輕顫，輾轉地吸吮唇齒之間最美的甘霖。

黃英好似魂魄都被吸走一般，不由自主地回應著，渾身躁熱起來。

周文星深深埋入那一團溫軟與嬌嫩，兩人緊緊融合在一起，你中有我、我中有你，在肉體最接近的距離，兩顆心也在巔峰之上交融，再不分離。

第二日，黃英才正正經經地擺了兩人的接風宴，周文星與阿奇剃了鬍鬚，看起來清爽很多。

黃英聽說周文星輸了的時候，先是一愣，隨即真心地替阿奇高興。她親手斟滿一杯狀元紅，遞給阿奇道：「阿奇，祝你來日高中，做個狀元郎！」

周文星面帶微笑地看著這一切，甚至親手為阿奇挾了一支大雞翅與一個大魚頭，說道：「祝你鵬程萬里，魚躍龍門！」

阿奇有些誇張地哈哈大笑，偷偷地將手裡捏著的那朵銀花揣進袖子，先是接過黃英的酒一飲而盡，又豪放地在大雞翅跟大魚頭上各咬一大口，然後看著周文星，意有所指地說：「承讓了，借賢伉儷吉言，日後必不負所望！」

過了沒多久，阿奇提前返回書院。上山之前，他到銀鋪子把那朵銀花打成一把小銀梳子，什麼東西都沒鑲嵌。他將梳子裝進一個簡陋的紅漆柳木首飾盒，當著周文星的面，大大方方地送給黃英，道：「當年得妳贈梳，今日還妳一把。」

到了這個時候，黃英明白阿奇終是放下了。

她內心愧疚，打開盒子一看，眼圈忍不住紅了。想了想，她笑著把那梳子插在髮髻上，說道：「總不能你將來做了狀元郎還叫你阿奇，我以後就叫你五哥吧！」

周府本家這一代兄弟的排行，阿奇是第五，周文星為第七。

阿奇面色從容，淡淡笑道：「嗯，我就叫妳弟妹。」

離懷牽故情，悠悠東水去。曾經一起看夕陽的少男、少女，終歸一別兩寬，各生歡喜。

待書院正式開門，周文星便每日由董天柱載著去書院讀書，晚間歸家。夫妻兩個吃過晚飯，便隨著宋先生看邸抄、分析時局。

周文星學了幾日，跟黃英嘆道：「幸得當初我勸妳拜宋先生為師，先生的見識，只怕爹也要拜服三分！」

此後，周文星變得更加沈穩，在書院與宋先生的教導雙管齊下，他的筆下文章漸漸渾厚起來。

一年半匆匆過去，傳來了一個明明算是喜訊，卻讓黃英高興不起來的消息。南安王府郡主沐清年滿十五，議親定給了吳王當繼妃。

雖然小郡主與黃英一直有書信跟生意來往，可是黃英卻是從邸抄上得知這件事的。

當晚，黃英伏在周文星的懷裡，心有戚戚地嘆息道：「她看起來任性，心裡卻比誰都明白，她是不得不嫁了。這段時間的船隻來往，只怕不光是為我與她掙私房的。」

周文星溫柔地撫摸著黃英的額髮道：「妳替她難過，可這也不算是不好的歸宿，有南安王府這座大靠山，便是吳王也不敢虧待她。」

黃英去了封信給小郡主恭喜她訂親，小郡主卻沒有回音。

到了這一年的年末，吳王迎娶小郡主的儀仗經過蘇州時，黃英冒著罕見的風雪特地到碼頭去拜訪。

小郡主命人接她上船，黃英以覲見王妃的禮節行了跪拜之禮，半天後才聽到小郡主用冷淡的聲音道：「不必多禮了，起來吧！」

黃英這才敢抬起頭來看向小郡主，不由得吃了一驚。

只見小郡主頭戴九翟黑紗冠，飾珠牡丹花兩朵、黃蕊翠葉；冠上翠頂雲，上飾珠九顆、珠翠雲十一片，翠翟銜珠；冠頂插金鳳一對，口銜兩串長珠結；身穿紅色直領對襟大衫，深青色織金雲霞鳳紋霞帔，圓領青色鞠衣飾金繡雲鳳紋。

這一身服色映襯著臉上的精描細畫，端莊威儀、氣勢逼人，竟令人不敢直視，哪裡還有當年那個小魔女半點影子？

小郡主看著黃英目瞪口呆的癡傻模樣，終於緩緩展顏一笑道：「姊姊！」彷彿又變回了那個可愛的孩子。

黃英的眼淚瞬間流了下來，小郡主見狀，站起身走到她身邊，慢慢伸出手抱住她，聲音哽咽。「姊姊，再過幾日我就要嫁了，從此君臣有別。遙想當年一起乘船到蘇州，捉弄姊姊與周文星的日子，真是我沐清這一生最快活的時光！」

黃英千言萬語不知道從何說起，嗚咽著回抱小郡主道：「妹妹，你們一定要贏！」

這段歲月並不長，可是她們都不一樣了，這個逐鹿天下的大局，誰能逃過？

小郡主站著的地方，離九五之尊只有一步之遙，跨過去便是天下最尊貴的女人，跨不過去便是身首異處。

黃英不禁慶幸自己跟小郡主並未分處兩個陣營。周家送周文星到巨鹿書院求學是假，為吳王人質是真；若是周侍郎當初在京中稍有閃失，周文星只怕下不了虎丘山。

吳王成親轟動天下，京城裡更是風雲突變。

陳王眼看著吳王一步步地收攏六部九卿、四方諸侯，自己的父皇卻任其坐大，他空有太子之名，只能困守危城，在不斷加深的恐懼中，終於走出了最危險的一步。

他暗中調換了皇上服用的丹藥，不過月餘皇上便病重，令他順利成章地以太子身分監國；為絕後患，陳王宣詔吳王夫婦進京侍疾，並在通州運河渡口設伏。

最後的角逐終於展開，周家與黃英的命運都緊緊綁在吳王這艘大船上！

過了四、五日，邸抄傳來眾賊伏誅的消息，黃英與周文星便知道陳王大概已經無力回天。

果然，又過了半月餘，傳來陳王謀逆被廢，吳王臨危救駕而被立為太子的消息。

從宋先生的歸棲堂出來，黃英跟周文星手牽著手，慢慢地沿著集雲湖散步，看著湖邊落盡的桃花，兩人心中百感交集。

「四郎，真沒想到，這次蘇州之行，我們竟糊里糊塗地在鬼門關前走了一遭。」

周文星神情專注地看著黃英明媚清澈的雙眼道：「誰能想到，妳我的姻緣竟起因於這場奪嫡之爭？以前讀《桃花源記》時，心想若是有這種地方，一輩子不知魏晉，不曉得會有多快活？現在想來，人活在這世上，哪裡真能有桃花源？」

夫妻兩人相視而笑，夕陽染紅了兩人的臉龐。有些危難避不過、躲不開，可有你在，一切便沒有那麼可怕。

此時周文萃遠遠地疾步走了過來，一臉興奮地說道：「四哥、四嫂，聽說陳王被廢了是不是？」

周文星微微笑道：「連妳都知道了，難道還有假？」

娘、哥嫂，她也有整整三年沒見了。

聞言，周文萃不禁歡呼一聲道：「可以回家了！」

回家？黃英頓時又喜又憂。蘇州在她心裡才是家，她根本不想回周府，可是老柳村的爹娘、哥嫂，她也有整整三年沒見了。

五月初，吳王才剛剛登基，黃英與周文星等人便啟程離開蘇州。

拾柳年前生了一個兒子，便與章明留守蘇州，繼續掌管黃英的生意。

見雪懷有身孕，黃英怕路上折騰，讓她留下，她卻不肯，非要跟著一起回京，而董天柱也想去京城見見世面；好在阿奇此番與他們同行，見雪身體又好，沒出什麼意外，一路平安。

至於宋先生，她一本初衷，不願回京。

黃英深知宋先生的心意，便把院子與香蘿都留給她，宋先生也不推託，只說留下來幫她看著蘇州的家。

本來這院子無名，黃英讓周文星選，誰知他提筆就寫了個「愛園」，把黃英臊得一臉紅。

她瞪了他一眼，奪過筆來，想了想，寫了個「跬園」。不積跬步，無以致千里，這是他們起步的地方，叫這個名字再適合不過。

在運河碼頭下了船，自有周家的車馬來迎接，天擦黑時一行人才回到侍郎府。

走進蘭桂院，黃英坐在那張大床上，一偏頭看見自己那對陪嫁的粗俗大膽瓶，忍不住無限唏噓。僅僅三年，卻像是脫胎換骨三十年。

第二日，黃英與周文星一早就去向周夫人請安，周夫人的精神比他們離開時好了許多，周文星兄妹見了母親，都不免大哭一場。

跟這對兄妹膩歪了好半天，周夫人才想起還有個黃英。她彆扭地對黃英說道：「妳也辛苦了，趕明兒讓四郎送妳回家看看。」

黃英有些意外周夫人主動提起這件事，她心頭一寬，笑道：「多謝娘體恤，媳婦回頭就去要對牌，明日好回家探望父母。」

周夫人見黃英的形貌、應對已與當初不可同日而語，不禁呆了一呆，內心掠過一陣不安，匆匆轉開了眼神。

黃英一心只想著明日就能見到家人，並未在意。

她剛回屋坐穩，茶還沒沾到嘴，就見香草滿臉怒氣地走了進來，身邊還跟著一個穿著體面、垂頭行禮的媳婦。

黃英面色不動，心中卻一沈。難道莫氏又要刁難？

只見香草說道：「奴婢去要對牌，沒想到遇到了老熟人。守靜年前嫁給二少爺身邊得力的管事，如今管著車馬房呢，說非要過來給少奶奶見個禮！」

黃英心中微怒。守靜上門肯定是黃鼠狼給雞拜年，不安好心！誰想守靜款款一跪，就重重地在地上磕起頭來。

周文星此時正好回來，見到守靜，吃了一驚道：「守靜？妳怎麼回到周家了？」

守靜立刻抬起頭來，淚如雨下，可憐兮兮地看著周文星道：「奴婢舉目無親，便是有了身契、銀子，一個人也立不起戶。幸虧二少爺身邊的于老二願意娶奴婢，便又嫁了進來，總算有一條活路。」

黃英心裡不是滋味，忍不住瞟著周文星，就看他怎麼反應。

周文星心虛地咳了一聲，說道：「當初是我考慮不周，原該尋個好人家把妳賣了，如今這樣，妳就好好在二哥那邊伺候，沒事莫往這邊跑了。」說完甩甩袖子對黃英道：「我去書房了。」

話一說完，周文星轉身就走，守靜看著他的背影，臉上失望之色盡顯。

黃英端起茶，喝了一口後說道：「香草，賞她十個錢帶出去吧，以後別胡亂帶人進這院子。」

守靜站起身，不懷好意地吊著眼睛道：「少奶奶回來，可帶了小少爺或小小姐一起？奴婢在二房那邊，什麼消息都沒聽到。」

黃英手一抖，氣得恨不能像當年那樣騎到守靜身上去，親手把她的牙全給敲下來。

成親三年，除了分開的那一年，周文星也算辛勤耕耘，可居然顆粒無收！眼看拾柳與見雪都開花結果，她著急得很，又沒有臉面大張旗鼓地尋醫問藥。

這件事是黃英如今最大的忌諱，沒想到死對頭守靜當面就捅了一刀，這才是她上門的目的吧?!

黃英冷喝道：「看來妳還是沒變，慣會以下犯上、衝撞主家！關門，將她捆起來。」

守靜一邊往外逃、一邊喊叫道：「四少奶奶要殺人了！」

如今黃英身邊丫鬟與婆子成群，哪能讓她真逃了去，大夥立刻一擁而上，制伏了守靜。

第五十章　椎心蝕骨

莫氏在日照館理事，黃英浩浩蕩蕩地帶著人，捆著守靜一路過去。

周家眾僕既興奮又鄙夷，有人說道：「這位少奶奶真是活閻羅、女金剛，就會鬧騰！這三年啊，真是一點長進都沒有！」

眾人按捺不住一顆八卦的心，全找了藉口往日照館湊。

黃英進了日照館，就見莫氏威儀十足地坐在上首，整個人胖了幾圈，跟三年前那個愁眉苦臉的庶子媳婦完全不可同日而語。

莫氏見黃英進來，好像根本沒看見她捆著守靜一般，面帶微笑，端坐不動地說道：「二弟妹見過娘了，大嫂那裡可去過了？」

黃英已非昔日吳下阿蒙，這話聽出味來了，是挑她不懂禮數呢，也不等她請，就自己找了把椅子坐下，裝出一副不解的模樣說道：「周家的規矩，是早上去向娘請安，下午去向老祖宗請安，莫非變了？二嫂當家，怎麼也不先提醒我一聲？若是沒變，沒見過老祖宗就去見各位兄嫂，總是不合禮數。」

莫氏聽這話就曉得來者不善，心中明白黃英如今怕是不容易對付了。

她面上不動聲色，依然笑道：「這規矩自然是沒變，嫂子不過是隨口一問，妳也太潑辣了些！才剛回來，就興師動眾地捆了我的人來，這又是什麼道理？」

黃英噗哧笑道：「原來守靜真是二嫂的人，看來我是燒香找對了廟門了。我要是說什麼，難以服眾，說我冤枉了妳的人，不如就讓她自己說吧！」

莫氏微微皺了眉頭，指著守靜道：「好好地，妳怎麼得罪了四少奶奶？」

守靜立刻淚如雨下道：「少奶奶，奴婢冤枉啊！奴婢聽四少奶奶回來，怕四少奶奶記得以前的事，再攆奴婢出門，巴巴地去磕頭求饒，又好心巴結，隨口問了句有沒有小少爺或小小姐，四少奶奶就喊著要打、要殺，求少奶奶替奴婢做主啊！」

莫氏冷笑了一聲道：「四弟妹，妳娘家沒人教導妳怎麼對待下人，可我周家一向寬厚和善，下人們就是做錯了，只管教導就是，怎可喊打、喊殺，壞了周家名聲！」

若是三年前的黃英，非被莫氏這句說她沒家教的話激得跳起來罵人，可現在她只是淡淡地說道：「這狗咬了人，我犯得著去管教狗嗎？自然是綁了去見狗的主子。唉，二嫂也不容易，一個庶女嫁的又是庶子，難怪連個下人也調教不好，弄得全無上下尊卑體統；若二嫂不會管教奴僕，一定要我代勞，我也不會推辭。」

庶女嫁了個庶子，正是莫氏心中一輩子的痛，她怒道：「四弟妹好沒道理！于二家的好心去見禮，便是關心多問了一句，怎麼就成了無禮冒犯之事？妳若說不出道理來，可別怪我這嫂子要好好教教弟妹！」

黃英從袖中掏出一塊蘇繡手絹掩嘴，笑著說道：「二嫂，我給妳講個故事吧！以前有個皇帝，他一日咳嗽，並未出宮，就有大臣獻上梨膏，妳知道後來怎麼樣了嗎？」

說著，黃英用一種「就曉得妳不知道」的眼神看著莫氏。

莫氏被她看得心頭火起，也不細思，冷笑一聲道：「自然是賞賜這個忠心的大臣了。」

黃英又用手絹捣嘴，說道：「所以說二嫂糊塗，這皇帝當即便殺了這個大臣，並且查問是誰遞出去的消息？可沒人認罪，於是這皇帝呀，索性殺光了當日在場伺候的所有人，還包括一位平日頗為得寵的妃子。」

莫氏聽得莫名其妙，道：「妳說這個故事是什麼道理？跟于二家的又有什麼關係？」

黃英冷笑著站起身道：「我與四郎有沒有孩子跟她一個奴婢有什麼關係？居然大言不慚地刺探！主家的消息，無論大小事，是她一個隔房的奴婢該刺探的嗎？二嫂莫要忘了，當初大嫂就是因為管不住家裡下人們的嘴，府裡什麼事都傳到外面去，鬧得沸沸揚揚才丟了管家權！別說我沒提醒妳，這麼沒有輕重的奴婢，妳還讓她管著車馬房，是嫌周家的消息傳得不夠快嗎?!」

莫氏嚇得緊緊抓住椅子扶手，雙眼瞪得比燈籠還大。這還是三年前那個只知道砍門、放火的黃氏嗎？

黃英對她行了一禮道：「二嫂忙，我有行李要收拾，就不多留了。三日之內，如果我還沒有聽到二嫂管教她的消息，就別怪我把這件事告訴爹了！唉，我都回來了，也不知道爹會不會想把管家權交還給嫡支，二嫂說是不是？」

說完，黃英就帶著一群丫鬟，邁著她那久經鍛鍊的步伐，儀態萬千地離開了日照館，留下莫氏與守靜看著對方，內心升起莫名的恐懼。

回蘭桂院的路上，一向嘰嘰喳喳的香草一臉端肅；在蘇州買來調教的大丫鬟新樹更是把脖子挺得直直的，心想這京城老宅真不像蘇州那裡，她們這些人可不能連累了少奶奶。

幾人走到蘭桂院門口，就見焦氏正從裡面走出來，焦氏面目浮腫、憔悴不堪，整個人蒼老了許多。

黃英嚇得幾步走了過去，拉著她的手道：「大嫂怎麼來了？快進去坐！」

焦氏看著黃英，也吃了一驚。

只見黃英梳著家常的傾髻，頭上並沒有過多的裝飾，只有一把銀梳、一支銜珠金釵；身上穿著天香絹繡石榴花天青色褙子，下面是素白綾裙，富貴逼人，氣度雍容。

焦氏的眼淚瞬間流了下來，自己這三年太過委屈艱難。這位弟妹倒是過得舒心。

兩人一落坐，焦氏便嘆了口氣道：「我在隔壁聽見于二家的鬧騰喊救命，怕出什麼事，便趕過來，看看有沒有能幫上忙的地方？弟妹如今可真是出息了。」

黃英心頭一暖，嘆道：「這真是在哪山都有烏鴉叫，那守靜還當我是當年的黃大姊呢！別提她了，大嫂的身子可找名醫看了？」

焦氏的淚珠一滴滴地落下來，說道：「我進門這些年都沒有孩子，好在大郎厚道，沒提休妻的事情。我原當是以前管家時累著了，誰知道這三年閒下來，日日把藥當喝水也沒個動靜，因為擔心，我就為大郎置了幾個通房，說好了誰有孕立刻升姨娘，可也不知道怎麼了，二房的孩子一個接一個地生，如今都有三兒兩女了，三房也有了兩個孩子，就是我們……」

黃英可真是找到同病相憐的人了，她難得地沈下臉道：「大嫂，我心裡也急呢，進門三年多了，都沒個動靜。妳等著，明日我回家問問我娘該怎麼做才好。」

焦氏睜著一雙淚汪汪的眼睛道：「其實我心裡有一個想法，可不敢跟人說，妳說，會不會是大郎不能生啊？」

黃英聞言一愣。自己一直不孕，倒沒有想過是周文星的問題，大夫她只信阿奇，她自己的事不好跟他開口，大郎與焦氏就沒有這個顧慮。

「大嫂要不請五哥給看看吧？」黃英說道。

見焦氏一臉不明所以，黃英便笑道：「就是阿奇，我跟四郎如今管他叫五哥。」

阿奇當晚就替周大郎與焦氏把脈，皺著眉頭半天沒說話，黃英與周文星站在一旁，心裡都直打鼓。

周大郎倒是看得開，說道：「弟弟只管說，若是我的問題，也好早早死了心。」

阿奇回道：「你們兩個看脈象都沒有問題，只是生子之事到底要看緣分。我看我還是先醫治大哥，大嫂的藥趕緊停了，每日多吃五穀雜糧跟蔬果，慢慢把身體養起來才是。」

離開了梅鶴院，黃英與周文星滿面愁容地往蘭桂院走，此時天色已晚，四處安靜無人。

黃英擔憂地說道：「要是我真的生不了孩子怎麼辦？」

周文星輕輕地捏了捏她的手，輕聲安慰道：「莫怕，大不了過繼二哥的孩子。」他們家兄弟幾個，就二房孩子最多，想到這裡，周文星心頭猛地一跳，隱隱生出了一個奇怪的想法，卻不敢跟黃英說，只能死死地按住疑心不提。

當晚，香草進來為黃英卸釵環、解頭髮，也不知道怎麼地，竟不小心扯下了幾根頭髮。

黃英心情不好，難得地皺著眉頭喝斥道：「妳怎麼了？這樣冒失！」

香草一慌，突然跪下來道：「少奶奶，奴婢聽到一件事，不知道真假，也不知道該不該跟少奶奶說，說了怕少奶奶傷心，不說……」

在黃英面前，香草便是被罵了，也總是嬉皮笑臉地打混過去，從來不會如此，黃英嚇了一跳，忙道：「什麼大事？還不快說！」

香草哽咽道：「奴婢、奴婢今日去廚房，吩咐她們每日午後為少奶奶熬碗玉米粥，沒想到卻聽到人說，喬嬤嬤當年偷偷給少奶奶下過藥，少奶奶只怕是不能生了！」

還沒來得及消化這些話，黃英就聽到背後傳來啪嚓一聲。

她回頭一看，原來是周文星剛從淨室出來，披著濕漉漉的頭髮呆立在門口，茶壺摔到地上碎成幾塊，茶水流了一地。

黃英雙手握拳，聲音顫抖，問道：「妳再說一遍！細細地說，妳怎麼聽到的？」

香草一邊哭、一邊說道：「奴婢去廚房，見著了初春的嫂子，交代了幾句，她一口應承下來，奴婢就往回走。誰知道路過惜音亭時，聽見兩個小丫鬟在樹叢後面說話，隱隱聽她們提到少奶奶，奴婢便停下來偷聽。」

周文星回過神，默默走過來，緊緊地握住黃英冰涼的手，在一旁坐下。

「一個小丫鬟說道，四少奶奶回來就惹事，會不會以後換成四少奶奶當家？另一個小丫鬟就冷笑著說，四少奶奶哪裡有心思管家，只怕天天抱著送子娘娘求神拜佛呢！前面那個小丫鬟就問，四少奶奶看著身強體壯，說不定很快就有了，另一個丫鬟壓低了聲音道，喬嬤嬤早給四少奶奶下過藥，四少奶奶這輩子都生不出孩子來。

「奴婢當時嚇呆了，腦子一熱就跑出去，想要抓那個丫鬟，誰知道奴婢剛繞出樹叢，那兩個丫鬟就飛也似地逃了，奴婢只看見背影，也不知道是誰？」

黃英渾身發抖，難過得心像要撕裂一般，半天才啞著聲音道：「四郎，我求你一件事，去把喬嬤嬤給我抓來！」

周文星抱住黃英的肩頭，一字一句地吩咐道：「香草，妳悄悄去跟守賢說，讓她找個由頭把喬嬤嬤叫到外院。今兒這事妳誰也不許提半句，我跟少奶奶自有主張。」

香草看看他，又看了看臉色慘白的黃英，抹了抹眼淚退出去，心裡不免又驚又怕。原本只當這周家是富貴窩，她跟來以後可以享福，沒想到是龍潭虎穴，要不是誤打誤撞去了蘇州，只怕三年下來，她墳頭的草都能長到三尺高了。

一室寂靜，周文星緊緊抱住了黃英，半晌後才哽咽著開口。「妳先別急，不管妳生不生得出孩子，我答應妳的事總歸不會變。」

黃英死命地掙扎，像掉進獵人陷阱的小鹿，嗓子裡發出嗚嗚的悲鳴，可周文星緊抱著她，半點不肯鬆手。

足足有小半個時辰，黃英終是掙扎得累了，崩潰地撲在他懷裡，哭喊道：「你娘真是狼心狗肺！我哪一點對不起她，她要這樣害我，就不怕遭報應?!」

一個喬嬤嬤哪來的膽子下這種藥，這件事必定跟周夫人脫不了干係！

周文星淚流滿面，難得發狠道：「是我對不起妳，我必還妳一個公道。還有那故意把事挑出來的人，也一樣惡毒，我周文星發誓，一個也不會放過！」

香草聽見裡面安靜下來才敢來回報，說守賢回覆喬嬤嬤一年前就告老還鄉，帶著一家子回原籍老家去了。

得到這個消息，從來不拿東西出氣的黃英，拿起一旁小几上的汝窯青瓷杯狠狠地摔了個粉碎！

第二日，周文星就請梅太醫上門為黃英看診，診斷結果是舌紅、苔薄、脈弦，為肝鬱之徵，確實子嗣艱難，要她先吃幾副百靈調肝湯試試。

待抓好藥，香草親手熬好送來，黃英卻不肯喝，目光幽幽地看著周文星說道：「若真是吃了什麼東西斷了我的子嗣，喝這苦湯不過是多此一舉。」

一旁的周文星不禁長嘆一口氣，他實在不能相信自己的母親會做出這種事。

周夫人早就得知梅太醫為黃英診療的事情，這會兒見兒子進門一副要殺人的表情，立刻遣退眾人，先發制人地道：「四郎，如今新帝登基，你與黃氏也沒有一男半女，趕緊和離了找個門當戶對的是正經。」

此言一出，周文星內心最後一絲希望也沒了。

他不上前，遠遠地站在屋中，滿眼淚水、咬牙切齒道：「兒子知道母親不滿黃英出身寒微，可是當初她是咱們家求來的！黃家再怎麼說都是清清白白的人家，兒子與黃英白首一心，這輩子絕不會再娶他人！斷了黃英的子嗣，就是斷了兒子的，您快告訴我到底給她吃了什麼藥，還有沒有救！」

周夫人一愣，有些不自在地說：「你這糊塗孩子，娘做什麼事不是為了你好？你以為你爹現在當上了尚書，全憑他自己的本事？若不是你外公……」

只見周文星大笑一聲，喝道：「若不是我外公把我送到蘇州去當人質，也沒有如今周家與田家的興旺發達！」

聞言，周夫人神情難堪地說道：「你也莫怨你外公與爹娘，生在這樣的人家……」

周文星擦了擦臉上的淚水，冷冷道：「我不怨，娘只管告訴我到底是什麼藥！」

他雖然還叫著「娘」，可聲音裡全無半絲溫情。

眼前的情況讓周夫人一顆心抽痛不已。這孩子怎麼就不能體會她的一番苦心呢？她怒道：「知道又怎麼樣？窯子裡的姐兒們用的東西，能治好的萬中無一，你也別費勁了，不如早做打算。」

周文星像是看陌生人般地盯著滿面怒容的周夫人，半天後突然放聲狂笑道：「娘，兒子一直以為您高貴慈愛，卻沒想到做下這樣的骯髒事還能理直氣壯、心安理得。報應、真是報應！大哥生不了孩子，我也不會有後嗣。娘，您以後只能眼睜睜地看著周家偌大的家業，全都落入沙姨娘的親孫子手裡！哈哈哈哈。」

第五十一章　設下陷阱

周文星大笑而去，留下周夫人氣得喉嚨發乾，她這輩子最恨的人，就是沙姨娘。

沙姨娘原是周家買進來學戲的小戲子，她五歲進周家，學戲十年，吹、拉、彈、唱、跳無一不精，戲本背得多了，說話舉止也跟戲裡的大家閨秀一般，尋常人家的小姐都不如她。

周尚書年少時也愛唱戲、聽戲，是以愛她愛得如癡如醉。

當年周夫人進了門，沙姨娘一味做小伏低，周夫人知道周家這樣的地方，一個戲子出身的姨娘翻不出大浪，待有了嫡長子之後，為了展現自己的賢德大度跟討夫君歡心，便點頭答應納她做姨娘，誰知她卻自此受到獨寵。

若不是周家正妻有半月定例，周尚書又野心勃勃，在仕途上要仰仗岳家，她只怕生不出後面的兩女一子。

無奈之下，周夫人扶了一個自己的貼身丫鬟，也就是周三郎的娘做了通房，她的美貌不輸沙姨娘，不料是個沒福氣的，生了周三郎沒多久就一病沒了，她平白多了個礙眼的庶子，卻撼動不了沙姨娘的地位半分。後面雖然又扶了幾位妾室，但周尚書還是專寵沙姨娘一人。

想到要把這份家業全交給沙姨娘的孫子，周夫人兩眼一翻，昏了過去。

過了兩日，黃英心情稍微平復了一些，才跟著周文星一起回了趟娘家。

蘇州的生意穩定之後，黃英沒少往娘家捎錢、捎東西，黃家如今買了上百畝的地，青磚大瓦房也修了十來間，還買了幾個小廝、丫鬟與婆子伺候。

黃英一下車，黃大嬸就飛快地迎了上來。她看著黃英，嘴裡喊了個「大」字，後面的「妞妞」卻卡在嗓子眼裡，叫不出口。

眼前的少婦，看著比廟裡的娘娘還高貴，這真的是自己的女兒嗎？她囁嚅著站在臺階前。

黃英卻哭笑著，立刻撲過去抱住黃大嬸道：「娘怎麼不叫我大妞妞了？我不依！」

待他們夫妻跟兩對兄嫂還有一屋子孩子們相見完畢，黃大嬸忍不住拉著黃英進屋說悄悄話。

黃英抱著黃大嬸哭個不停，黃大嬸拍著她的背說：「莫急，妳像娘，能生。」

說著她從懷裡拿出一個小符袋塞到黃英手中道：「這是我請雲台寺老和尚寫的，還在觀音菩薩前面開過光！」

又囑咐道：「娘有個偏方，原是妳舅母家的老太太傳下來的，妳看妳舅母多能生，一生四個兒子，誰不羨慕？妳聽著，就是當歸、紅棗、黑豆、紅糖各一兩，放兩個雞蛋，煮一個時辰，月信第一日開始吃，吃到結束，這樣養上一年，再沒有不好的。」

黃英強忍心中的苦楚，一一應下。她回來之前特地囑咐過香草，她被周夫人下藥的事誰也不能說，若是有人問起，就答是她身體不好，一時不能受孕。

隔天，黃英眼睛紅腫地告別家人，上了馬車。

周文星將她緊緊摟在懷裡道：「周家對不起妳，我周文星會用一輩子慢慢還。」

黃英柔順地伏在周文星懷中，不由得想起她娘當初說的話——「那周文星雖是愣了點，可是看著心不歪，只要心不歪，妳只管往熱裡去摀他，早晚能熱呼起來」。

她的眼淚一滴滴地掉下來。這輩子只要周文星待她好，沒孩子就沒孩子吧，再不濟也能領養一個。

回到周家，隔天早上黃英起了床，卻不去向周夫人請安，周文星也不問她。夫妻倆吃過飯，周文星就出了門，黃英則派人去請周三郎，讓他來商量一下生意上的事。

周三郎落坐後，黃英便問道：「如今三哥怎麼打算？」

只見周三郎爽快地回道：「弟妹如果出一半本錢，考慮到南邊的章明是弟妹的人，咱們三七分成，我三，妳七。」

黃英終於露出了回周家後的第一個笑容，說道：「要是沒有三哥當年雪中送炭，我這生意也做不起來，本錢我出一半，四六分吧！你四，我六。」

兩人商議已定，周三郎才要抬腳回去，就見杜嬤嬤領著初春進了屋。

見到初春挽著一個小包袱，黃英心裡打了個突，臉色一沈。這兩個人，她誰也不想見。

杜嬤嬤恭敬地向周三郎與黃英行禮，便不再說話。

周三郎知道這是不想當著他的面說話，便告辭離開了，不過他又怎麼會猜不到杜嬤嬤要說什麼呢，心中不禁暗暗嘆氣。

一個出身高貴的正頭夫人被個戲子出身的妾室壓了一輩子，不是沒有原因的。兒媳千里迢迢回家來才幾天，被窩還沒捂熱，就要急著往裡塞人。

他搖了搖頭，倒不怎麼擔心黃英。

黃英聽了杜嬤嬤的來意，火氣就跟火山一樣連火帶煙往上湧，怒道：「我要是不答應呢？」

杜嬤嬤回道：「哪家的長輩送了人來都是好意，將來生了孩子不也是四少爺與四少奶奶的嗎？四少奶奶哪能連這點道理都不懂呢？」

黃英氣得手抖，站起身來喝罵道：「我呸，君君臣臣父父子子，上不慈、下不孝，妳回去告訴夫人，她的好意我這一輩子都忘不了！她要再敢往我屋裡塞人，我也顧不得誰的體面不體面，寫了狀子上官府告她去！」

杜嬤嬤冷笑道：「四少奶奶這是什麼話？難道不怕夫人也上官府告妳個忤逆不孝？什麼事都要講證據，捕風捉影的事情，就是四少奶奶信了，官府也不會信！老奴勸四奶奶還是把人留下，孝道大過天！」說完轉身就走了。

要不是沒證據，黃英早就鬧起來了。她眼神冰冷地瞪著初春，死死咬緊牙，腦子裡轉了幾個來回，這才道：「先去外院跟守賢領差事，妳的事，等四少爺回來了再說。」

周文星聽到初春的事情，沈默半晌後說道：「依我說，就讓她留下吧！」

黃英濃眉一揚，冷笑一聲，忍住氣道：「四郎這是什麼意思?!」

周文星拉著黃英的手說道：「妳先忍著，我大概知道是誰在後面搧陰風、點鬼火，可是對方滑不嘰溜，找不到證據，倒不如先開門揖盜，再關門打狗。初春是娘的人，有她在這裡當擋箭牌，日後要是沒有子嗣，誰也怪不到妳身上，都是我的事。」

黃英一愣。雖說他們在宋先生那裡聽過無數陰謀詭計，可卻從來沒用過。

周文星又道：「相信我，妳是我媳婦，我一定會保護好妳的，讓初春住在外院廂房，妳派兩個新字輩的丫鬟盯著吧！」

自那天起，黃英就徹底沈寂下來。她果然就像那個小丫鬟說的，每天抱著送子觀音拜個不停。

初春如今有了姨娘的名分，黃英派了新竹與新梅去伺候她，周文星一個月也會到她那裡住幾日，家裡上上下下都改稱她「王姨娘」。

莫氏果然「罰」了守靜去管庫房，庫房可是比車馬房油水更多的地方，黃英聽了也沒做聲。

這樣相安無事過了大約四個月，周家傳出了兩條喜訊，周家大少奶奶進門多年終於有喜，四房的王姨娘也懷了身孕。

蘭桂院裡，周文星看著面前的棋盤，抬頭笑著對黃英道：「看看這一網能抓到幾條魚！」

黃英慢慢地把棋子一顆顆收到棋笥裡，回他一個淺笑道：「四郎，我忍了這麼久，什麼都不做，就是因為信你！」

焦氏與王姨娘懷孕的消息傳來，周夫人的病立刻好了一半。她怕是誤診，特地請梅太醫過來，當著她的面為焦氏把脈，確認焦氏真的有喜，她便仔細地叮囑大兒媳一番，才腳不沾地地往蘭桂院去。

黃英正好在王姨娘屋裡，見有外人在，只得微微對周夫人行了一禮道：「給娘請安。」

周夫人見黃英禮數輕慢，皺了眉頭。她有些愧對黃英，可又怕她對初春動什麼手腳，便道：「王姨娘有了，也是妳的福氣，妳好好照顧著，莫要大意；若是妳擔心自己年輕不經事，也可以把她送到我院子裡去養著，等孩子生了再送回來。」

黃英眼神冰冷，似笑非笑地說：「若是娘不放心，只管接回去，省得出了什麼事，倒成了我的不是。」

初春卻滿臉不安地說道：「夫人憐惜奴婢，奴婢感恩不盡，少奶奶照顧得很好，挪來挪去的只怕不安生。」

周夫人不好再說什麼，開心地賞了燕窩、桂圓、肉脯等補品給初春後便離去。

黃英冷眼看著這一切，香草在一旁則是一臉忿忿不平。

過了四、五日，到了下元節。因為雙喜臨門，周夫人特地送了一百兩銀子到眾妙庵去修齋設醮；莫氏吩咐大廚房蒸了麻腐包子送到各房，又操持祭祖家宴；焦氏與黃英則在自己屋裡摺金銀包，等著晚上祭祖。

到了晚上，按照祭祀的時辰，以周老太爺、周老夫人為首，周尚書與周夫人隨後，帶著一屋子的後輩向祖先上香磕頭。

周夫人一雙眼睛直盯著焦氏，生怕她有個閃失；周二郎與周三郎的幾個孩子也都得了囑咐，安安靜靜地不敢亂跑亂撞。

大夥就這麼相安無事，開席後，周家眾人分開男女席面，坐滿了一個大廳。

黃英坐在焦氏身邊，她身後有香草幫忙挾菜，焦氏那邊則是由周大郎一個得寵的姨娘齊氏負責伺候。同席的人還有莫氏、徐氏、周文萃與周文琪，身後都有姨娘或是丫鬟照料。

只見莫氏對焦氏說道：「大嫂，妳看，四弟妹果然是賢慧心慈，咱們都叫了姨娘來伺候，偏她心疼王姨娘有了身子，連面都沒讓她露一露。」

焦氏這三年被莫氏欺負得狠了，此時便道：「四房就只有這麼一個姨娘，自然是要緊些，哪像我們屋裡左一個姨娘、右一個姨娘；說來大弟妹才是真賢慧，又不是自己不能生，怎麼就給二郎添了一屋子的人。」

只要是個女人，誰會真心願意往自己丈夫跟前塞人？莫氏臉上頓時有些掛不住，壓低了聲音道：「那是二郎能生，我一個可顧不過來；倒是大哥，我怎麼隱隱聽說他不能生？也不知道這孩子……」說完就捣著嘴假裝失言的樣子，意有所指地看著焦氏的肚子。

焦氏氣得臉色發白，一手撫住肚子，一手指著莫氏，指尖發顫道：「妳……」

黃英把手中的筷子「啪」地往桌上一放，說道：「二嫂，這一桌子的孩子呢，說話怎麼半點分寸都沒有，可是還沒喝酒就糊塗了？」

說著她轉向焦氏道：「大嫂，妳有了身子，這都是涼菜、冷湯的，不如趕緊回去歇著，省得壞了胃口。」

焦氏憤憤地放下了筷子，誰知剛起身便臉色大變，彎腰用雙手捣住小腹，面露痛苦、直不起腰地說：「弟妹，妳快去叫阿奇來，我肚子好痛……」

周夫人發現異狀，被杜嬤嬤扶著，跌跌撞撞地奔過來怒瞪莫氏，抬手就是一巴掌，罵道：「小賤婦，當了家就不知道自己幾兩重了？好端端地撩撥什麼?!要是孩子有個好歹，看我怎麼收拾妳！」

莫氏被當眾教訓，捣著臉哭個不停，心裡卻咬牙切齒道：活該妳斷子絕孫！

阿奇跟周文星那邊聽到動靜，馬上奔了過來。阿奇只道一聲「冒昧了」，便去按焦氏的脈。

按完之後，阿奇眉頭緊皺道：「趕緊讓人去請梅太醫來，我先盡力，看看保不保得住孩子！」

焦氏一聽，兩眼一翻，昏厥過去。一旁的黃英急急抱住她，下人們則是七手八腳地抬了春凳過來。

黃英小心翼翼地扶著焦氏往春凳上躺，香草卻突然哭喊道：「不好了，大少奶奶的衣裳上有、有血！」

眾人聞聲都朝焦氏看去，果然見她身後的衣裳下襬血跡斑斑。

周大郎目眥盡裂，拉著阿奇吼叫。「你趕緊想個法子啊！」

年事已高的周老夫人也跟著急喊。「還不快將人抬回梅鶴院去！」

大家一窩蜂地往梅鶴院去，都沒注意到香草在混亂中溜走了。

阿奇又是針灸、又是湯藥，忙得滿頭大汗，可等梅太醫趕來，那孩子早已化作一灘血水。

焦氏大哭大叫，撕心裂肺地喊道：「有人害我、有人害我！有人要絕了我們長房啊！爹、娘，求你們為我跟大郎做主啊！」

說著，她也不管身上是不是還血流不止，就連跌帶爬地撲到公婆面前，不住磕頭，狀若瘋婦。

一向老實的周大郎也跪在周尚書面前，淚流滿面地磕頭道：「父親，兒子成親多年才有了這麼一滴骨血，如今竟遭人暗害，求父親替兒子做主！」

卻見周尚書皺緊了眉頭，喝道：「還不趕緊把焦氏拖到床上去！孩子沒了，我這個做爺爺的不心疼嗎？可是孩子月分小，坐不住也是常有的事，別張口閉口就說被人害了！」

周夫人氣得眼前發黑，整個人搖搖欲墜，顧不得跟周尚書爭論，指著焦氏的貼身丫鬟道：「說！今兒大少奶奶可是被人衝撞了？還是吃了什麼不該吃的東西？不說，我就一個個全打死！」

那丫鬟哭道：「自從少奶奶有了身子，不管是吃的、用的，奴婢們絲毫不敢大意。今日廚房送了麻腐包子來，少奶奶看那包子蒸得好，又怕祭祀晚了餓著，出門前便讓奴婢熱了兩個，當點心吃了，除了這個，奴婢再想不出別的！」

「那剩下的包子呢?!」周夫人厲聲喝罵，聲音顫抖，恨不得把沙姨娘抓來當眾撕成碎片。

肯定是她，除了她，再沒人能那麼狠毒！

那丫鬟忙告罪去拿包子，可是片刻工夫後就哭喊著跑了回來，拚命磕頭道：「夫人，奴婢明明記得還有幾個包子在廚房裡用碗扣著，怎麼會不見了呢?!」

聞言，周尚書淡淡地道：「哼，這包子倒是不見得巧！無憑無據的，大郎，你該勸勸你媳婦，不要空口白牙誣賴人。」

周夫人見他偏心至此，氣得渾身發抖。

此時周大郎卻擦了擦臉上的淚水，從袖子中掏出一個小銀盒子道：「出門之前，兒子拿了兩個，齊姨娘要伺候完焦氏才能吃東西，兒子看剩下的包子還熱著，便帶了去，想著給她吃，一時倒沒得空兒。」

焦氏躺在床上，聽了這話以後放聲大哭起來，周大郎便有些羞愧地低下了頭。

周夫人咬牙切齒，一迭連聲地要阿奇與梅太醫驗看這包子有沒有問題？

阿奇掰開包子聞了聞，又用指甲挑了一小塊餡放在舌尖嚐了嚐，也不言語，只是看著梅太醫。

梅太醫如法炮製，半天後說道：「雖不十分準確，但大概是放了桃仁跟丹參。」

阿奇臉上露出了一些微笑，點點頭道：「我嚐著也差不多。」

桃仁跟丹參是活血化瘀的藥材，可用來為婦女調經，孕婦服用後容易導致流產。

周夫人厲聲叫道：「給我把廚房的人全拘起來，我要一個個審，一處處搜！我就不信找不出這個禍害來！」

莫氏跟著來到梅鶴院，眼見事情就要落到自己頭上，忙跪下喊冤道：「爹、娘！廚房一蒸就是幾百個包子，往各房送的都是隨手挑的，哪裡能在包子裡下藥，還特地送到大嫂這裡來？」

誰知此時卻見初春的嫂子，也就是王青家的被人捆了進來，捆人的不是別人，正是過去焦氏手下得力的婆子，旁邊還跟著香草！

第五十二章 連根拔起

莫氏一見這個情景，心頭狂跳，猛然抬頭看向一臉淡然的黃英。難怪沙姨娘說最要防著的就是她，無論如何都要想法子把她攆走。自從有了王姨娘，黃英這幾個月都安安靜靜的，他們還以為自己想多了，誰知全上了大當！

周尚書捋著鬍鬚，冷眼看了看周文星，又瞪了黃英一眼，冷笑道：「妳手腳倒快！」

黃英卻一臉坦然地說：「爹過獎了，女人落胎，不是受了驚、跌了跤，就是吃了什麼不好的東西，所以我才讓香草趕緊去把廚房的管事給叫過來，誰知道會是用綁的。香草，妳說說，這是怎麼回事？」

「奴婢去廚房找王青家的，誰知她見了奴婢就跑，奴婢不知道她跑什麼，只得喚人幫奴婢把她給綁起來。王青家的，妳幹麼見我就跑！」

王青家的嘴裡塞著一塊抹布，哪裡說得出什麼話，只是嗚嗚地掙扎著，掙扎得狠了，從懷裡掉出一個小荷包。

莫氏見狀就要去拿掉王青家的嘴裡的抹布，黃英卻一把將她扯了個趔趄，說道：「萬一她咬舌自盡、畏罪自殺什麼的，可就是二嫂指使的了，我勸妳還是不要亂動得好。爹跟娘都在呢，冤枉不了好人。」

那藍色的小荷包裡裝的東西，經過阿奇和梅太醫的雙重驗證，確實是桃仁與丹參粉。周尚書一點都不意外，揮手讓人把王青家的嘴裡的抹布拿開。

王青家的哭喊道：「老爺、夫人，這不是奴婢的東西，是栽贓啊！」

周尚書皺著眉頭，看著黃英說：「這荷包到底是妳的丫鬟塞到她懷裡的，還是她本來就有的，說不清楚！」

雖然周尚書嘴上這麼說，心裡卻直打鼓。若是陷害，焦氏總不會拿自己好不容易懷上的身孕來做誘餌；若說只有阿奇證實焦氏之前懷孕倒也罷了，可梅太醫也確診過。他心中一時猶疑不定，撫鬚不語。

周大郎難得發了脾氣，怒道：「明明人贓俱獲，父親還要偏袒二房到什麼時候？難道我們不是父親的兒子嗎？」

一旁的周文星也跪下道：「請爹明察，給大哥、大嫂還有我那未出世的姪兒一個公道！」

周夫人顫顫巍巍地站起身說道：「老爺不查，我查。杜嬤嬤，妳帶人親自去抄了王青的家，再把沙氏那個賤婦給我抓過來！今日我就是拚了這條老命不要，也要為我可憐的小孫子報仇！」

不料周尚書卻喝道：「放肆！這件事尚未有個定論，妳牽扯沙氏做什麼?!」

周夫人哭喊道：「不是她，又會是誰要害我斷子絕孫！」

眼看兩人就要吵起來，梅太醫忙道：「貴府既有家務事要處理，請容下官告退。」

見周尚書對他拱了拱手，周文星便道：「兒子送梅太醫出去吧！」

兩人走了一陣子，梅太醫停下腳步道：「這是朝蘭桂院而去，四少爺可是走錯了方向？」

周文星頭一低，說道：「梅太醫果然對我家院子瞭若指掌。是這樣的，今日大嫂的孩子沒了，我也擔心王姨娘的狀況，所以想請梅太醫過去看一看。」

梅太醫心頭一凜，直覺不妙，笑道：「如今你們有周文奇這個高手在，卻要本官一直摻和你們的家務事，實在不妥，本官告辭了。」

說著他就要離開，誰知前方卻出現了三個人，正是周三郎、任俠與鎮書，周三郎道：「請梅太醫移步！」

梅太醫收起了笑容，說道：「周文星，你要劫持本官嗎？」

周文星拍了拍手道：「正是！」

他話音剛落，任俠跟鎮書便朝梅太醫撲了過去。梅太醫身體本就瘦弱，毫無抵抗之力，被一路推著進了蘭桂院的門。

進了西廂，周文星冷笑道：「梅太醫可還記得三年多前，我在這裡被人下藥的事？」

聽到周文星這麼說，梅太醫原本就蒼白的臉上更是半點血色都沒有。

周文星背著手，接著道：「當初你並未查看藥渣，只是聞了聞我的氣息，就說是酸棗仁與靈芝。守靜想要留住我、離間我跟黃英，下藥倒也說得過去，可是她卻說不是她下的，我信。那麼到底是誰給我下的藥？是什麼藥？目的又為何？」

他邊說邊來回踱步，又道：「我一直想不通，直到我知道大哥不孕，而五哥懷疑是人為的。如果大哥不孕是有人刻意為之，那麼這個人就沒有理由只對付大哥，而不對付我，您說是嗎？所以我懷疑有人也給我下了藥，卻推到守靜身上，而您在替他們掩護！」

梅太醫被任俠與鎮書左右拉著，一臉不屑地看著周文星，一言不發，好像在說「沒有證據，你猜出來了又能怎樣」。

周文星拉著周三郎坐下，說道：「我們兄弟兩個這些年也不是白活的，梅太醫，您當年請過的媒人，我們找到了。」

梅太醫猛地睜大了眼睛看著他們說：「你說什麼?!」

周三郎笑著說道：「雖然不易打聽，可我在京城梨園班子裡也有幾個相識的人，把那媒婆叫進來吧！」

沒多久，周三郎的小廝就從外面帶進來一個四、五十歲的婆子。

梅太醫見了一驚，卻猶自冷笑道：「就算你們能夠證明我當年曾經想要娶沙姨娘，又能說明什麼？」

待小廝將那婆子帶出去，周文星才道：「不能說明什麼嗎？至少二哥是不是我爹的親生兒子，這件事就存了疑。」

梅太醫激動得面色通紅道：「我、我們是清白的！」

周文星卻一拍桌子厲聲喝道：「清白？那你為何一直甘為沙姨娘驅遣，在周家做出這麼多斷子絕孫的事情？我不過是給你一個活命的機會！這麼多年來，我父親任由你在周家內宅自由出入，如果他知道你跟沙姨娘當年有一段情，卻裝作互不相識，把他當猴耍，我不知道他還會不會留你活在這世上！」

不等梅太醫回話，周文星又接著說道：「三哥的姨娘是如何死的，大哥跟我是怎樣被下了絕育藥，還有我母親的病又為什麼一直好不了，這三樁事，都是你聽命於沙姨娘幹的，是也不是！」

梅太醫突然笑了出來，說道：「周文星，我跟沙麗娘當年確實有過一段情，可那又怎樣？除此之外，你什麼證據都沒有！我是堂堂朝廷命官，你們能拿我怎麼樣？我勸你現在就放我走！」

啪的一聲，西廂的門猛然被人踢開，周尚書面如寒霜地站在門口，黃英與香草等人跟在他身後。

周尚書進了屋後，一語不發地拿起桌上沈重的青銅燭臺，就朝梅太醫的頭臉砸去。

梅太醫大叫一聲，被砸倒在地，任俠與鎮書嚇呆了，全部自動閃到一旁去。

只見梅太醫掙扎著想喊些什麼，周尚書卻像發瘋似地撲壓在他身上，手上拿著燭臺，一下一下狠狠地砸在他的頭上跟臉上。

梅太醫淒厲的狂喊在周家迴盪，直到他面目全非、聲息全無，只剩滿地鮮血發出令人作嘔的腥味。

包括周文星、周三郎在內，在場的眾人都嚇得愣住了，根本沒想到要阻止周尚書。

周夫人站在門邊扶著門框，要不是杜嬤嬤死命扶著，她已經滑到地上去了。

她跟周尚書生活了一輩子，生育了四個兒女，從來沒想過他會如此暴力、這般失控。她以為他展現出來的風度不僅是涵養，也是性格使然，到現在她才知道自己這輩子為什麼會輸得那麼慘，因為這個男人心裡只怕從頭到尾都只有沙姨娘一個女人！

周二郎站在門外，遠遠地看著門內的這一幕，只覺得萬念俱灰。

他們都知道周文星與黃氏回來以後，家裡必定會有一番爭鬥，所以先發制人，挑撥黃氏與周文星的關係。果然，周文星身邊添了姨娘之後，黃氏天天忙著求子，夫妻之間有了嫌隙；儘管知道周文奇在為周大郎治病，他們也未過於擔心，誰曉得反擊會來得如此迅猛徹底，讓他們毫無招架之力。

沙姨娘是被初夏客客氣氣請來的，她一到蘭桂院，就看見周尚書騎在梅太醫身上，青銅色的燭臺上滿是腥紅的血。沙姨娘輕哼一聲，雙腿一軟，便昏倒在地，人事不省。

她身邊四、五個婆子趁亂就要抬她回去，卻見大門前站著一位年少貴婦，右手提了把寒光閃閃的砍柴刀，一臉平靜地看著她們。

那些婆子雖然嚇得顫抖，但其中一個還是硬著頭皮說道：「還請四少奶奶讓一讓！」

黃英抬了抬下巴，就見香草不知道從哪裡迅速提了一桶水來，二話不說就朝那些婆子潑去，還說道：「妳們姨娘也該醒了！」

這桶水一半澆在沙姨娘身上，她悠悠醒轉後，就朝屋裡奔去，哭泣道：「老爺、老爺，到底發生了什麼事？」

黃英捣著胸口，不敢看那個血腥的場面，她有些不舒服地把刀交給香草，說道：「妳這水不是早有準備吧？怎麼來得這麼快？」

香草打了個哆嗦道：「少奶奶怎麼忘了，自從那年少奶奶放了火，各院的院門口就時時都放著兩桶水！」

另一邊，周尚書翻身站起，緩緩在椅子上坐下。

他目光冰冷地道：「沙麗娘，妳要了我一輩子還不夠嗎?!我殺了他不過是為了給妳最後的體面！」

沙姨娘美麗的大眼睛滿是晶瑩剔透的淚水，一滴滴順著她白皙精緻的臉頰慢慢流下來。

她哀傷地看著周尚書，哽咽著唱了起來。「原來奼紫嫣紅開遍，似這般都付與斷井頹垣；良辰美景奈何天，賞心樂事誰家院。」

沒人打斷她，因為她的聲音真的很美，悠長婉轉，如泣如訴，把一位思春少女的心境表現得淋漓盡致，裡面滿滿都是她的渴望與憧憬。

周尚書不知不覺滿臉是淚。這個美麗的女人，他愛了一生、寵了一世，卻原來不過是南柯一夢！

沙姨娘突然止住了歌聲，泣訴道：「業郎，你知道，你是我的命、我的天，我這輩子不過就是為情生、為情死，哪裡用過什麼手段傷害你的孩子們？就連黃氏初嫁，我看她手頭拮据，還借著文琪的手給過她一百兩銀子！你問她是不是有這件事？四少奶奶，你們若要管家，莫氏敢跟你們搶嗎?!本是同根生，相煎何太急！」

黃英冷笑道：「原來那一百兩是妳給的，我還當是文琪年紀小，拿錯了荷包，一直不敢動用，早知道我就心安理得地花了。」

看著這樣款語溫言的沙姨娘，周尚書的心竟然慢慢軟了下來，心想也許一切都只是一場誤會。當年的她如明珠閃耀，不過一齣遊園驚夢，就讓多少京城紈袴趨之若鶩，自己自此再也捨不得讓她拋頭露面，她的人、她的歌，都只屬於自己。

卻見黃英淡淡地吩咐香草道：「讓新竹她們把初春給我拖出來！」

初春被捆著，嘴裡也塞了布，她不掙扎，只是乖乖地任人擺布。

周夫人見了，急得怒喝黃英。「她有了身子，妳竟然這樣搓揉她！」

黃英看都不看她，只是目光冷淡地看向周文星。

周文星幾步走過來，擋在周夫人與黃英之間，沈聲道：「娘，這孩子不是我的！」

聞言，周夫人腦子「轟」的一聲，身子搖晃了幾下，若不是她方才已經被杜嬤嬤扶著坐到椅子上，此刻定然摔倒在地。

周尚書終於回過神來，吩咐道：「底下人全都滾出去！老三，你去門口守著，不許半個人靠近。」

一時之間，屋裡只剩下周家主子。沙姨娘依然跪在周尚書面前，也不說話，只是低聲啜泣。

周文星這才道：「娘，剛才想來是您沒聽明白，大哥跟我都被下了藥，子嗣只怕無望。」

此刻周夫人渾身打顫，哪裡還有說話的力氣。

周侍郎臉上還沾著梅太醫的血，他冷冷道：「四郎，你們謀劃已久，不如一次把所有的事都說出來，不必這麼藏頭露尾、吞吞吐吐！」

只見周文星雙膝一彎，跪在他面前道：「爹，這事得從大哥不育之事說起。五哥診斷之後，懷疑大哥是被人下了藥，兒子便請他也為兒子診療，原來兒子的情況跟大哥相同；若是跟周家有仇，又怎麼會放過二哥與三哥？那麼就是跟娘有仇了。可是娘不過是個內宅婦人，能恨她恨到這個分上的人，又有誰？」

說完，周文星的目光停留在沙姨娘身上。

沙姨娘沒轉頭也能感受到周文星的視線，卻不開口辯解，只是睜著一雙美目，無限信任地看著周尚書，好像這個男人一定會為自己洗清冤屈一般。

黃英在一邊看得暗暗點頭，心想：師父果然說得對，一個人最大的本事不是自己什麼都能幹，而是讓別人什麼都替你幹了。

周文星繼續說道：「可是不管怎麼說，兒子都不能平白冤枉了好人，所以兒子不敢聲張，只是暗暗思索這些年發生的事情，倒慢慢找到了一絲線索。關於梅太醫的事，爹既然已經知道了，兒子便不再多說，就說說初春吧！

「她來做姨娘是娘的意思，為了讓娘安心，兒子雖不與她同房，但一個月也會在她屋裡裝模作樣地歇上幾日，誰想到她竟懷有身孕，這個孩子又是誰的？」

說到此處，周文星突然怒指著周二郎道：「周文發，這可是你的孩子?!」

這件事的轉折來得太過突然，也讓人匪夷所思，除了黃英，所有人都覺得要不是自己聽錯了，就是周文星得了失心瘋。

就連周尚書都有些承受不了地說：「四郎，你可知道你在說什麼?是否有證據？」

周二郎更是跪在周尚書膝前，抱住他的腿哭喊道：「父親，求父親替兒子做主、替姨娘做主！他們幾個設下了圈套，這是要整死兒子跟姨娘啊！」

只見周文星道：「證據自然有，還是人證。」一說完對黃英點了點頭。

香草不在，黃英只好自己動手扯下初春嘴裡的帕子。

初春滿臉是淚，突然站起身來，朝著門口的柱子就要撞過去，多虧黃英眼明手快，一把拉住她喝道：「初春，妳要是就這麼撞死，你們一家子可就不是發賣這麼簡單了，妳最好原原本本地把事情說清楚！」

初春嗚咽地哭了半天，才說道：「老爺、夫人，奴婢、奴婢的哥哥跟嫂子早就是二少奶奶的人了。那年奴婢挨了夫人一頓板子，奴婢的嫂子就說跟著夫人沒個好，讓奴婢一定要隨四少爺跟四少奶奶去蘇州，把那邊發生的大小事都寫信回來告知。

「奴婢不想去，可是奴婢的嫂子就給奴婢下了催情藥，接著二少爺不知怎麼地就到了奴婢家，說要是奴婢聽話，三年後回來就抬奴婢做姨娘。奴婢並不願意，可是既然已經是二少爺的人，便只能替二少爺辦事。」

周二郎不抱周尚書的腿了，跳起來抬腳就要往初春的額角踢去，罵道：「妳這個賤人，居然敢如此誣衊爺！」

幸得黃英機靈，一把拉開初春，周文發一腳踢空，反而摔倒在地。

初春縮到黃英身後，接著道：「誰知道奴婢回來就被夫人指給四少爺，二少爺卻說這樣更好。奴婢跟他說四少爺沒碰過奴婢，二少爺根本不信，奴婢實在逃不過，誰知竟有了身孕！」

周二郎還沒爬起來就要去掐初春的脖子，黃英攔在中間，抄起一旁的椅子就砸在他身上，怒道：「你要是無辜的，幹麼一心想滅口！」

見周二郎想爬起身來，黃英又一椅子砸了下去。

第五十三章　真相大白

只見周尚書臉色煞白，氣得手指不住地顫抖；周夫人則縮在椅子上，一雙眼睛滿是血絲，狠毒地瞪著沙姨娘。

周文星接著道：「本來有了孩子，初春可以偷偷地流掉，誰知道周文發簡直喪心病狂，居然想要張冠李戴，心想兒子反正不能生了，他就替兒子讓初春多生幾個，如此一來周家日後必定會落在他兒子手中！」

沙姨娘撲過去抱住被連砸兩下、爬不起來的周二郎，哭得梨花帶雨道：「我不信，到底是誰在冤枉二郎?!業郎，你要為我們母子做主啊！」

「住口！周文發做的事，可不止這一樁！當初我與黃英那些事被傳得滿城風雨，妳以為那些說書先生都能滅了口嗎？要不要我叫一、兩個進來，再說一遍妳編出來的好詞讓大家聽?!」

周文星氣得差點跳起來。梅太醫都被打死了，沙姨娘竟還能裝出無辜的模樣狡辯，要不是這次聯合三哥找齊這麼多證據，又跟大哥與大嫂合演了一齣戲，根本拿她一點辦法都沒有！

沙姨娘嚶嚶哭道：「你們這樣氣勢洶洶，多少人證買不來？連大少奶奶肚子裡的孩子你們都能拿來做文章，簡直是喪心病狂！老爺，您一向明察秋毫，一定不會冤枉妾身的！」

黃英無語地看著沙姨娘，真心覺得這個女人待在周家實在是委屈了，她緩緩走上前道：「沙姨娘，其實我知道初春說的不全是實話。」

此話一出，一屋子人頓時驚得目瞪口呆。

黃英笑了笑，毫不停頓地說道：「初春說她是挨了板子才做了你們的人，其實不是，她一家子早就被妳收買了！初春，從我們第一次見面起，妳就找了范同來，想做什麼？因為夫人犯了錯，要娶我這個兒媳來補窟窿，妳就要拆她的臺，讓她犯的錯無可彌補，是不是！還有范同一家，對我們在莊子上發生的一切，他們是不是也跟妳一樣，事事都寫了信回報給沙姨娘？初春，妳給我下的藥，是不是跟下給夫人的藥相同，都是生附子？」

炒熟了的附子有強身健體之效，但是生附子卻有劇毒。

初春臉色大變，瞪著黃英說：「妳、妳……」

黃英笑道：「怎麼，想不通我在蘇州時天天喝妳煮的玉米粥，居然還能活蹦亂跳的是嗎？我一直想不明白，你們何必要在我這邊費這麼大的工夫？還是，這是妳自己的主意，想學沙姨娘那樣讓夫人病懨懨的，妳就可以當家了？初春，妳也太小看我師父了，在她的眼皮子底下敢做這樣的事，在宮裡，什麼樣的下作法子她沒見過，妳就這麼一點點道行，沙姨娘竟敢派妳來害我，看來真是沒把我跟我師父放在眼裡！」

說完這一段話，黃英見沙姨娘還是捏著手絹哭得淒美，不禁嘆道：「沙姨娘，妳今日是不是要演一齣賣子求榮？這一切都是周文發與莫氏的主意，跟妳半點都不相干？」

就在眾人以為黃英會繼續追問沙姨娘跟初春的時候，她突然掉頭猛喝道：「莫氏，妳才是主導這一切的人！我查了刑律，主使者都該五馬分屍！」

師父說打蛇打七寸，攻人攻弱點。沙姨娘這一夥人的弱點，怎麼看都是這個深感自卑的莫氏，至於五馬分屍什麼的，純屬杜撰。

莫氏在旁邊早嚇破了膽，一心想著怎麼把自己從這件事撇清關係，突然被黃英一喝，她下意識地指著沙姨娘叫道：「不是我，也不是二郎，是她，都是她！」

她還有兒女，二郎也是周尚書的兒子，沙姨娘不過是個小妾，死了就死了，頂多多燒一點紙錢給她。

周二郎突然眼睛一亮，爬到周尚書腳邊哭喊道：「父親、父親，這些事都是姨娘做的，不是兒子！」

他不能死，而姨娘跟梅太醫有瓜葛，總歸父親不會讓她活了。

眼淚忽然從沙姨娘美麗的大眼睛裡消失，她哀傷絕望地看著周尚書道：「業郎，你信我嗎？你愛我嗎？不管我做錯什麼，你都會站在我這一邊嗎？」

再也不用自稱妾身了，沙姨娘心裡一陣痛快。

周尚書怒目而視，跳起來掐住沙姨娘的脖子道：「賤婦！妳親生的兒子跟兒媳都指證妳，妳還要繼續騙我到哪一天？說！是不是妳？要是不說，我就連妳的兒子跟孫子一起殺了！」

沙姨娘像一隻垂死的天鵝，也不掙扎，反而笑道：「老爺，鬆開我，我有話說！」

周尚書狠狠地把她推開，怒道：「說！」

沙姨娘被推得撞到一旁的桌腳上，她哼都不哼一聲，反而看向神志已經昏沈的周夫人說道：「田不離，妳可真有福氣！憑著出身高貴，一輩子順風順水，明明蠢得像頭豬，可偏偏連兒子都那麼有出息！」

周夫人顫抖著伸出枯瘦的手指指著她，說不出話來。

沙姨娘轉過頭來仰望著周尚書，眼神空洞地說：「業郎，你是真心愛過我的，對不對？可是，你最愛的還是權勢富貴、是周家！」

說著，她的聲音高亢起來，如悲如泣。「為什麼？為什麼當年你不能帶著我走，偏要娶田不離這個蠢婦為妻？不就是因為她的娘家！」

她眼裡全是不甘心的怒火，又道：「不要說我要你，你何嘗不是一直跟我逢場作戲？我的兒子不能叫我一聲『母親』，我的女兒不能叫我一聲『娘親』，全是因為我出身低賤，不管我再怎麼努力、再怎麼優秀都沒用，虧你還有臉說愛我。你若是愛我，怎麼忍心讓我受這種折磨？你若是愛我，又怎麼會讓我在這個蠢婦面前做小伏低！」

沙姨娘露出看破紅塵、放下一切的冷笑，說道：「你不能娶我，卻又要把我留下，如果我能嫁給梅郎，這一切都不會發生！是你讓你的兩個嫡子斷子絕孫。出身？哈哈，你們周家將來只能是庶子當道！你開心嗎?!」

周尚書只覺得腦子嗡嗡作響。這個跟自己「相親相愛」了一輩子的女人，居然這般痛恨自己！他意氣風發了一世，卻敗在唯一真心愛過的女人手上！他腿一軟，倒退幾步，無力地跌坐在椅子上。

沙姨娘挑了挑眉，帶著微微的嘲諷轉頭看向黃英道：「妳想不明白嗎？告訴妳，初春跟我年輕時一樣天真，竟然喜歡周文星！我只是讓她傳信回來，並沒有要害妳，沒想到我卻折在妳手裡！宋女官真是名師出高徒，輸給妳們，我不丟臉，可是妳的好日子也要到頭了。」

說完她站起身，對著周尚書從容地行了一禮道：「你已經殺了一個人，手上就別再沾血了，讓我們好聚好散。我累了，只求下輩子讓我投生在一個好人家，最後，請你容我自行了斷。」

當天夜裡，沙姨娘穿著一身大紅的龍鳳嫁衣，吞金自盡。

京城人只知道周尚書的愛妾得急病死了，而梅太醫則是在出診的路上隨馬車一起摔下山崖，屍骨無存。

渺無聲息地辦完沙姨娘的喪事，周尚書大病了一場，待能起身時，他已經鬚髮半白，連後宅都少進了。周夫人病情加重，臥床不起，言語困難，阿奇每日一診，費心替她調理。

周二郎跟莫氏帶著所有的孩子與孫子搬離周家，連同初春一起，不知所蹤；初春一家子則全部遭到發賣。

周大郎遣散了一屋子的姨娘專心讀書；焦氏常年吃藥，身體虛弱，當初是阿奇讓她喝了東西騙過梅太醫，並非真的有孕，如今她什麼爭強好勝的心都沒了，一心養身求子，只得央求黃英當家理事。

周三郎依然過著悠哉的小日子，跟徐氏之間不好不壞。

黃英花了一番工夫整頓周家，周文星安心讀書準備來年秋闈，兩人花前月下，一切風平浪靜。

日子平靜得不太真實，讓黃英隱隱有些不安，有時候還會忍不住問周文星。「沙姨娘說我的好日子就要到頭了，是什麼意思？」

周文星總是微笑著將黃英摟進懷裡，親吻著她的面頰與脖子道：「放心，不管誰逼我，我都不會再納妾！」

黃英不免在心中感嘆，那個沙姨娘真是「人之將死，其言不善」的狠毒，自己逃不過了，也要在周家每個人心頭埋下一根刺，扎得你隱隱作痛。

轉眼到了臘八節，所謂「臘者，歲終大祭」，黃英如今當家，自然諸事操心，免不了提前幾日便讓廚房準備臘八粥要用的各色米豆，黃米、白米、栗子、紅豆等該選的選、該泡的泡，連臘八蒜也泡了一缸子。待來到臘八這一日，各院還有左鄰右舍、遠親近戚都送了臘八粥，又按時辰祭了祖。

到了巳時末刻，周家擺好香案，接下宮裡賞賜的臘八粥。這回臘八粥有兩份，一份是皇上賜給周尚書的，一份是皇后娘娘賜給黃英的，周家的榮寵在京城一時無兩。

黃英捧著皇后娘娘賜的臘八粥回屋，對周文星說道：「這還是第一次喝宮裡的臘八粥，我分了一半讓人送到我娘家去，另一半則送給大哥與三哥，就剩這些了，咱倆坐下嚐一嚐。」

周文星要親自動手盛粥，卻有些心神不寧地說道：「其實宮裡的粥只怕沒咱們家的順口呢！」說著他袖口一帶，手肘不小心掃倒那一小鍋粥。

黃英趕緊把鍋扶正，嗔道：「你呀，到底是少爺命，偏要伺候人。」

兩人正閒聊著，就見香草氣喘吁吁地跑了過來，說道：「少奶奶，有一件事……」她看了看周文星，有些猶豫。

黃英一見香草這樣就知道又有大事，眉心微皺道：「說吧！」

香草瞟了周文星一眼，說道：「門上說，有位許夫人攜家中小姐來訪。」

聽到這個消息，黃英愣了半天才道：「許夫人？哪個許夫人？」

見香草不住地看著周文星，而周文星又一副慌張的模樣，黃英心頭一窒。莫非這就是沙姨娘說的「好日子就要到頭了」？

她定了定心神道：「先請她們到玉屏樓。」

待香草轉身離去，黃英才慢慢轉向周文星道：「許月英死了，這個是她妹子？看來你早就知道了，幹麼瞞著我？」

周文星站起身就要去抱黃英，黃英卻難得地黑著臉，閃避道：「你什麼時候知道的？」

只見周文星伸手使勁摟住了黃英道：「許月英沒死，我也是昨日出門會友，回來的路上撞見她們才知道。我不知道該怎麼跟妳說這件事，沒想到她們今日就上門來。」

黃英眼圈一紅道：「我以為我們夫妻早是一體，無欺無瞞，沒想到是我一廂情願。」

周文星收緊了胳膊，著急地說道：「妳何苦說這種話戳我的心？我也不是要瞞妳，而是想了一夜卻不知道怎麼張口！不知道妳記不記得，當年我寫了一張婚書給月……許姑娘的，那張婚書如今還在她手裡。」

此時香草跑回來說道：「少奶奶，不好了，也不知道是誰告訴了夫人，夫人召了她們進去，這會兒初夏來了，說要四少爺過去呢！」

周文星鬆開手，拉住黃英的手道：「走，我們一起去！」

黃英站起身來，可到了門口時她卻停下了腳步，面色沈靜、語氣溫柔地道：「四郎，我不去了，這件事你自己解決。如果要我下堂，我保證不哭不鬧，拿了和離書就走。」

周文星看著黃英，眼中神色複雜，半天後緊緊地握了握她的手道：「那好，妳等著，我去去就來。」

待周文星跟著初夏離開，香草才著急地問黃英。「少奶奶，怎麼不跟去啊！萬一……」

黃英慢慢地坐下，看著灑在桌上的臘八粥，吩咐道：「讓新竹進來收拾了。」

她端起碗裡剩餘的臘八粥嚐了一口道：「都涼了，果然不如咱們家自己熬的。妳去廚房看看還有沒有臘八粥，挑好的小瓷罈子裝著，待許夫人回去時送給她們，別缺了禮數。」

香草見黃英不慌不忙，自己也沒剛才那麼著急了，只道：「少奶奶可是已經有了法子？」

黃英抬起頭道：「法子？我為什麼要想法子？經過這麼多波折，周文星要是連這點事都解決不了，或者不肯解決，我要這樣的人幹什麼？香草，將來妳要找男人，得學拾柳與見雪，男人的模樣不要緊，要緊的是做事有擔當！」

香草想了一會兒，歡喜道：「奴婢明白，那奴婢去辦事了。」

周夫人的屋裡瀰漫著一種沈悶的藥味，周文星進門的時候，就見許夫人鬢髮半白，正坐在床邊扶著周夫人，兩人都在垂淚。許月英則是一身荊釵布裙，面容依然精緻美麗，卻有著掩飾不住的風霜。

見周文星進門，許月英露出溫婉的微笑道：「星哥哥來了！」

周文星也回以一個微笑。

經過這些日子的治療，雖然口齒依然有些含糊不清，但周夫人已經能勉強開口說話了。

「四郎、月丫頭，你們成親！」

周文星一撩衣袍，雙膝一彎跪在地上，低下頭道：「母親，兒子已經有妻了，怎可再娶？」

許夫人看著周文星，當年的那點傲氣已被這幾年的顛沛流離折磨得消失殆盡。許家雖然因為新帝登基獲得大赦，可起復無望，女兒年紀也已經不小，他們一家子如今就只有周文星這個指望了。

她哭道：「你跟月兒可真是苦命鴛鴦！若不是造化弄人，又怎麼會到如今的地步？月丫頭心裡只有你，為了你，當年連死都肯，你不能就這麼翻臉不認人啊！」

許月英滿臉通紅，站在一邊咬著牙。憑什麼？當年他們兩個可是真心相愛、訂過終身的啊！就算這些年隱姓埋名、苟且偷生，那一紙婚書如今仍舊放在自己的心口上，青梅竹馬難道比不了他與那村姑的短短幾年？她的夫君、她的榮華，她都要奪回來！

只見許月英冷笑道：「娘，咱們走，他不認，我倒要看看官府認不認？我這張婚書在前，黃氏的婚書在後，我是妻、她是妾！周文星，你確實已經有妻，不過你的妻子只會是我！」

說完，許月英就拉著許夫人往外走，周家，她們就跟自己家一樣熟悉。

周夫人著急地叫喚。「不棄，我……給交代！放心。」

看著這樣的母親，周文星心中五味雜陳。她對許家母女有多溫情，就對黃英有多冷酷，對自己的兒子有多疏遠！

周文星嘆了一口氣，吩咐杜嬤嬤道：「夫人身體不好，不要再讓她受任何刺激了，以後有什麼事都交給我跟四少奶奶處理。」說完他站起身來，追了出去。

第五十四章　皆大歡喜

快到玉屏樓前，周文星叫住了許月英母女，請她們進樓。

玉屏樓裡攏著黃銅嵌倒福字火盆子，銀絲炭半點煙氣都沒有，房間裡散發出濃濃的暖意，室內煙霞色帷幕低垂，空氣中飄著一縷若有若無的沈水香。這一切，許月英曾經習以為常，可是經歷過貧困潦倒的她，終於明白什麼叫「人為財死」。

許夫人在樓下，周文星與許月英上了樓。

坐在錦墊座椅上，許月英長睫低垂，端坐如儀，維持著最後的一點尊嚴，彷彿一隻飛倦了的鳥，一動也不動，讓人心疼。

周文星親手倒了一碗熱茶給她，許月英一驚，淚盈於睫地看著周文星。

他先是一愣，旋即意識到自己的舉止，淡淡地笑了笑道：「我是不是變了很多？曾幾何時，我會親手給人奉茶？」

許月英垂下了眼睫，低聲道：「你想說什麼？」

周文星沈默了一會兒，斟酌道：「昨日見到妳，我太意外了。我說請妳們等幾日，我會給個交代，沒想到妳們今日就上門來。黃氏何其無辜，為了我，受了不知道多少傷害，我不想在事情沒個定論之前，徒增她的煩惱。」

雖然周文星說的全是實話，卻有些令人難堪。

許月英抬起頭來，聲音裡隱隱有屈辱跟怒氣：「等幾日？給我個交代？定論？你的定論是什麼？我是妻她是妾，還是我是妾她是妻？」

周文星挺了挺脊背，靜靜地看著她，臉上是破釜沈舟的決然，道：「我會跟黃氏和離。」

許月英先是愣然，接著深沈的憤怒轉變為巨大的驚喜，說道：「星哥哥，真的嗎？我錯怪你了，我……」

周文星的目光中有愧疚、有同情，但他還是咬牙道：「我與她和離之後，便休了妳。」

許月英一愣，笑容僵在臉上。

周文星一字一句、緩慢而清晰地說道：「這份婚書的確是我所寫，我認。當初妳以死避禍，卻未與我商議，這四年妳不知所蹤，『夫出外三年不歸，聽妻改嫁』，這條律法放在男子身上想必也是適用的。」

許月英那因為炭火與激動而變得有血色的雙頰瞬間慘白如雪，怒道：「你！我明明用那副對子暗示你，我只是在月下徘徊，不能見光！你是故意的，對不對？你變了心，便想裝不知道，是不是?!」

周文星錯愕地看著許月英說：「暗示？我……那副對子……」

就是那副對子讓黃英與自己差點喝了「毒」酒，要不是黃英打動了宋先生，周家如今會是如何？

看著一臉理所當然的許月英，周文星不禁暗暗嘆息，最初的內疚跟慚愧已經漸漸散去，只道：「我沒有妳想得那麼聰明。妳可以懷疑我、不相信我，但我想告訴妳的是，要我認妳當正妻可以，然而哪怕只有一日，我都不會讓黃氏做妾室，所以我會先跟她和離，再休了妳。」

許月英有些絕望又不死心地看著他問道：「然後呢？」

周文星定定地回道：「然後我會再將她娶回來！」

許月英低下頭，半晌過後試探道：「如果，我甘願為妾呢？」

她不想失去，也不能再失去了。如今她真的很後悔當初因為害怕做官妓而選擇死遁，誰知道先帝那麼寬仁，並未連坐女眷，還送了那個冰冷的牌坊埋葬她。最後，她只能跟著母親回到老家，改名避世。

新帝登基，許家被赦，母親託人往京中捎信給離姨，接著周家便來了人接他們一家進京。誰知千里迢迢回了京，離姨就讓人留他們在旅店，沒了消息。

由於手頭實在拮据，她們昨日才厚著臉皮攔了星哥哥，卻沒想到如今蕭郎是路人，來接她們的也不是離姨了。

看到天色有些晚了，周文星卻還沒回來，黃英便吩咐香草關上門，拿了紙筆開始抄寫

《金剛經》，這經最是凝神靜氣，宋先生自己有時候也會抄。

還沒寫滿一張紙，周文星就回來了。只見周文星頭上、臉上都掛著水珠，黃英站起身，親手遞了毛巾給他，誰知周文星不接，還攤開了手。

黃英笑了笑，拿起毛巾輕輕地為他擦拭，說道：「外面下了雪珠？看你一身的寒氣。香草，替四少爺準備一碗熱薑湯。」

香草識相地退了出去。

周文星伸手將黃英抱進懷裡，笑著說道：「雪都化了，沒事。」

黃英聞言微微一怔，不再過問。

當夜，周文星在書房，親眼看著那份婚書化作灰燼，才回到屋裡，將黃英緊緊地摟在懷裡睡了。

許月英一家子第二日就從旅店搬出來，住進周文星的一處院子，房契過了些日子就換成許月英如今的名字，許月華。

不久，周三郎出面替許父覓了個筆帖式的差事。又過了幾個月，許月英便嫁了，據說陪嫁不薄，雖是填房，但夫家也是大族，家底頗厚。

聽到這個消息的時候，黃英正在理南邊來的帳目。她抬頭看著來報信的任俠，毫不掩藏笑意地說道：「無事獻殷勤，非奸即盜。說吧，你想求我什麼？」

任俠紅了臉，有些扭捏地說：「少奶奶，您看，小的年紀也不小了，身邊的人一個個都成了親，就小的還夜夜孤枕難眠，少奶奶就不替小的做做主嗎？」

黃英忍住笑，說道：「你是四少爺的人，要做主也求他去。」

任俠狗腿地說道：「如今誰不知道咱們這院子裡爺的人都是少奶奶的人，少奶奶的人還是少奶奶的人，人人都聽少奶奶的。」

黃英瞪了他一眼，裝出一副正經八百的嚴肅模樣道：「又胡說，四少爺才是一家之主。不過你既求了我，那我想想。嗯，我看每日掃地的那個玉兒不錯，身體好，人又老實本分，怎麼樣，喜歡嗎？」

這個任俠總是鬼頭鬼腦地在她這邊蹓躂，以為她不知道呢！

只見任俠的臉皺成了一個大包子，說道：「少奶奶，小的就喜歡機靈膽大的。」

黃英笑道：「那也要人家機靈膽大的看得上你才行啊！」

任俠聽這話音是答應了，大喜過望，忙跪在地上說：「小的已經問過了，她讓小的來問少奶奶！」

黃英給香草的嫁妝比給拾柳跟見雪的還要厚上一倍，私底下又借著周文星補貼任俠的名義給了一些。一來她帶著香草一路從老柳村走到現在，感情勝過親姊妹；二來任俠算得上是她跟周文星的媒人，這個家裡，最早站在她這邊的也是他，給得多再自然不過。

過了端午，新帝登基滿一年，便傳來兩個轟動朝野的大消息。一是今年要重開秋闈，為朝廷拿士；二是要放出一批老宮女，選進新的秀女，充實後宮。

黃英得到了消息，忍不住一聲嘆息，內心隱然生出了擔憂。

第一個，悔教夫婿覓封侯。她是真不介意周文星是不是能考中進士、升官發財，但是周家子弟，包括阿奇、周大郎在內，都要去試試身手。如今有周尚書這棵大樹，他們才能有這樣的小日子過，日後周家還需要另其他頂天立地的大樹。可是為官這條路總是伴隨著風險，誰知道日後會不會碰上許家那種事？

後一個，她不禁為皇后娘娘擔心。想到一個沙姨娘就能把周家攪得底朝天，後宮可是有無數個沙姨娘啊。依她說，沐清這個妹妹雖是天下最尊貴的皇后，卻也是最省心不得的女人。

到了年底，果然進了一批新秀女，最令人吃驚的是，巨鹿書院山長之女楚姑娘，竟因其貞孝之名直接入選後宮，封為賢妃。

世人議論紛紛，都當這是皇上收買士林清流之舉，只有周文星與阿奇心裡跟明鏡似的。他們對視一眼，心想那個孩子的父親總算是有了著落。

阿奇只覺一股冷汗濕了背心。幸虧當初自己夠機靈，只說是中暑，若是讓楚姑娘知道自己診出她有了身孕，只怕他如今墳上都長草了。

殊不知，楚姑娘這個仇不是不報，而是時候未到。

秋闈放榜，周家三人，阿奇第二，周文星第五，周大郎落榜。周文星參加了鹿鳴宴，拿了衣帽旗匾，還有二十兩銀子。

黃英打趣道：「哎喲，經魁老爺，衣帽旗匾的倒還珍貴，這二十兩銀子是不是少了點？要不要娘子我給你添個數？」

周文星大笑道：「這銀子我們家都是裝進一個特別的匣子存在祠堂裡的，哪裡能拿來用？除非以後兒孫不孝。」

黃英聽了這話，不免有些難過地說：「什麼時候過繼個孩子吧？」

周文星見不得她傷心，將她摟進懷裡道：「咱們還年輕，不急，說不定五哥能找出法子呢！」

到了第二年春闈放榜的時候，周文星與阿奇又考中了，周文星十二名，阿奇第八名。

到了殿試那一日，臨行前，周文星昂首挺胸地對黃英說：「看妳夫君去給妳抱個狀元回家。」

黃英只當周文星說笑，伸手抱住他的腰，將頭靠在他的胸上道：「你別在宮裡亂竄，安全第一。」

周文星明白黃英是在為他擔心，反手抱住她道：「放心，狀元什麼的不要緊，要緊的是我還要安安全全地回家伺候我媳婦呢！」

誰知道周文星沒事，阿奇卻差點闖出一場大禍，丟了性命。

這期殿試的題目是邊防。周文星與阿奇都入了前十名小傳臚，畢竟這些論題他們在巨鹿書院都不知道議過多少回了。

當皇上進殿垂問，問到周文星時，周文星提出國防上中下三策：國力策，全國為上，破國次之；遠交策，遠交結盟，近守強兵；精兵策，首育強將，次訓精兵。

皇上大喜，加上又有心抬舉巨鹿，竟真點了他一個狀元，阿奇則是被點了探花。

十名小傳臚賜午宴，既是宮宴，誰也不敢大吃大喝，就怕失了儀。阿奇也不敢，因為口渴，便喝了幾口湯，雖然他覺得味道微異，但也沒多想。誰知片刻之後他竟是腹痛如絞，急需如廁，只得求宮女領著自己出了大殿往官房去。

那宮女領他到了一處房間，便推開門道：「探花郎請進吧！」

阿奇看此處不似官房，可是又沒見過宮中官房是何等模樣，只得硬著頭皮進去，誰知他的腳剛跨進門檻，就聽裡面有人喊道：「什麼人這麼大膽，敢偷窺賢妃娘娘午睡！」

當下幾個太監從房間中竄出，手中都拎著棍子，對著阿奇就是一頓狠揍。

阿奇聽到是「賢妃」，也就是楚姑娘時，知道自己只怕小命不保，一時心中百感交集。當年跟黃英看夕陽，定下一生志向，眼看就要一一實現，卻意外得知不該知道的事，將要莫名其妙地死在這裡。

他不免心灰意冷，想起叔公當年的話——做個隱士逍遙田野，未必不好。隨即不在意身上的痛楚，只求速死。

豈料此時遠處傳來一聲尖細悠長的高喊。「皇后娘娘駕到，還不趕緊住手！」

沐皇后帶著二、三十個太監與宮女，浩浩蕩蕩地出現在賢妃的吉祥殿；而皇上也到此準備小憩，三方正好碰到一塊兒。

聽完事由，沐皇后輕啟朱唇道：「昔日楚莊王尚且知道絕纓護臣，臣妾不相信皇上沒有這樣的雅量。」

楚賢妃在一旁低頭啜泣，貌似無限委屈。

皇上瞪著阿奇，心中不喜，如此不謹慎之人，到底當不得大任！

沐皇后見到皇上的臉色，眼神一轉，忙笑盈盈道：「皇上，江都公主與周探花年貌相當，臣妾倒想做個媒。一來，周探花入後宮之事便有了說頭；二來，今日皇上得了天下賢才，周探花不過誤闖，何必為了一點小事就污了賢妃妹妹之名，寒了天下士子之心？」

江都公主雖然不是皇上一母同胞，但是沐皇后進宮之後，與之甚是交好。更何況，這麼大個宮殿，沒人帶路，要誤闖也不容易，其中的緣由不難猜測。

皇上見皇后如此護著阿奇，心知她跟周家關係匪淺，看了猶自啜泣的賢妃一眼，心中微微有些失望。這種打老鼠碎玉瓶的計謀，實在是有欠高明，只得順水推舟、做個不愛女色愛人才的明君，回道：「後宮之事，妳做主便是。」

待周文星高中狀元、周文奇成了探花並將與江都公主成親的消息傳來，周家在京城更是炙手可熱，風頭一時無二。

眾臣都圍著周尚書請教這教子之道，卻見周尚書撚鬚不言，眾人只當他藏私；病床上的周夫人得到喜訊，歡喜過度中了風，從此口眼歪斜，半癱在床上。

黃英成了京中傳奇以及眾婦人豔羨的對象，當初鬧得沸沸揚揚的砍柴女，誰知今日成了高門狀元妻！

不過唯一能撫慰眾人紅眼病之痛的，就是周狀元沒孩子，說不定很快就會休了他那個五年無出的原配，再娶新妻。

可惜盼望著跟周家結親的人家，在隔年就徹底失望了，因為周家的大兒媳與四兒媳居然雙雙懷上了身孕。

黃英撫著肚子，一臉震驚地說：「不是說我跟四郎都被下了藥嗎？我、我保證沒有不才之事，五哥，你是不是診錯了？」她難得又露出了一點初嫁入周家時的憨傻。

阿奇翻了個白眼道：「四郎確實被下過藥，不過那藥哪能那麼厲害，一、兩劑就斷了一輩子的子嗣？他那樣說，不過是為了安妳的心。」

黃英愣了半天，看著周文星，淚水奪眶而出道：「那我呢？到底是怎麼回事？」

阿奇無奈地瞥了周文星一眼道：「妳家狀元郎早就找到了喬嬤嬤，問清楚當初下了什麼藥？好在她沒能跟去蘇州，總共只下了一次藥，不然我也沒法子。」

「為什麼不告訴我？」黃英又哭又笑，忍不住拍打起周文星的肩頭。

周文星拉住她的手道：「萬一治不好，不是讓妳空歡喜嗎？還不如就這樣什麼都不知道。」

此刻黃英也顧不得有外人在場，撲進周文星的懷中就喊道：「四郎。」

一旁的江都公主半點公主架子都沒有，親手抱著自己半歲大的兒子酸道：「哎喲，你們這個熱乎勁真讓人眼饞！我說黃英，妳這夫怎麼馴出來的？簡直疼妳疼到骨頭縫裡去了！」

黃英只是笑著衝她眨了眨眼，卻不說話。

周文星嘴角含笑，眼裡都是黃英，只道：「她哪裡有馴我？她只是改變了她自己而已。」所以我才跟著變好了。

聞言，黃英抬起頭，含淚的雙眼裡也只有周文星。

兩人四目相對，千言萬語，盡在不言中。

——全書完

2019年6月出版

不娶閒妻

文創風 758～759

他就愛沒事找事給她做，
是嫌她還不夠忙嗎？
能不能讓她先喘口氣啊！

情意綿長 初心永在／安小雅

重獲新生，舒清淺決定放棄過去汲汲營營的生活，
遇事能躲就躲，以「偷懶」為人生最高宗旨，悠哉過日子。
可一計救災良策，讓她得到皇上青眼，眾皇子亦對她產生興趣，
甚至因此被天子授命創辦文苑，集天下文士於一堂，暢所欲言。
面對如此神聖的任務，她只覺心累，能不能只出錢、不出力啊？!
偏偏上頭居然派了全京城最閒散的皇子章昊霖來做她的搭檔……
想都不用想，這個不學無術的三皇子就是來拖她後腿的！
他成天以戲弄她為樂，還把那些麻煩差事全都推給她，
更自作主張地替她增加了任務的難度，將她拋到風口浪尖上去。
呵呵，她「京城第一才女」的名號可不是白叫的，
這個挑戰她接下了，有什麼招數儘管放馬過來吧～～
要跟本姑娘鬥，你這臭小子還嫩了點呢！

2019年6月出版

福氣小財迷

文創風755~757

都說傻人有傻福，這話確是不假，
攤上一對只想賣了她換錢的無情父母算她倒楣，
但既然老天垂憐給了她機會重來，這輩子她誓不走回頭路，
正確地說，她壓根兒就不想成親，再看他人臉色過活，
她如今只想著要賺錢，定讓未來順風順水！

縱有千種風情，更與何人說／風白秋

身為親爹不疼、後娘不愛的女兒，江雨橋的日子過得著實艱辛，
後娘是個慣會裝的，人前慈藹、人後毒打，她身上根本沒一塊好，
唯一支撐她活下去的，只有真心待她的同父異母弟弟，
可弟弟年紀尚幼，能幫的有限，也實在無法護她，
所以說，上輩子她就這麼被賣給了視人命如草芥的許家老爺當妾，
她在許家謹小慎微了二十年，最終仍逃不過被夫人下令杖斃的命，
幸好她是個有大福氣的，上天竟讓她重活一世，
再睜開眼時，她回到了十三歲被發賣的那一天，
相同的場景，不同的是，這回她不會再傻傻地被賣了，
攤上這樣無情的父母，這個家無論如何是不能再待了，
這輩子她誓不為妾，她的命運只能掌握在她自己手中！

醫心醫意 藥結連理／佑眉

2019年6月出版

妙手福醫

這位公子一口氣吃光了她的藥膳，
還大言不慚說要做工抵飯錢?!
很好，那她就不客氣地人盡其用啦～～

文創風 750 1

重生一世，爹不疼、娘不愛的程蘊寧沒啥了不起的大志向，
只想著醫好被滾水燙壞的容顏，還有為她試藥而中毒的祖父，
然後爺孫倆共享天倫之樂懸壺濟世，過起醫家的和樂小日子～～
她已非任人揉捏的幼女，自是要搬幾座大靠山，好專心種藥製藥，
卻引來不羈的陸九公子陸瑄注意，不但吃光她的藥膳，還賴上她了?!

文創風 751 2

良藥對症，程蘊寧終恢復盛世美顏，讓祖父放下多年的遺憾，
但傷癒後第一回外出赴宴，她的運氣背透了，竟被推進荷花池，
眼看要命喪惡徒之手，幸虧陸瑄出手相救，卻因此揭穿駭人秘密——
原來爹娘不疼她並非天生無緣，而是當年貍貓換太子的陰謀；
而她……居然是武安侯袁府的遺珠?!

文創風 752 3

回了武安侯府，袁蘊寧終於感覺到家的溫暖，
從此安心鑽研醫術，還跟陸瑄一起壯大自家脂粉鋪的生意。
但鋪子日進斗金的後果便是樹大招風，竟有人以中毒為由上門鬧事，
接著大雪成災，父兄施粥濟民，她製藥救人，卻被當作盜皇糧的逆賊，
如今好心變成歹意，她該怎麼解套，才能還家人與自己清白呢？

文創風 753 4

因陸瑄的溫柔陪伴牽動了心，袁蘊寧決定把下半輩子交付出去，
孰料陸瑄母家鬧起惡疾傳世的謠言，陸瑄跟著遭殃，說他將短命無後?!
接著身為閣老的準公爹無端病倒，陸府頓時亂成一鍋粥……
接二連三的打擊，如此夫家堪稱渾水，她仍一腳蹚了——
這些事兒可不單純啊，她定要陪著陸瑄，以妙手醫術保全陸府上下！

文創風 754 5 完

夫君太出色，袁蘊寧暗嘆主母果然不好當，只好夫妻同心扛起陸府，
先是小姑夫家因選邊站的關係，竟不惜撕破臉逼小姑和離；
接著春闈放榜，新科準狀元陸瑄被誣告舞弊，成了眾矢之的；
再來居然有人趁陸瑄出外辦差時欺上門，說大伯犯下人命官司?!
哼！想動陸家的人，先過她這關再說吧——

文創風 766

悍妞降夫 下

國家圖書館出版品預行編目資料

悍妞降夫 / 曼繽著. --
初版. -- 臺北市 : 狗屋, 2019.07
冊 ; 公分. --（文創風）
ISBN 978-986-509-023-4（下冊：平裝）. --

857.7　　108008605

著作者　曼繽
編輯　連宓均
校對　沈毓萍　簡郁珊
發行所　狗屋出版社有限公司
地址　台北市104中山區龍江路71巷15號1樓
電話　02-2776-5889～0
發行字號　局版台業字845號
法律顧問　蕭雄淋律師
總經銷　知遠文化事業有限公司
電話　02-2664-8800
初版　2019年7月
國際書碼　ISBN-13　978-986-509-023-4

本著作物由北京晉江原創網絡科技有限公司授權出版

定價250元
狗屋劃撥帳號：19001626
網址：love.doghouse.com.tw　E-mail：love@doghouse.com.tw